0,15

HEYNE BÜCHER

SCIENCE FICTION

Herausgegeben
von Wolfgang Jeschke

WOLFGANG ALTENDORF

DAS STAHLMOLEKÜL

Science Fiction-Roman

Originalausgabe

WILHELM HEYNE VERLAG
MÜNCHEN

HEYNE-BUCH Nr. 06/3967
im Wilhelm Heyne Verlag, München

Das Umschlagbild schuf Ulf Herholz

Redaktion: Friedel Wahren

Printed in Germany 1983
Umschlaggestaltung: Atelier Heinrichs & Schütz, München
Satz: Friedrich Pustet, Regensburg
Druck u. Bindung:
Elsnerdruck GmbH, Berlin

ISBN 3-453-30899-9

Inhalt

Vorbemerkungen

Man sollte sich keinen Illusionen hingeben, vielmehr die Augen offenhalten, die Ohren spitzen, aufmerksam die Entwicklungen verfolgen und sich durch nichts ablenken lassen. Nur so wird man auf das vorbereitet sein, was sich in nicht allzu ferner Zukunft ereignet. Wir stehen vor einer Umwälzung, die revolutionärer sein wird als alles, was sich an Veränderungen bisher vollzog.

Ich darf ein Beispiel nennen, ein Vorzeichen, dessen Bedeutung bisher von niemandem erkannt wurde, von niemandem, außer von mir natürlich, der ich mich auf Beobachtungen dieser Art spezialisiert habe. In meinem Haus baute ich mir mit Hilfe von Modulen, winzigen elektronischen Bauteilen, ein Bezugssystem von Computern auf (und zwar auf billigste Art und Weise), das mir bei allen meinen Vermutungen, Gewißheiten und Schlußfolgerungen die entsprechende Hilfestellung leistet. Und nun das Beispiel: Während die bildende Kunst (Malerei, Bildhauerei, Plastik) bis etwa ins Jahr 1975 hinein – und abklingend noch heute – das abstrakte, ungegenständliche Thema bevorzugte, vollzog sich jäh und selbst für die Kunstszene überraschend, gewissermaßen unter der Oberfläche, die Hinwendung zum Gegenstand, zur realistischen Darstellung auf eine Weise, die einem eigentlich den Atem rauben müßte.

Es ist möglich, daß Sie sich, wie viele, keinen Deut um die Kunst scheren. Dennoch sollten Sie unbedingt weiterlesen. Sie erfahren etwas, was Ihnen die Mächtigen dieser Welt bewußt vorenthalten, die schon allein deshalb darum wissen müssen, weil ich sie in verschiedenen Denkschriften darauf hinwies. Man hofft, daß Sie mit der optimistischen Naivität, die dem guten Bürger nun einmal anhaftet, an den sich kontinuierlich weiterentwickelnden Fortbestand unserer Zivilisation glauben. Zwar erfahren Sie, etwa durch die Zeitungslektüre oder – bequemer noch – mit Hilfe des Fernsehens, daß es ganz offenbar mit einigen wichtigen Rohstoffen zu Ende geht; gleichzeitig jedoch hören Sie von neuen, bisher unbekannten Quellen, etwa den gigantischen Ölfunden in Mexiko, die so bedeutend sind, daß sich (1977) die Staatsmänner der Welt zu Besuchen dorthin aufmachten. Aber gerade die Hektik, mit der das geschah, diese verdeckte, speichelleckerische Art, sollte Sie aufmerken lassen.

Schütteln Sie die Sie bedrängenden Alltagsprobleme ab. Sie sind unwichtig: das Zeugnis Ihres Sohnes, die Verschwendungssucht Ihrer Frau, der Lebenswandel Ihrer Tochter. Sie sind höchst lächerlich angesichts dessen, was wirklich geschieht. Ich rate Ihnen sogar: Lassen Sie Ihren Sohn seinen unsinnigen Neigungen, seiner unnachahmlichen Art einer wenig ernsthaften Lebensauffassung nachgehen! Seien Sie froh, daß Ihre Frau keine andere als die typische und deshalb gesunde weibliche Schwäche aufweist, nämlich zur unrechten Zeit zuviel Geld für die belanglosesten Dinge auszugeben. Und was Ihre Tochter anlangt – sie befindet sich durchaus auf dem richtigen (wenn vielleicht auch nicht aus Ihrer Sicht *rechten*) Weg. Noch kann sie ihr Leben aus Herzenslust genießen. Und Ihnen – oder gerade Ihnen – rate ich (auch dann wenn – was ich mir immer insgeheim wünsche – Sie eine Leser*in* sind): Geben Sie schleunigst die sogenannte ernsthafte, vernünftige Lebensauffassung auf. Und vor allem: Lesen Sie aufmerksam, was nun folgt. Ich öffne Ihnen die Augen. Sie werden nach dieser Lektüre um einiges, ich möchte sogar behaupten, um Entscheidendes klüger sein.

Schon immer, und das hat sich selbstverständlich nicht geändert, war die Kunst jener Seismograph (Erdbebenmesser), der drohende Umschichtungen im menschlichen Dasein anzeigte. Was bisher fehlte; der scharfe Beobachter, eben jene Kapazität, die diese untrüglichen Anzeichen auch genau abliest, sie vielmehr nicht nur deutet, exakt bestimmt. Das menschliche Gehirn – auch Ihres – ist, wie wir Computerfachleute meinen, der denkbar größte und bestfunktionierende Computer überhaupt. Doch – und das sollten wir uns hinter die Ohren schreiben – wie bei jedem von uns gebauten ›mechanischen‹ Computer käme es auch beim Computergehirn auf die *Software* an. Kurz: Es müßte, um seine ganzen Möglichkeiten zu entfalten, entsprechend ›gefüttert‹ werden. Das erscheint aus verschiedenen Gründen unmöglich.
Keine Angst, ich werde Sie nicht mit elektronischen Daten, Formeln und ähnlichem langweilen. Dazu ist das Thema zu ernst, zu wichtig, zu lebenswichtig für uns alle, auch für jene, die nun einmal keinen Gefallen an rechnerischer Logik haben. Ich darf es so sagen: Der Computer, also jene ›Rechenmaschine‹, die sich nun auch mittlere und kleine Betriebe zu erobern beginnt und als Taschenrechner längst Eingang in die Schulen gefunden hat, ist der Versuch der Programmierung des Gehirns mit Software, mit Programmen also, auf die es reagiert. Genug davon! Was sich in meinem Keller befindet, sind Computer, die es mir oder meinem Gehirn ermöglichen, die in Kunst und Literatur sich abzeichnenden, unser Dasein in nächster Zukunft bestimmenden einschneidenden Veränderungen zu registrieren. Was Künstler, vielfach unbewußt, in einer neuen Kunstrichtung ausdrücken – meine Computer berechnen das exakt, loten es mathematisch aus und liefern mir sekundenschnell einzelne, unumstößliche Schlußfolgerungen, die ich, in einer Endrechnung

zusammengefaßt, der Endauswertung zuführe. Was dabei herauskommt, ist ein in allen Einzelheiten zutreffendes, realistisches Bild der nahen Zukunft.

Die kalte Geliebte

In der Staatsgalerie in Stuttgart – ich könnte fast jede andere wichtige Galerie der Welt anführen – saß mitten in einem der Ausstellungsräume in ›typischer‹ Arbeitsstellung eine Aufwartefrau, also Putzfrau, neben sich den Eimer, den Putzlappen und sonstige Utensilien.

Ich betreibe selbst eine Galerie, finde mich also tagein, tagaus mit der Kunst konfrontiert. Ich kenne etliche Beispiele dieser lebensecht-realistischen Richtung. Aber auch mir ging es wie allen Besuchern, die diesen Raum betraten; sie und ich zweifelten nicht daran, daß diese Frau da mitten im Saal lebte.

Mein in der Kunst doch einigermaßen geschultes Gehirn signalisierte mir: Hier hat sich eine Künstlerin verkleidet. Sie posiert als Putzfrau, um diesen sozial bedeutenden und in seinem Selbstverständnis unterbewertenden Berufsstand künstlerisch auszuloten. Ich glaubte, wenn ich ihr auf drei Schritte nahe käme, von ihr angesprochen zu werden. Aber natürlich wurde ich das nicht. Die Figur lebte nicht, sie war tote Materie, eine Plastikfigur, aber derart atemberaubend natürlich, daß man »buchstäblich das Blut in den kleinen Hautäderchen fließen« sah, wie es ein Kritiker ausdrückte.

Tausende von Besuchern ließen sich täuschen, wie ich mich täuschen ließ. Niemand von ihnen sah darin jedoch mehr als die Kuriosität oder das künstlerische Geschick, eine Aufwartefrau zur Abwechslung auch mal ganz natürlich und in Lebensgröße darzustellen. Ich jedoch fand mich tief betroffen, schockiert, ja alarmiert. Nicht nur die Darstellung der Frau, nein, daß sie tatsächlich hier saß, also in einer berühmten Galerie gezeigt wurde, war es, was mich derart aufrührte. Ein Jahr, zwei Jahre zuvor wäre so etwas nämlich nicht möglich gewesen. Man hätte den Darsteller der Figur vielleicht ausgelacht, auf keinen Fall aber ausgestellt.

Was steckte dahinter?

Was hatte es zu bedeuten, daß Künstler sich einer vom Arbeitsaufwand her derart gigantischen Mühe unterzogen, einen Menschen absolut lebensecht darzustellen? Denn natürlich war das kein Einzelfall. Es existierte eine in Amerika (den USA) entstandene, rasch die Künstler der Welt erfassende und sich ausbreitende Kunstrichtung des Wirklichkeitsfanatismus, wie man ihn nicht einmal im späten Mittelalter gekannt hatte, geschweige denn in der Antike.

Die Plastiken der Griechen und – in griechischer Nachahmung – der Römer posierten zwar auch ›lebensecht‹. Sie waren bemalt, hatten gemalte Augen, blickten den Betrachter an – doch waren es in jeder Beziehung Idealfiguren und keineswegs Abbilder des wirklichen, realen Lebens. Aber ich will mich nicht in Kunstbetrachtungen erschöpfen, wo es in der Tat um unser Leben geht.

Nach meinem Besuch in der Stuttgarter Staatsgalerie machte ich mich auf die Suche nach diesen Realisten, nach Künstlern also, die zu Hause in ihren Ateliers hocken und mit den verschiedensten Materialien nichts anderes im Sinne haben, als totale Lebensechtheit zu gestalten.

Was ich suchte, war ein Künstler, der nicht in bloßer Nachahmung der neuen Kunstrichtung folgte, der vielmehr mit seiner ganzen vegetativen Existenz Plastiken schuf, denen eigentlich nur noch jener Odem des Lebens fehlte, der ihnen von einem göttlichen Mund eingeblasen werden müßte. Ich fand ihn schließlich in dem Franzosen Pournoy. Sein Lebenswerk umfaßt nur wenige Exponate; Pournoy wurde nicht alt. Er starb in bestem Mannesalter, mit nicht einmal fünfundvierzig. Er starb keines natürlichen Todes. Er wurde umgebracht, ermordet, und zwar auf die fürchterlichste Art und Weise.

Bevor ich auf ihn stieß, lernte ich vier seiner Kollegen kennen. Alle vier zeigten in ihren Ateliers die verschiedensten Plastiken und Statuen; nur wenige davon, in jüngster Zeit gefertigt, wiesen lebensechte Züge auf. Sie hatten alle bis dahin konventionell, nämlich abstrakt gearbeitet. Als sie von der neuen, überwältigenden Richtung hörten, versuchten sie sich darin, typische Nachahmer also, die dem Effekt folgten. Es waren zwei Deutsche, ein Schweizer und ein Engländer.

Von Pournoy erfuhr ich eigentlich durch eine kurze, hingeworfene Bemerkung, und zwar im Louvre in Paris. Zufällig stand ich vor dem Bild der Mona Lisa neben einem Ehepaar aus Montenegro. Ich schnappte folgenden Gesprächsfetzen auf: ». . . also das war wirklich die Höhe! Da lob' ich mir doch dieses Bild. Das ist Kunst! Dieser Pournoy verdirbt einem aber auch jeden Geschmack mit einer geradezu pornographischen Realität.« Das war's. Mehr nicht. Daß mir das derart kritisch unbedarft Hingeworfene dennoch im Ohr blieb, hing von zwei Wörtern ab, nämlich von ›Pournoy‹, dem Namen des Künstlers, und ›pornographisch‹. Am Abend klang das Gespräch plötzlich unvermittelt wieder in mir auf. Ich blätterte im *Almanach französischer Kunstschaffender* und fand, was ich kaum zu hoffen gewagt hatte – nur einen einzigen Künstler namens Pournoy. Noch am Abend rief ich ihn an. Mütterlicherseits Franzose – meine Mutter war eine Südfranzösin von doch einigermaßen berühmter Abkunft –, befleißige ich mich des Pariserischen in Vollendung und es gibt kaum einen gebürtigen Pariser, der sich vor einem unverfälscht pariserisch Sprechenden zu verschließen vermag; auch

Pournoy vermochte es nicht. Wir verabredeten einen Besuch für den nächsten Morgen um elf Uhr.

Als ich pünktlich sein Atelier betrat, wußte ich, daß ich am Ziel meiner Suche angelangt war. Ich hatte ›eine Quelle‹ gefunden, einen Künstler, der schon von Anfang an seine Kunstrichtung vertreten hatte und der nun, eben durch die Existenz seines Lebenswerkes, alle übrigen, selbst die Amerikaner, zu Nachahmern abstempelte. »Das ist schier atemberaubend«, sagte ich zu ihm und deutete auf fünf Exponate, die sein Atelier nun buchstäblich mit ›Leben‹ erfüllten. Nicht allein, daß die lebensechten Figuren tatsächlich nun nicht den kleinsten Hauch Künstlichkeit mehr erkennen ließen, Pournoy hatte sie überdies beweglich gemacht. Dies geschah auf eine Weise, die mich nicht wenig verblüffte.

Im Grund nämlich ruhten die Figuren. Nehmen wir – was mir zuerst auffiel – die Figur des ›Museumsbeamten‹; diese Plastik saß auf einem der üblichen Museumsstühle, mit einer Uniform bekleidet, hatte die Beine übereinandergeschlagen und ›las‹ in einem Buch, dessen Seiten sie in einer Folge umblätterte, die der normalen Lesegeschwindigkeit angepaßt war. Doch nicht genug damit. Hin und wieder hielt der ›Museumsdiener‹ mit der Lektüre inne, blickte auf – und zwar nicht in irgendeine x-beliebige Richtung, sondern immer auf den oder die gerade anwesenden Besucher des Ateliers und überdies nicht etwa in automatisch regulierten gleichen Abständen, vielmehr unregelmäßig und insbesondere dann, wenn etwas Außergewöhnliches vorfiel (Pournoy demonstrierte es mir). So ließ Pournoy einen Gegenstand fallen, und sofort blickte der Museumsdiener in die Richtung, aus der der Schall kam. Was aber die Lebensechtheit auf die für meine Begriffe unerreichte Spitze trieb, das waren die ›unkontrollierten‹ Bewegungen, dieses gelegentliche Zurechtrücken auf dem Stuhl, ein leichtes Zucken mit der Schulter, ein kurzes Streichen mit der rechten Hand übers Kinn, schließlich ein wie unbeabsichtigtes Wippen mit dem übergeschlagenen Bein und anderes. Pournoy nannte mir neun ›Positionen‹ dieser Art, die ebenfalls nicht in regelmäßiger Folge, vielmehr ›rein zufällig‹ auftraten. Unmöglich für den bloßen Betrachter, die Figur von einem lebenden Museumsdiener zu unterscheiden. Dazu mußte man sie schon anfassen, wobei sie allerdings ›erstaunt‹ hochsah und jene, die es versuchten, tüchtig erschreckte, auch mich. Die Figur fühlte sich kalt an, etwa an der Wange oder an der Hand. »Die Plastik zu erwärmen«, so Pournoy, »hätte sie von der direkten Stromzufuhr, von Kabel und Steckdose abhängig gemacht. Das Aufheizen verbraucht große Mengen hochgespannter Elektrizität. Wenn ich also auf die ›Lebenswärme‹ verzichte, komme ich mit einer 6-Volt-Batterie aus, die über Nacht, also dann, wenn kein Publikumsverkehr stattfindet, aufgeladen wird und vierzehn Stunden lang die nötige Energie spendet.« »Infolgedessen«, sagte ich, »Energie für eine Anzahl Bits, die auf winzige Stromstöße reagieren.«

Er sah mich überrascht an. »Sie beschäftigen sich mit Elektronik?«

Ich erläuterte ihm meine Idee von der Bestimmbarkeit entscheidender Kunstrichtungen, was ihn offenbar in höchstem Maß interessierte. »Darüber müssen wir uns noch eingehend unterhalten. Nur eine Frage: Auch Sie sehen unsere Zeit nicht als das Atomzeitalter, vielmehr als das elektronische Zeitalter an?«

»Unbedingt«, antwortete ich. »Und zwar insofern, als uns die Elektronik jene Gebiete des Lebens erschließen wird, in die einzudringen uns bisher unmöglich erschien.«

»Nur des Lebens?« fragte Pournoy.

». . . und was damit unmittelbar zusammenhängt«, ergänzte ich.

»Also auch des Todes?«

»Wahrscheinlich ist das das Ziel. Die Frage nämlich, woher der Antrieb kommt«, erläuterte ich, »der unsere Wissenschaft nach dem Krieg so jäh, unvermittelt und mit aller zur Verfügung stehenden Intelligenz zur Elektronik trieb, kann doch nur so beantwortet werden: Man möchte das Geheimnis des Todes ergründen. Das geht nicht mit mechanischen Mitteln, das geht nur mit Hilfe der Elektronik.«

Er erfaßte mit beiden Händen impulsiv meine Rechte. »Das ist es! Genau das. Und nun sehen Sie sich die anderen Exponate an. Hier: ›Das Paar‹, nackt, ursprünglich. Man nennt es Pornographie. Finden Sie es pornographisch?«

Ich lachte und erzählte ihm, auf welche Weise ich zum ersten Mal seinen Namen gehört hatte, von dem Ehepaar aus Montenegro vor der Mona Lisa im Louvre. Er winkte verächtlich ab. »Welten trennen uns von der Kunst jener Zeit! Oder sagen wir besser – trennen mich! Ich weiß, seit Jahresfrist beschäftigt sich eine ganze Anzahl von Künstlern mit der subjektiven Realistik. Ich beschäftige mich schon zeitlebens damit.«

»Wann haben Sie damit begonnen?« fragte ich und konnte keinen Blick von der jungen Frau nehmen, die nackt vor ihrem Mann auf dem Boden saß und ihn auf eine Weise anzulocken schien, die in der Tat auf zivilisationsverfälschte Gemüter ›pornographisch‹ wirken mußte. So legte sie sich nun völlig auf den Rücken und spreizte die Beine, und diese höchst unmißverständliche Aufforderung hatte bei ihrem Mann den entsprechenden Effekt, nämlich den der nun einmal natürlichen Erektion, wie sie der gesunde Mann in einer solchen Situation bekommen muß (andernfalls sollte er den Arzt aufsuchen). Aber ich fühlte mich dabei nicht provoziert, denn darin lag die wahre Meisterschaft Pournoys, daß er in keinem Detail von der lebendigen Wirklichkeit abwich. Ich möchte das zu erklären versuchen: Wer – sagen wir, rein zufällig – im Wald ein junges Paar beobachtet (Förstern passiert das hin und wieder), das sich, vielleicht völlig nackt, der Liebe hingibt, wird sich zwar interessiert, doch keineswegs provoziert fühlen. Obwohl ihm der Anblick der beiden und das, was sie tun, im ersten Moment ungewöhnlich, ja sensationell erscheinen mag, findet er, erstaunlicherweise schon nach Sekunden nichts Ungewöhnliches oder gar Abstoßendes daran (und das haben mir auch die Herren, denen so etwas schon einmal begegnete, unabhängig voneinander bestätigt). Die Kopulation ist nun wirklich die ›natürlichste Sache der Welt‹, und auch bei Pournoys Figuren vollzog sie sich tatsächlich und im höchsten Maß natürlich.

»Wann also haben Sie damit begonnen?« wiederholte ich meine Frage, nachdem die Positionen des ›Ehepaares‹ abgelaufen waren. »In frühester Kindheit. Ich habe nie gezeichnet oder geschnitzt, wie das meine Kollegen aus ihrer Kindheit zu berichten wissen. Ich konnte nur aus einer formbaren Masse, etwa aus Lehm, etwas zustande bringen, und es kam mir immer darauf an, daß es so wie das Vorbild ausfiel. Ein von mir aus Lehm geformter Hund mußte dem als Modell genommenen Tier so ähnlich wie möglich sein, auch in den Details.« Pournoy deutete auf eine höchst reizvolle Komposition: eine Katze, die vor einem Mauseloch lauerte. Hin und wieder erschien in dem Loch das zitternde und wohl auch witternde Schnäuzchen einer Spitzmaus. Bei der Katze bewegte sich nichts außer dann und wann die Schwanzspitze. Dafür aber spürte man mehr, als man es sah, aus jedem Muskel unter dem Fell die absolute Anspannung des lauernden Tieres.

»Sie kriegt ihre Maus nie; sie schlägt nie zu. Aber sie stellt das dar, was eine Katze in ihrem ganzen Dasein ist – oder empfinden Sie es anders?« fragte Pournoy.

»Es ist vollendet. Es ist – verzeihen Sie mir, mir fehlen die rechten Worte. Die Dramatik des Vorganges teilt sich mir atemberaubend mit. Das Fell stammt wohl von einer lebenden Katze?« fragte ich – und bereute diese Frage sofort. Pournoy streifte mich mit geradezu erschrockenem Blick, in dessen Erschrecken sich Enttäuschung mischte.

»Entschuldigen Sie!« rief ich. »Natürlich nicht! Aber daran ist Ihre Vollendung schuld, glauben Sie mir! Selbst ich, der ich doch einigermaßen erfahren bin in allem, was die bildende Kunst anlangt, verkrafte nicht völlig, womit ich hier konfrontiert werde. Eigentlich ist es unfaßbar. Doch wissen Sie so gut wie ich, daß Kunst – und gerade diese Kunst – zu wenigstens neunzig Prozent ›Handfertigkeit‹ und somit Technik ist. Worin also beruht Ihre künstlerische Technik?« Er atmete auf und lud mich zu einem Glas Pernod ein. »Handfertigkeit, Technik, verbunden mit einer Idee«, sagte er dann, »das macht die Kunst aus, so wie ich sie verstehe, a vôtre santé! Sie haben einiges, doch nicht alles gesehen. Bei dieser Katze vor dem Mauseloch verwirklichte ich zum ersten Mal meine Idee, und zwar hundertprozentig. Sie haben den Eindruck, daß sie lebt. Sie warten darauf, daß sie jeden Augenblick zuschlägt, die Maus aus ihrem Loch herausschlägt und tötet. Das alles drückt sie ganz unmißverständlich aus. Vom Betrachter aus gesehen, unterscheidet sie nichts von einer lebenden Katze, die vor einem Mauseloch sitzt und ihrer Beute gewiß ist – außer in einem Punkt, der dem Betrachter aber nicht bewußt wird; daß sie unablässig so sitzt und sich Tag und Nacht nicht vom Fleck rührt.« »Ja«, bestätigte ich.

»Ein Künstler«, Pournoy blickte zu seinem schrägen Atelierfenster, »ein Künstler ist sich unablässig seiner Grenzen bewußt. Was ich bei dieser Katze zum ersten Mal verwirklichte, das war der Aufbau der Figur vom Skelett her.«

»Sie haben also zuerst ein Katzenskelett modelliert?« fragte ich.

»Ja. Danach habe ich die Knochenteile mit Muskeln überzogen, die Organe plastisch gebildet, das Aderngeflecht hindurch- und darübergezogen, schließlich das Fell.«

»Aber . . . das muß doch eine gigantische Arbeit gewesen sein!« Er nickte. »Ich arbeitete etwas über zwei Jahre an der Katze.« »Eine Arbeit zudem«, rief ich, »die der Betrachter deshalb nicht zu würdigen weiß, weil er weder das Skelett noch die Muskeln, geschweige denn die Organe sieht und sie höchstens nur dann zu Gesicht bekommt, wenn er die Plastik zerstört!«

»Er sieht sie«, sagte Pournoy, »wie Sie sie sehen, wenn Sie einen Blick auf diese Katze werfen. Nur weil ich sie so aufbaute, wie die Natur ihre Katzen aufbaut, wenn auch auf anderem Weg, überzeugt sie. Sie erscheint lebend, weil sie nach dem Prinzip des Lebens von mir geformt wurde.« Er stand auf und holte aus einer Schublade eine Puppe, etwa dreißig Zentimeter groß, mit einem höchst lebendigen Gesicht. »Diese Puppe«, sagte er, »machte ich mit vierzehn Jahren für ein Kind, ein Mädchen von acht Jahren, für Janine. Sie wollten ja etwas von meinen Anfängen wissen. Damals interessierte mich nur der Kopf, trotzdem . . .« Er streifte das Kleid der Puppe ab. »Trotzdem weist auch der Körper bereits natürliche Proportionen auf. Ich weiß, das hat nichts oder doch nur wenig mit dem zu tun, was – ich sage es ungescheut – in der Katze eine gewisse Vollendung aufweist.« Er zog die Puppe wieder an und ließ sie auf dem Tisch liegen. »Trotzdem gibt es eine direkte Verbindung.«

»Aber gewiß doch«, bekräftigte ich und griff mir die Puppe. »Sieht sie aus, wie diese – Janine damals aussah?«

»Ja. Die Ähnlichkeit war – äußerlich – identisch. ›Das bin ich, das bin ich!‹ rief Janine damals in höchstem Vergnügen aus, und ihre Mutter – ihr Vater war zu dieser Zeit schon tot, gestorben an irgendeiner Krankheit – ihre Mutter starrte ziemlich erschrocken auf die Puppe. Dann nahm sie mich beim Kopf und drückte mich an sich – die typische Reaktion, wenn ein künstlerischer Versuch die Erwartungen übertrifft. Kurz: Die Puppe war Janine so ähnlich wie eine Fotografie. Damals genügte das.« »Infolgedessen war Janine Ihre kleine Kinderfreundin?« fragte ich.

»Sie war meine Spielgefährtin, meine Kinder-, meine Jugendfreundin, meine Tanzstundendame, meine Geliebte . . .«

»Ihre Frau wurde sie nicht? Entschuldigen Sie, aber gerade diese Dinge sind doch, zumindest nach landläufiger Vorstellung, von einem Künstler nicht zu trennen.«

»Nicht nur nach landläufiger Vorstellung. Janine ist unmittelbar mit meinem Werk verknüpft. Sie bestand darauf, daß die Kunst lebensecht sein müsse, und hatte für die moderne Malerei, die moderne Plastik, also für Abstraktionen, absolut nichts übrig.« »Infolgedessen beflügelte sie Sie in der Ihnen eigenen Überzeugung?«

»Ja.«

»Die ideale Partnerin nach der landläufigen Vorstellung, die man sich gemeinhin von der Verbindung eines Künstlers mit dem anderen Geschlecht macht«, sagte ich. »Es gibt da doch Beispiele in der Kunstgeschichte.«

»Nicht wahr?« sagte er, und seine Wangen röteten sich ein wenig. »Ihr habe ich sehr viel zu verdanken, wenn nicht alles, oder sagen wir besser: das, was ein Mensch einem anderen Menschen geben kann.« Er nahm impulsiv meine Hand. »Wollen wir nicht *du* zueinander sagen? Ich fühle eine brüderliche Verbindung zu Ihnen, der Sie von so weit her zu mir gekommen sind. Das ist übrigens die Voraussetzung, falls Sie interessiert sein sollten, weiteres über Janine und mich zu erfahren. Wesentliches!« setzte er bedeutungsvoll hinzu.

Auch mir war Pournoy von Grund auf sympathisch, doch hätte ich mich niemals so rasch (wir kannten uns gerade etwas mehr als zwei Stunden) zu dieser Vertraulichkeit bereit gefunden. Nun, einmal ist es schwierig, ein derartiges Anerbieten auszuschlagen, ohne beleidigend zu wirken, und zum anderen wußte ich, daß ich hier jenen Künstler vor mir hatte, der die neue Kunstrichtung am entschiedensten vorangetrieben, wenn nicht sogar zur Vollendung gebracht hatte. Und natürlich interessierte mich seine Verbindung zu Janine, in der ich den Katalysator all dessen sah, was sich hier so verblüffend lebensecht präsentierte, das Paar, den Museumsdiener, die Katze vor dem Mauseloch. »Mein Vorname ist Wolfgang«, sagte ich, »schwer auszusprechen für die französische Zunge. Du kannst mich auch Jean oder sonstwie nennen.«

»Wolf – gang«, probierte er. »In der Tat!« Er lachte. »Ich nenne dich – Wolf. Und mich nennst du Jean, denn so heiße ich wirklich. Trink aus, Wolf, wir wollen gleich aufbrechen!« Er trank sein Glas leer.

»Aufbrechen?« fragte ich. »Wo soll es denn hingehen?«

»Zu Janine!«

»Sie hat ihr eigenes Appartement? Sie lebt also nicht hier bei dir?«

»O ja«, sagte er, »sie hat ihr eigenes Appartement.

Trotzdem lebt sie auch hier. Aber das wirst du später begreifen. Wir nehmen deinen Wagen, ganz einfach, weil ich keinen habe. Ich verabscheue Automobile. Sie sind mir zu stupide, zu gewaltsam, zu primitiv.«

Ich nickte zu den Figuren hin. »Das begreife ich, allerdings! Ist es weit? Ich frage deshalb, weil ich vorher tanken muß, wenn es weiter ist als ein Dutzend Kilometer hin und zurück.«

»Es ist nicht weit, nur ein paar Straßenzüge. Ich wollte sie – trotz allem – in meiner Nähe haben. Ich brauche ihre Nähe. Ich muß mich in ihr bestätigen können. Aber komm – das wirst du bald verstehen. Es ist in höchstem Maß seltsam.« Wir fuhren durch das nachmittägliche Paris, tatsächlich nur ein paar Straßenzüge weit, und während der Fahrt saß Jean Pournoy absolut stumm neben mir. Er rührte sich kaum, und so hätte er durchaus eine seiner kalten Puppen sein können. »Da ist es«, sagte er schließlich und deutete auf ein großes Gebäude. Ich spähte nach seiner Bezeichnung und erschrak. Als das Auto hielt, griff ich seine Hand. »Das tut mir leid.« Er nickte. »Ich weiß nicht, wie ihr Zustand im Augenblick ist. Das ändert sich von Stunde zu Stunde. Zum Glück strahlt es nicht auf ihr Äußeres aus. Sie ist so schön wie zu allen Zeiten, und ich bitte dich, sie dir genau anzusehen. Du brauchst nicht mit ihr zu reden; das nimmt sie nicht auf. Aber ich möchte, daß du dir ihr Äußeres genau einprägst.«

Er wollte aussteigen, aber ich hielt ihn zurück. »Sie befindet sich also als Patientin in dieser Nervenklinik?« vergewisserte ich mich.

Er nickte.

»Solltest du mir nicht erst einmal sagen, wie es dazu gekommen ist?«

Er schüttelte den Kopf. »Das hat zwei Gründe. Einmal ist die Besuchszeit in einer halben Stunde zu Ende. Man würde uns danach nicht mehr einlassen. Die Sitten hier sind streng.« Er lachte kurz auf.

»Und der zweite Grund?«

»Es würde dich beeinflussen. Ich bat dich deshalb, sie dir genau anzusehen, dir ihre Gestalt einzuprägen, ihr Äußeres – völlig unvoreingenommen, ja?«

»Was mir sicherlich schwerfallen wird.«

»Du kannst dich ja darum bemühen.«

Wir stiegen aus. Der Portier nickte ihm zu, woraus ich schloß, daß die arme Janine schon einige Zeit hier lebte oder vegetierte. Auch drei der Pflegerinnen, die uns begegneten, nickten ihm lächelnd zu. Der Arzt, den er mir mit Dr. Boulanger vorstellte, begrüßte ihn auf dem Flur. »Sie ist recht munter heute«, meinte Dr. Boulanger.

»Und die Aussichten?« fragte Pournoy.

Der Arzt hob beide Hände. Das wirkte recht hoffnungslos.

»Du brauchst dich ihr weder vorzustellen«, instruierte mich Jean, als der Arzt gegangen war und wir auf eine Tür zustrebten, »noch überhaupt eine persönliche Notiz von ihr zu nehmen. Sie würde es, wie gesagt, nicht registrieren.« Er zögerte vor der Tür. »Du wirst jetzt einiges Seltsames sehen. Die meisten Menschen wissen nichts davon. Auch mir war das alles höchst neu und merkwürdig. Längst bin ich daran gewöhnt.« Er öffnete die Tür.

Wir befanden uns in einem Raum, der eigentlich unvollkommen aussah. Aber ich begriff sofort: Alle Gegenstände, die etwa als Waffe benutzt werden konnten oder harte oder scharfe Kanten besaßen, waren entfernt worden. Die Wände hatte man mit Polsterungen versehen, auch den Fußboden. Und hier nun, meist in Kissen, hockten einige der Patientinnen. Andere krochen auf einer riesigen Matratze herum, und zwar auf allen vieren. Da es sich dabei um erwachsene Frauen handelte, schockierte mich der

Anblick in der Tat; ich hatte nie zuvor ähnliches gesehen. Was mich jedoch am meisten bedrückte, war die Stille, die nur hin und wieder von einem einzelnen, unverständlich artikulierten Laut durchschnitten wurde, von einem Schrei, von gräßlich anzuhörendem Gekrächze. Die Matratze füllte den Raum nicht ganz. Hier an der Tür war ein Streifen ohne Polsterung, und offenbar hatten die irren Geschöpfe es mittlerweile gelernt, diese ›harte‹ Seite des Zimmers zu meiden.

Pournoy zog seine Schuhe aus und gab sie mir in Verwahrung. »Das erste Mal«, sagte er lächelnd, »wurden sie mir gestohlen, und die Wärterin hatte Mühe, sie unter einem Frauenrock herauszuholen. Sie dienten der Diebin als Ersatz – nun ja, du weißt schon, denn diese Gefühle bleiben eigentümlicherweise höchst mobil.«

Unter den Patientinnen hatte ich längst eine herausgefunden, die durch ihre Schönheit und die tatsächliche Harmonie der jugendlichen Gesichtszüge frappant herausstach. Sie saß in anmutiger Pose in Kissen geradezu eingebettet und trug ein fließendes Gewand, wohl aus Seide, das ihren schlanken, mir ungemein gelenkig erscheinenden Körper vorteilhaft zur Geltung brachte. Ich deutete auf sie, aber Pournoy drückte mir sofort den Arm herunter. »Es sind einige darunter, die unter Verfolgungswahn leiden, und wenn man auf sie hindeutet, können sie unversehens in Panik geraten. Und dann ist hier die Hölle los. Du hast sie sogleich erkannt, wie? Ja, ja, sie ist die Schönste. Sie war es immer, sie wird es stets sein.« Er ging auf die reizvolle, wie hingegossene Gestalt zu, hockte neben ihr nieder, ergriff ihre Hände und drückte einige Küsse darauf. Sie registrierte das offenbar als selbstverständlich und so, als säße er schon lange bei ihr. Nun nahm Jean ihren Kopf in beide Hände und drehte ihn mir zu, so daß ich ihr Gesicht voll sehen konnte. Welch eine

Französin! Um seiner Frauen willen liebe ich Frankreich so sehr. Kein Land dieser Erde hat auch nur Vergleichbares hervorgebracht, und Janine erschien mir, immer nur auf ihr Äußeres fixiert, als die Krönung weiblicher Schönheit, wie sie – gepaart mit Intelligenz und Anmut – so unglaublich bezaubert. Daß der Ausdruck von Intelligenz durch ihre Krankheit keineswegs verwischt schien, kam mir wie ein Wunder vor. Ich erinnerte mich an Jean Pournoys Aufforderung und prägte mir ihre Gestalt in allen Einzelheiten ein, wobei ich die makabre Umgebung vergaß, diese irren Frauen, von denen viele verzerrte oder aufgedunsene Gesichtszüge besaßen und nicht wenige eigentlich fett waren. Später – ich beschäftigte mich einige Zeit mit diesem Stadium menschlicher Fehlentwicklung – erfuhr ich, daß gerade geistesgestörte Frauen zur Fettsucht neigen, daß die schlanke Frau ein Produkt von Intelligenz und – wohl vorwiegend – geistiger Selbstzucht ist. Ich war noch tief versunken in den Anblick Janines, eben weil sie in dieser Umgebung so isoliert, so herausgehoben, so einzigartig wirkte, als sich plötzlich etwas in meinen rechten Fuß krallte. Ich schrak auf und entdeckte am Boden vor mir eine der herumkriechenden Frauen, die es auf meinen Schuh abgesehen hatte. Sie war unglaublich häßlich, ihre Gesichtszüge von einer Art hemmungsloser Gier verzerrt, das Haar, wenn auch kurz geschnitten, wirr am Kopf abstehend, die Bluse halb geöffnet, die hängenden Brüste von oben herab gut sichtbar, so daß mich Entsetzen erfaßte und ich sie mit dem Fuß zurückstieß, worauf sie in lautes Geschrei ausbrach, in das viele (wie mir schien, alle) einstimmten. Pournoy sprang auf, eilte über die Matratze zu mir her und schob mich durch die Tür nach draußen. Er zog sie hinter sich zu und hielt sie am Griff geschlossen, bis die drei Wärterinnen herankamen, die ihn gerade noch so freundlich gegrüßt hatten. Ich fand mich in der größten

Verlegenheit, aber es schien, als sei dies ein alltäglicher Vorfall, und kaum waren die Wärterinnen in das Zimmer eingetreten, flaute das Geschrei auch sogleich ab.

»Hast du sie dir genau angesehen?« fragte Pournoy.

Ich nickte, unfähig, ein Wort hervorzustoßen. Er legte mir den Arm um die Schulter. »Das ist eine andere, eine Art Anti-Welt, von der die Wissenschaft so spricht, als sei sie nicht von dieser Welt. Entschuldige, daß ich dir das zumutete. Aber es ist notwendig, wenn du auch nur ein wenig von dem begreifen willst, was ich mit meinen Plastiken anstrebe. Wie gefällt dir Janine?« setzte er unvermittelt hinzu.

»Ist sie – wirklich krank?« fragte ich, mit Mühe und gepreßt.

Jean lächelte. »Wahrscheinlich unheilbar. Und weißt du, was ich festgestellt habe? Jeder hier in der Klinik ist froh, daß sie da ist. Insgeheim wünschen alle, vom Arzt bis zur Aufwartefrau, daß sie für immer dableibt. Kennst du eines der eigentümlichen Geheimnisse des Wahnsinns?« fragte er. Ich sah ihn wortlos an. »Wahnsinnige altern langsamer, wesentlich langsamer, ich möchte sogar sagen: entscheidend langsamer, verglichen mit ihrer Umwelt. Sie haben eine Art ›ewiger Jugend‹ gefunden.«

»Das erschien mir bei der Frau, die nach meinem Schuh griff, aber nicht so.«

»Sie ist wesentlich älter, als sie dir vorkam. Du hast dich von ihrer häßlichen Ungepflegtheit irritieren lassen. Wie dem auch sei – in der Tat, man ist glücklich, Janine zu haben. Begreifst du das?«

Wir verließen die Klinik und setzten uns in mein Auto. »Stell dir vor – nach allem, was du in den wenigen Minuten erlebt hast, mein lieber Wolf –, stell dir hier deine Lebensposition vor, als Wärter oder – in übertragenem Sinn selbstverständlich – als Wärterin.«

»Undenkbar!« stieß ich heraus.

»Aber es gibt Menschen, es muß sie geben, und es wird sie geben, für die das nicht undenkbar ist. Wie froh sie sind, wie glücklich und unsäglich dankbar über eine Patientin wie Janine. An ihr richten sie sich auf, wenn sie an dem zweifeln, was sie tun – und das ist gar nicht so selten. Janine ist für sie alle zu einem Symbol geworden, zu einer Art Bestätigung der Notwendigkeit einer Arbeit, die durchaus nicht selbstverständlich ist. Man liebt sie. Man liebt sie mit fast herzzerreißender Ausschließlichkeit. Sie bietet für jedermann den erfreulichsten Anblick, sie macht den Wärterinnen kaum irgendwelche Scherereien, und sie zeigt sich vor allem in zwar unpersönlicher, doch stets sanfter Freundlichkeit. Trotzdem muß sie hier in Paris und wohl in jeder von der Zivilisation geprägten menschlichen Siedlung in einer geschlossenen Anstalt leben, tut sie doch etwas – und dies mit zielstrebiger Ausschließlichkeit –, was gegen einige Tabus der Gesellschaft verstößt.«
»Das wäre?« fragte ich, wobei eine unbestimmte Ahnung in mir aufdämmerte.

»Und zwar«, fuhr Jean Pournoy fort, »geschieht das stets ohne Vorwarnung und ganz und gar unberechenbar. Sie zieht sich bis auf die Haut aus.«

»Ah ja«, machte ich.

»Bis auf die Haut und jedesmal – das ist wohl das einzige, was man dabei berechnen kann –, wenn sie genügend Zuschauer hat. Dr. Boulanger spricht von einer Art Ausstrahlung, der sie antwortet.«

»Was meint er damit?« fragte ich.

»Du hast sie dir genau angesehen?« fragte Pournoy zurück.

Ich nickte.

»Kam sie dir nicht irgendwie bekannt vor?«

Ich schlug mir mit der flachen Hand gegen die Stirn.

»Das ist es. Ja! Hilf mir – wo bin ich ihr schon einmal begegnet?« Pournoy lächelte. »Bemüh dich nicht. Es ist eine anonyme Bekanntheit, wie man sie gegenwärtig häufig trifft. Ich möchte dir das erklären. Siehst du, viele junge Mädchen – oder relativieren wir es: einige Zehntausende – verfielen wie Janine dem Irrtum, man könne durch nichts als durch seinen Körper berühmt werden. So ein junges Ding hat es recht leicht in gewisse Zeitschriften hineinzukommen, wenn es nur einigermaßen gut gebaut ist.«

»Es braucht sich nur auszuziehen.«

»Ja.«

»Betätigte sich Janine als Fotomodell?« fragte ich.

»Diese Mädchen finden sich dann abgebildet, ihr Konterfei in Hunderttausenden von Exemplaren verbreitet, und sie glauben tatsächlich, dies sei ein Weg zur Berühmtheit. Das ist er keineswegs. Ich möchte sagen – ganz im Gegenteil!«

»Nun, nun . . .«, zweifelte ich.

»Kannst du mir auch nur einen einzigen Namen nennen? Natürlich gibt es Schauspielerinnen, die über den Umweg als Fotomodell vielleicht rascher dorthin gelangten, wohin es sie infolge ihrer Begabung zog, nämlich zum Theater, zum Fernsehen, zum Film. Ohne diese Begabung wären sie nie dorthin gelangt. Du bist ein Mann; ich nehme an, daß du dich als solcher für die Frau interessierst.«

»Sehr sogar«, bestätigte ich und lachte.

»Bei einer vollständig bekleideten Frau interessierst du dich für ihr Gesicht. Du vermagst dir ohne Mühe ihr Gesicht einzuprägen. Du wirst es sogar im Gedächtnis behalten, wenn es einigermaßen interessant ist.«

»Und ob!«

»Das Gesicht der völlig nackten Frau, etwa auf dem

Titelbild einer Illustrierten, wirst du niemals behalten. Denn es ist keineswegs das Gesicht, das dich interessiert. Anders ausgedrückt: Diese Mädchen machen sich mit ihrem Körper selbst Konkurrenz. Sie lenken, indem sie sich ausziehen, von sich ab, von ihrer Persönlichkeit, von dem, was sie von anderen Mädchen unterscheidet, von ihrem Gesicht nämlich. Es ist eine Art fataler Teufelskreis, der jedoch wie alles im Leben auch seine zweite, gute Seite hat. Er schützt diese Mädchen vor Belästigung. Da sie tatsächlich nicht allgemein bekannt werden, erkennt man sie auch nicht auf der Straße oder sonstwo im Alltag, reagiert infolgedessen auch nicht anzüglich auf sie. Doch wir sind angelangt. Wir wollen das Gespräch oben in meinem Atelier fortsetzen.«

»Sie kam mir wirklich bekannt vor. Widerspricht das nicht eigentlich deiner These von der Anonymität eines Fotomodells?« »Nein. Doch gehen wir erst nach oben.«

Nun saßen wir also wieder in Pournoys Atelier mit den Figuren des Museumsdieners, des Ehepaares, der lauernden Katze. Janines Puppe lag noch auf dem Tisch. Jean Pournoy schenkte die Gläser wieder voll.

»Janine«, sagte er, »ist insofern eine kleine Ausnahme von dieser Regel, als sie häufiger als jedes andere Fotomodell und in fast allen Magazinen, die sich dem Thema weiblicher Körper widmen, vertreten war – und noch ist.«

»Trotz ihres traurigen Schicksals feiert ihr Körper, um es ein wenig emphatisch auszudrücken, seine früheren Triumphe?«

»Nicht seine früheren«, sagte Pournoy und drehte an seinem Glas. »Vielmehr neue und ungeahnte!«

»Willst du damit sagen, daß die Fotografen Zugang zur Nervenklinik haben, um dort . . .«

Er winkte ab. »Wir sind zu weit vorgeprescht. Eigentlich müßte dich doch interessieren, wie es soweit kommen konnte, daß nämlich Janines Geist, der bis vor Jahresfrist absolut klar war, sich derart zerrüttete?«

»Darf ich mir eine Bemerkung erlauben?« fragte ich.

Er lächelte. »Wohl die Bemerkung, wie gelassen ich alles hinnehme?«

»Genau das wollte ich sagen.«

»Ich stand – um es bildlich auszudrücken – vor einem sich gabelnden Weg. Der eine führte ganz sicherlich in ihren, in Janines Wahnsinn, der andere – ich weiß nicht. Längst habe ich ihn nicht bis zum Ende durchschritten. Ich sehe nicht einmal ein Ziel, weiß absolut nicht, wohin er mich bringen wird, nur eines – nicht in eine Nervenklinik. Lieber deutscher Freund, wir sind uns näher, als du auch nur ahnst. Deine These von der Ergründbarkeit revolutionärer Kunstrichtungen ist auch meine. Nur bleibe ich nicht wie du in der beobachtenden Theorie. Ich treibe das, was sich künstlerisch abzeichnet, in die vorgegebene Richtung. Durch Janines Wahnsinn sah ich plötzlich, ganz ohne deine Computerkette in deinem Keller zu Hause, was meine Kunst für die Menschen, die menschliche Gesellschaft bedeutet, nämlich den Beginn des biologischen Zeitalters!«

»Hoppla!« entfuhr es mir unwillkürlich. »Hatten wir uns nicht auf das elektronische geeinigt?«

»Ich sagte Beginn«, fuhr Pournoy fort. »Der Übergang vom elektronischen zum biologischen Zeitalter ist nicht fließend, vielmehr verzahnt: hier bereits heute, dort erst in vielleicht tausend Jahren, je nachdem, wie die Zähne ineinandergreifen. Ich kenne Janine seit ihrer Geburt«, schwenkte er unvermittelt vom Thema ab. »Ich entsinne mich, als sei das heute gewesen. Wir bewohnten zusammen mit den Rosées – also mit Janines Eltern – ein Doppelhaus, und unser Wohnzimmer lag Wand an Wand mit dem Schlafzimmer der Rosées. Frau Rosée bekam ihr Kind zu Hause. Sie verabscheute Krankenhäuser, und da nach der ärztlichen Voruntersuchung keine Komplikationen zu erwarten waren, sah sie nicht ein, weshalb sie in ein Krankenhaus sollte, nur weil sie ein Kind bekam. ›Ist denn Kinderkriegen eine Krankheit?‹ fragte sie meine Mutter, als sie hochschwanger war und das Thema auf die bevorstehende Entbindung kam.

Wir saßen über dem Schach, mein Vater und ich, und ich war gerade dabei, ihn zu schlagen, als der dünne Schrei des Neugeborenen drüben durch die wenig isolierte Wand zu uns herübertönte. Mein Vater hob den Kopf, und da er wohl merkte, wie schlecht für ihn die Partie stand, brach er sie ab. ›Ein Wunder ist geschehen‹, sagte er, ›ein neues Leben geboren, ein Leben, mit dem auch wir zu rechnen haben werden. Mama!‹ rief er, denn meine Mutter befand sich in der Küche. Und als meine Mutter, die feuchten Hände an ihrer Schürze trocknend, in der Tür stand, hörte auch sie das kräftige Geschrei des Neugeborenen. Sie faltete die Hände. ›Nun wollen wir hoffen‹, meinte sie, ›daß alles gutgegangen ist, auch für die Mutter.‹ Ich war damals acht Jahre alt, und meine Mutter schickte mich, wohl weil sie die Neugierde unerträglich plagte, schon zehn Minuten später mit einer Schachtel Konfekt hinüber, als Ausdruck nachbarlicher Mitfreude an dem Ereignis. Ich klingelte drüben an der Haustür. Herr Rosée öffnete. Ich sagte meinen Spruch. Er nahm mich bei der Hand, legte seinen Finger vor seine Lippen und führte mich in das Schlafzimmer, wo ich – was mich seltsam berührte – Frau Rosée von der Hebamme bereits aufgeputzt, mit einem winzigen Ding im Arm im Bett liegen sah. Man hört viel von der Enttäuschung der Väter beim Blick auf den neugeborenen Sprößling. Janine jedoch war vom ersten Augenblick an eine Schönheit, ein ganz reizendes Baby. Ich blickte wie entgeistert (denn ich war es) auf dieses Wunder der Natur, das längst nicht mehr schrie, vielmehr am Fäustchen lutschte, offenbar zufrieden mit der Welt. ›Sag deinen Eltern, daß wir uns über den Gruß sehr freuen und daß es ein gesundes Mädchen ist. Es wird Janine heißen.‹« Pournoy blickte einigermaßen versonnen vor sich hin. »Was mein Vater prophezeit hatte, traf ein, daß wir nämlich mit diesem neugeborenen Leben ebenfalls zu rechnen haben würden, und ganz besonders ich. Ganz außer Zweifel verliebte ich mich vom ersten Augenblick an in Janine, eine Liebe, von der ich schon damals genau wußte, daß sie mein ganzes Leben andauern würde.«

»Aber du konntest nichts von dem tragischen Schicksal ahnen, wie es sich schließlich ereignete.«

Pournoy warf einen nachdenklichen Blick auf mich. »Dennoch hat sich in Wahrheit nichts geändert, wird sich in Wahrheit nichts ändern. Jede freie Zeit verbrachte ich an ihrem Körbchen, an dem Kinderbett, das Janine schließlich brauchte, fuhr sie im Wagen spazieren, kurz, ich widmete ihr jene Zeit, die ein Junge meines Alters normalerweise seinen Freunden widmet, und zwar möglichst in einer zu allen dummen Streichen aufgelegten Bande. Hin und wieder hänselte man mich deswegen, aber das machte mir nichts aus. Und Janine erwiderte meine Zuneigung und Sympathie mit Sympathie und Zuneigung. Ich nahm ihrer Mutter viel Arbeit ab, und als Monsieur Rosée schließlich starb – an Lungenkrebs; er war ein enorm starker Raucher –, schloß sich Janine vollends an mich an. Sie war nun fünf Jahre alt, ich war dreizehn. Um diese Zeit machte ich ihr die Puppe. Ich zeichnete und malte damals noch, was ich heute nicht mehr tue, denn es wäre Zeitverschwendung. So zeichnete und malte ich für sie Kindergeschichten, an denen sie sich kaum sattsehen konnte: Sie erkannte darauf sich selbst, ihre Mutter, mich, meine Eltern, auch ihren toten Vater. Einmal sagte sie: ›Mach ihn lebendig! Ich will mit ihm sprechen.‹ So besorgte ich mir Lehm und modellierte aus dem Gedächtnis heraus seinen Kopf. Er muß recht ähnlich geworden sein, denn Frau Rosée, die Witwe, brach in Tränen aus, als sie das Kunstwerk sah. Aber Monsieur Rosée konnte keineswegs mit seiner kleinen, lebendigen Tochter sprechen.

Janine wurde von aller Welt verwöhnt. Jedermann war von ihr entzückt. Sie sah zum Anbeißen aus, und sie wurde, ungewöhnlich bei heranwachsenden Mädchen, mit jedem Jahr entzückender. Diese Prägung auf ihr Äußeres, auf ihren so wohlgeformten Körper, unterstützt durch meine Bemühungen, ihn möglichst naturgetreu so modellieren, konnte nicht ohne Einfluß auf ihr Gemüt, auf ihre seelische Verfassung bleiben.«

»Sie wurde – eitel?« fragte ich.

»Das ist nicht der richtige Ausdruck. Sie wurde . . . sich des Wertes ihres Körpers bewußt. Sie war intelligent genug, um klar zu sehen: Nur weil ihr Körper derart anmutig, ihr Gesicht derart reizvoll erschien, bezog sie von ihrer Umwelt alle Vorteile, die anderen Mädchen versagt blieben. Ihr Äußeres war Verursacher aller Vorteile, die sie genoß. Sie erkannte das ganz klar und deutlicher wohl als andere, gleichfalls mit den Vorzügen eines reizvollen Körpers Ausgestattete, die das Geschenk der Natur meist als etwas höchst Selbstverständliches, ihnen Zustehendes ansehen.

»Du meinst, ihr war bewußt, daß allein die Schönheit ihres Körpers die Leute für sie einnahm?«

»Mehr noch: daß nämlich diese Leute, die sie anschwärmten, eine nur vage Ahnung davon hatten, wie schön ihr Körper wirklich war. Sie bewegte sich ja nicht nackt unter den Leuten. So lebte sie ständig in einer Art konventionellen Verzichts. ›Wenn ihr wüßtet, was ich wirklich zu bieten habe . . .‹, oder aber: ›Ihr habt keine Ahnung, wie schön ich tatsächlich bin, denn die Öffentlichkeit verlangt, daß ich meine Schönheit verhülle.‹« Pournoy schwieg. »Schließlich hielt sie es nicht mehr aus«, fuhr er fort. »Und ich, der Künstler, gab ihr den willkommenen Vorwand. Sie war fünfzehn, ich dreiundzwanzig. Ich hatte mir vom Geld meines Vaters dieses Atelier gekauft und begann zu modellieren. Meine Arbeiten waren schon damals viel genauer – das heißt, eigentlich haargenau – im Vergleich zu dem was andere fertigbrachten, die schließlich in die Abstraktion auswichen, wohl weil sie erkannten, wie wenig sie die antike, eben die griechische Meisterschaft zu erreichen vermochten.« Jean Pournoy erging sich nun in einer ausführlichen Kritik klassischer Idealisierung, die seiner Meinung nach ebenso die Realität leugnete wie die Abstraktion. In Ihrem Interesse verzichte ich darauf. Man sollte und darf nicht von jedermann erwarten, daß er sich für ästhetische Fragen interessiert. Hier geht es vielmehr darum, daß jedermann erfährt, was über kurz oder lang auf uns zukommt. Es betrifft jeden von uns, und zwar unmittelbar und in einer persönlichen Bedrohung, wie sie selbst die letzten Kriege nicht darstellten, in denen bekanntlich die überwiegende Mehrzahl der damals Lebenden, trotz der riesigen Verluste, am Leben blieb.

»Natürlich arbeiteten wir an der Akademie vor dem Modell«, fuhr mein Duzfreund fort, »wenn auch, wie heute üblich, höchst selten – nur einmal in der Woche, und dann nur wenige Stunden. Dabei war der Saal immer gefüllt, und wir, die ›Gegenständlichen‹, machten uns weidlich darüber lustig. Was suchten die ›Abstrakten‹ an einer nackten Frau, der sie ja in ihren Zeichnungen und Bildern doch nichts abgewannen als eben die Sensation, einen nackten weiblichen Körper anzustieren, zumal es nichts kostete. Wie dem auch sei – Janine blätterte häufig in meiner Skizzenmappe, und plötzlich fragte sie: ›Weshalb modellierst du nicht auch mich?‹ Mir kam das recht überraschend. ›Da müßtest du dich ausziehen‹, erwiderte ich, eigentlich mehr im Scherz, aber – als sei dies die selbstverständlichste Sache der Welt – sie zog sich rasch alle Kleider vom Leib und stand vor mir in einer tatsächlich derart mädchenhaften Unschuld, daß mir der Atem stockte. Wir waren allein im Haus, meine Eltern bei Freunden eingeladen. Es war ein hellichter Sonntag, und die schräg einfallenden Sonnenstrahlen brachten ihren Körper zum Leuchten. Sie beobachtete mich aufmerksam, und wahrscheinlich registrierte sie von Anfang an mein fassungsloses Erstaunen und meine zunehmende Bewunderung. Sie war intelligent genug, und das trotz ihrer fünfzehn Jahre, um diese Bewunderung entsprechend zu deuten. Die Akademie beschäftigte – da Modelle nicht mehr so sehr gefragt waren – nur die ausgesuchtesten Damen, Mannequins eigentlich, war der Etat dafür doch prozentual gleich geblieben. Man konnte das Modellstehen gut bezahlen und die Ansprüche hochschrauben. Ich war also verwöhnt, was weibliche Schönheit anlangte. Doch was ich hier sah, übertraf schon damals alles in einem Maß, wie ich das niemals bei meiner Jugendfreundin vermutet hätte. Ich griff nach meinem Stift, aber dann warf ich den Skizzenblock weg. Ich wußte plötzlich, daß das Vorskizzieren absolut überflüssig für mich war; daß ich meine künstlerische Erfüllung ausschließlich im direkten Modellieren finden konnte. ›Zieh dich an‹, sagte ich. ›Wir gehen in mein Atelier.‹ Sie zog sich rasch an, sagte ihrer Mutter Bescheid, daß wir einen Spaziergang machen würden, und als wir endlich in meinem Atelier anlangten, sagte sie mit seltsamer Betonung: ›Ich stelle eine Bedingung. Was mir nicht gefällt, das darf ich kaputtmachen.‹ Ich begriff zuerst nicht. Aber dann gab ich meine Zustimmung, und was nun begann, war eine wahre Leidenszeit, denn Janine gefiel nichts, und sie zerstörte, worüber ich stundenlang gesessen hatte, und ich mußte ihre Entscheidung, ihr vernichtendes Urteil akzeptieren. Ich besuchte von da an niemals mehr die Akademie. Man mahnte mich, und da ich nichts darauf gab, relegierte man mich schließlich. Statt dessen absolvierte ich bei Janine eine Lehre, wie sie fürchterlicher nicht sein konnte. Ich versuchte mich tagein, tagaus an der Vollkommenheit ihres Körpers, der sich von Woche zu Woche weiter vervollkommnete, denn sie entwickelte sich zur Frau, und die Natur weiß sehr genau, wo da die Effekte zu setzen sind.«

»Und sonst gab es nichts zwischen euch?« fragte ich.

»Gewiß doch. Sie belohnte mich. Wir liebten uns. Aber was heißt das schon?« fragte Jean. »Die Tragik des Künstlers besteht darin, daß die Kunst über allem rangiert, auch wenn er die Liebe so nötig hat wie das Wasser.« Er hob die Arme an. »Ich war bald soweit, daß ich ihr Urteil gar nicht mehr abwartete, daß ich das Angefangene gar nicht mehr beendete, weil ich sah, daß ich auch diesmal scheitern würde. Das ging drei Jahre lang so, und du mußt bedenken, daß sie ja nicht weniger dabei leistete. Das Modellstehen oder -sitzen ist nicht einfach. Es strengt an. Sie strengte es besonders an, weil sie Zeuge war, wie unter meinen Händen etwas entstand, das aber nicht das war, was sie – und schließlich, in zunehmendem Maße – auch ich erwarteten. Um ganz klar zu sehen: Dieses Unvollkommene war tausendmal besser, gekonnter als alles, was auf der Akademie modelliert wurde. Aber was nützt das? Unter zwanzigtausend Künstlern ist nur einer, um dessentwillen es sich lohnt. Das sollten wir nie außer acht lassen. Vor Janine verzweifelte ich an meinem Talent, bis ich plötzlich merkte, was ich falsch machte.«

»Und das war?« fragte ich.

»Die konventionelle Art, mit der ich ›die Sache‹ anging, nämlich das, was Janine vorstellte. Auf unseren Akademien, sofern diese noch oder schon wieder gegenständlich lehren, hängt man dem seltsamen Aberglauben an, ein Körper sei nur ganz geistig zu erfassen. Es genüge also nicht, die äußeren Konturen nach der Natur zu zeichnen oder zu modellieren, vielmehr müsse man ›die Idee‹, die ein Körper ausdrücke, künstlerisch gestalten. Welch kompletter Unsinn! Aber ich glaubte daran, suchte also verzweifelt nach der Idee in Janines Körper, und da es keine in Körpern ausgedrückte Idee gibt, mußte ich scheitern. Ich jagte einem konventionellen Phantom nach, das ich nie zu entdecken vermochte, weil es gar nicht existierte. Hier lag mein Kardinalfehler. Ich war jedesmal gescheitert, weil ich meinen Lehrern auf der Akademie nachbetete. Und ich wußte, daß ich auf einem ganz anderen Weg zum Ziel gelangen mußte: nicht von außen, vielmehr von innen her, vom Körper als solchem, um es profan auszudrücken, von einem mit Haut überzogenem Organbehältnis. Natürlich war ich nicht ganz allein daraufgekommen.«

Er griff nach einer zerlesenen Ausgabe der *Gazette Medicale de France* aus einem Fach seines Bücherschranks und schlug einen Bericht über die damals neuesten Ergebnisse der Molekularbiologie auf. Ich war mit dem darin Behandelten vertraut genug, um sofort zu erkennen, was in Jean Pournoy aufgebrochen war, als er, wohl recht zufällig nur, in dieser Zeitschrift geblättert hatte.

»Ich fand sie im Wartezimmer, als ich den Arzt wegen einer kleinen Infektion am linken Daumen konsultierte.

Ich bat den Arzt nach der Behandlung um das Exemplar. Er hatte nichts dagegen, daß ich es mitnahm. Darin ist erläutert . . .«

»Ich weiß«, unterbrach ich ihn, »eben, daß in jeder Zelle der ganze Mensch, nun sagen wir: programmiert ist.«

»Und daß man theoretisch – heute sicherlich längst auch experimentell – aus jeder Zelle den ganzen Menschen hervorzüchten kann.«

»Möglich, daß man es schon getan hat.«

»Ich bin davon überzeugt«, sagte Pournoy. »Janines ganze Körperlichkeit lag also viele billionenmal«, fuhr er fort, »in jeder einzelnen Zelle, und man konnte sie nur wahr und überzeugend darstellen, je näher man diesen winzigen Bausteinen des Körperlichen kam.«

»Im Idealfall«, sagte ich, »je näher man der Zelle kommt.«

»Das ist natürlich ganz und gar unmöglich.« Pournoy winkte ab. »Und es entspricht auch nicht der Aufgabe der Kunst, zur Biologie zu werden. Aber wenn es gelingt, möglichst nahe bis zu jenem Punkt zu kommen, von dem ab die Biologie beginnt, muß das Kunstwerk einen höchsten Grad an Überzeugung gewinnen!«

Ich deutete auf das Ehepaar, den Museumsdiener, die Katze. »Und du hast das gesteckte Ziel erreicht!«

»Meinst du? Nun, gerade in dieser entscheidenden Krise verließ mich Janine.«

»Verließ – dich?«

Pournoy nickte. »Ich dachte damals, ich müßte daran zugrunde gehen und nahm mir natürlich vor, sie mit allen Mitteln wieder zurückzuholen, als ich feststellte – und ich war wohl am meisten verblüfft darüber –, daß ihre leibliche Anwesenheit gar nicht mehr vonnöten war. Ich kannte ihren äußeren Körper bis in jede der reizendsten Falten. Er war mir vertrauter als mein eigener. Ihre Anwesenheit hätte mir wenig genützt, galt es für mich doch darzustellen, was man der Oberfläche nicht abgewinnen konnte. Heute weiß ich, daß ihre Flucht die Voraussetzung war, etwas so überzeugend darzustellen, daß nur noch wenig Wünsche offenbleiben.«

Ich blickte wieder auf die drei Exponate. »Eigentlich keine Wünsche mehr«, sagte ich. »Und wie ging es weiter?«

»Ich bat meinen Vater, alle seine Beziehungen spielen zu lassen – er war mittlerweile zu höherer Staatsstellung avanciert und starb erst vor einem halben Jahr. Mit seiner Hilfe konnte ich intensiv anatomische Studien betreiben. Ich erwarb mir Präparate und übte mich an der Nachgestaltung der menschlichen, natürlich hauptsächlich weiblich-menschlichen Organe, die – selbst beim Herz, bei der Lunge, der Leber – einige Unterschiede zu den männlichen aufweisen, was die wenigsten wissen. Ich war tage-, wochen-, schließlich monatelang damit beschäftigt und vergaß fast Janine darüber.«

»Wohin war sie verschwunden?« fragte ich.

»Irgendwo in dieser großen Stadt hatte sie sich ein Zimmer genommen. Eines Tages sah ich sie auf dem Titelblatt des Magazins *Intimité*, und es ließ mich eigentlich kalt, daß sie ihren unvergleichlichen Körper nun merkantil nutzte. Sie war Fotomodell geworden, und es wäre unsinnig gewesen, ihr oder den vielen anderen ihrer Branche daraus einen Vorwurf zu machen. Im Gegenteil – wie sähe unsere Welt, unser Leben ohne die Gewißheit aus, daß es die weibliche Schönheit in einer Fastvollendung gibt? Die Möglichkeit der farbigen Fotografie und ihrer Reproduktion gibt nun Hunderttausenden, Millionen einen Begriff davon, die sonst nie etwas darüber erfahren hätten. Erst seit wenigen Jahren weiß auch der kleine Mann, jener etwa von der Straßenreinigung (er braucht nur am nächsten Kiosk die Augen ein wenig aufzumachen), was die Natur an Schönheit zu bieten hat. Früher ahnten die wenigsten etwas davon. Und es ist gar nicht abzuschätzen, welchen Einfluß diese ständige Zurschaustellung körperlicher Schönheit auf die menschliche Entwicklung haben wird. Die Ansprüche schrauben sich automatisch höher; sie müssen erfüllt werden. Der ungeahnte Aufschwung der Körperpflege hängt sicherlich unmittelbar damit zusammen. Janine avancierte alsbald zum höchstbezahlten Modell, denn natürlich erfuhr ich davon, ganz selbstverständlich. Und es interessierte mich, wenn auch nicht elementar. Ich war zu sehr erfüllt von meiner künstlerischen Aufgabe, die sich als weit gigantischer erwies, als ich mir das je geträumt hätte. Um dir einen Begriff davon zu geben: Es mußte mir gelingen, den Körper von innen her zu bewegen, auf ähnliche Weise, wie es die Natur macht, von der Muskulatur, den Organen aus, und zwar mit Hilfe elektronischer Impulse . . .«

»Und woher kam das Geld dafür?« fragte ich. Es war eine Frage, die mich schon geraume Zeit beschäftigte.

Pournoy schien sie erwartet zu haben. »Eine nicht unwichtige Frage. Die elektronischen Bauteile sind sehr teuer. Da war einmal das Vermögen meines Vaters, sein Haus, das Inventar. Aber was bedeutet das schon? Es war bald aufgebraucht. Ich nahm Verbindung mit Firmen der elektronischen Industrie auf. Versprach ihnen detaillierte Berichte über meine ›Forschungen‹, wie ich es nannte; aber diese befriedigten die Leute wohl nicht allzusehr. Mit einigen der Firmen stehe ich allerdings noch immer in guter Verbindung. Seit zwei Jahren erhalte ich monatlich eine nicht unbeträchtliche Zuwendung von anonymer Seite.«

»Ah, wirklich?«

»Jemand schickt mir Geld und will nicht genannt sein.

Vielleicht steckt Janine dahinter. Doch kann sie auch lediglich die Anregung gegeben haben.«

»Woraus schließt du das?«

»Weil die Zuwendungen weitergingen. Ich meine, sie brachen mit ihrem geistigen Zusammenbruch nicht ab.«

»Und die Bedingungen des anonymen Geldgebers?«

»Ich muß ihm über den Fortgang meiner Arbeiten berichten. Was mir angenehm ist: Er begnügt sich mit kurz hingeworfenen Notizen, hat nichts gegen meine recht schwierige Handschrift und kann sie offenbar auch entziffern, erhielt ich doch bisher nie eine Rückfrage, eine Bitte um Erläuterung. Ohne diese Zuwendungen hätte ich wohl längst aufgeben müssen.«

Pournoy deutete auf die drei Exponate. »Was du hier siehst, sind nichts als Stationen. Der Weg mag dir vielleicht unlogisch vorkommen: Zuerst nämlich entstand der Museumsdiener, danach das Ehepaar und schließlich die Katze, die ich nach ihrer Art als am gelungensten bezeichnen möchte.«

Ich bestätigte es ihm.

»Nicht wahr? Sie drückt von innen her aus, was sie ist, aus sich selbst heraus. Als ich sie vollendet hatte, wußte ich, nun würde ich auch das gesteckte Ziel erreichen.«

»Janine?« fragte ich. »Wann wirst du damit beginnen?«

»Wie?«

»Du willst doch Janine so darstellen, wie sie ist, oder besser: wie sie war – vor ihrem geistigen Zusammenbruch.«

»Ihre Mutter starb vor Jahresfrist, ja – übermorgen ist es ein Jahr her.« Pournoy nahm meine Hand. »Weißt du, sie verkraftete es nicht. Sie glaubte, alle Leute würden mit Fingern auf sie zeigen: der Mutter des nackten Geschöpfs in den Zeitschriften! Sie wußte nicht, daß die Betrachter von solchen Fotos niemals an eine möglicherweise vorhandene Mutter denken. Die nackte Schönheit ist herausgehoben aus einer vermuteten familiären Bindung. Sie steht für sich allein. Ich versuchte ihr das klarzumachen, doch vergeblich.«

»Du standest mit Janines Mutter folglich weiter in Verbindung?« fragte ich.

»Wieso nicht? Sie brauchte einen Menschen in ihrer eingebildeten Verlorenheit, und bevor sie starb, ließ sie einen Schriftsatz von einem Notar anfertigen – so etwas ist in unserem Land nicht ungewöhnlich, wo der Notar gleich hinter dem lieben Gott kommt und man ohne ihn eigentlich nicht leben kann –, in dem sie mich als Vormund für ihre Tochter einsetzte, wenn dies einmal nötig sein sollte.«

»Hatte sie eine Vorahnung? Und wie begründete sie deine Vormundschaft?«

»Als Janines Verlobter.«

»Ja, wart ihr denn verlobt?« fragte ich.

»Sie machte uns vor dem Notar dazu. Er glaubte ihr, und ich widersprach nicht. Nein, wir waren nicht verlobt, aber ich fühlte mich mit Janine noch viel enger verbunden. Und auch heute noch«, setzte Pournoy hinzu. »Ich bin tatsächlich ihr Vormund geworden, aber ich bin sicherlich mehr als das. Wir gehören zusammen. Sie gehörte mir mit ihrem ersten Schrei. Sie bleibt mir bis zu ihrem letzten Atemzug. Ja, ihre Mutter hatte wohl ihre bösen Ahnungen. In der Familie der Rosées – also von Janines Vater her – gab es einige Fälle von Geisteskrankheit, eigentümlicherweise auf den Körper bezogen, den nackten Körper. Ein Onkel etwa, der von sich reden machte, als er sich im Jardin du Luxembourg halbnackt vor Frauen zeigte, Janes Ururgroßmutter, die, in typisch pariserischer Formulierung, als Madame ›Mal nu au-dessus de cheval de selle‹ (›Akt auf dem Reitpferd‹) um die Jahrhundertwende auf den Champs-Elysées Sensation machte. Sie muß wohl nicht weniger schön gewesen sein, als ihre Ururenkelin es heute ist. Zwar arretierte man sie, aber man ließ sie auf Geheiß des Präsidenten gleich wieder frei, und nicht sie, vielmehr der arme François Rosée, ein reich gewordener Häusermakler, verfiel dem Gelächter der Pariser. Er hatte seine Frau, vielleicht nicht ohne Grund, geprügelt, und sie hatte sich auf die reizvollste Art und Weise gerächt. Aber später, sehr viel später verfiel sie dem Wahnsinn.«

»Und das befürchtete Madame Rosée auch bei Janine?« fragte ich.

»Sie war davon überzeugt. Die Parallelen erschienen ihr zu zwingend.«

»Und sie behielt recht«, sagte ich.

»Das behielt sie«, bestätigte Pournoy. »Und mir selbst sind diese Ururgroßmutter und dieser seltsame Onkel doch ein wenig tröstlich. Das heißt, ich halte mich an sie, wenn ich von Selbstvorwürfen zu sehr geplagt werde – und an Dr. Boulanger.«

»Jener Arzt, der Janine behandelt?« fragte ich.

»Ja. Auch er ist der Meinung, daß sie ihr Leiden als Familienübel ererbt hat.«

»Welche Selbstvorwürfe sollten dich auch plagen?« fragte ich. Er erhob sich. »Das wirst du bald begreifen. Komm mit!«

Er führte mich zu einer Tür, hinter der ich Jean Pournoys Schlafzimmer vermutete, ganz zu Recht, wie es sich herausstellte. Bevor er sie jedoch öffnete, legte er mir die Hand auf die Schulter. »Ich bat dich, dir Janine genau anzusehen. Ruf sie dir also ins Gedächtnis zurück, wie du sie gesehen hast, ›hingegossen‹ in ihre Kissen.«

Ich nickte.

Er öffnete die Tür und trat dann zur Seite.

Auf einem dieser breiten, im übrigen Europa als ›französisch‹ bekannten Betten erblickte ich Janine, genauso, wie ich sie in der Nervenklinik des Dr. Boulanger gesehen hatte, wirklich auf reizvollste Art ›hingegossen‹ in einige Kissen, die sie recht effektvoll um sich drapiert hatte. Sie lächelte mich an. Ich machte eine leichte Verbeugung.

»Entschuldigen Sie, Mademoiselle«, sagte ich und wollte auf sie zugehen, um ihr die Hand zu küssen, aber Pournoy hielt mich zurück. Ich wandte mich zu ihm um, blickte dann wieder auf Janine und sagte zu ihr: »Dieser Bursche, so begabt er ist, hat ein miserables Spiel mit mir getrieben, und ich bin mir noch nicht klar, was es zu bedeuten hat . . .« Da spürte ich Pournoys harten Griff an meinem Arm. Er zog mich aus dem Schlafzimmer hinaus und drückte die Tür wieder zu. »Also auch du!« stieß er hervor. »Was soll diese Puppe in der Klinik bedeuten?« fragte ich. »Und weshalb diese Komödie hier, deine seltsame Erzählung, und weshalb stellst du mir nicht Janine vor, wie es sich gehört? Versteckst du sie etwa? Und wenn – warum?«

»Du hast also herausgefunden«, sagte Pournoy mit einem fast spöttischen Unterton in der Stimme, »daß jene Janine in der Klinik . . .«

». . . eines deiner Kunstwerke ist, ja. Und ich gratuliere dir. Hervorragend, absolut hervorragend! Und besonders gratuliere ich dir zu dieser ›Happening-Idee‹, diese gelungene Schöpfung deinem Publikum im makabren Rahmen eines Irrenhauses zu präsentieren. Denn das ist es ja, was weder du noch sonst irgendein Künstler auf der Welt hervorzubringen vermag: den hellwachen, den intelligenten Geist. Da kam dir der großartige Gedanke, das Unvermögen durch den dafür geeignetsten Rahmen zu kaschieren, kurz: deine Schöpfung zwischen Menschen zu setzen, denen es auf Grund ihres Defektes an intelligentem Geist mangelt. Dazu paßt auch deine Bemerkung, wie zufrieden Ärzte und Pflegerinnen mit dieser Puppe sind, die ihnen keine Mühe macht. Ich gratuliere!«

Pournoy hob halb entschuldigend die Arme und lächelte. »Nachdem du mich also derart klar durchschaut hast.« Er öffnete erneut die Tür und machte eine einladende Handbewegung. Janine hatte sich aufgerichtet und saß nun in der denkbar anmutigsten Haltung auf dem Bett, mich – wiederum lächelnd – erwartend. Ihre Schönheit überwältigte mich so sehr, daß ich wie gebannt auf sie starrte. Aber ihre lebendige Gegenwart brachte mich rasch zur Besinnung. Ich trat auf sie zu. »Mademoiselle?« Dann beugte ich mich über ihre Hand, ergriff sie und ließ sie erschrocken fallen. Sie war kalt. Aber sie war nicht nur kalt. Diese Berührung signalisierte mir sofort meinen gravierenden Irrtum. Es war nicht die Hand eines lebenden Wesens. Ich wich zurück. Pournoy stand in der Tür und beobachtete mich aufmerksam. Erschüttert ließ ich mich auf einen Stuhl fallen und merkte, daß mir die Tränen aus den Augen schossen. Ich drückte beide Hände vor die Augen. Als ich erneut zum Bett sah, saß Pournoy dort. Er hatte den Arm um die Schulter seines Kunstwerks gelegt, und auch diese Darstellung der Janine reagierte: Sie legte ihren Kopf an Jean Pournoys Schulter, mit einer in dieser Bewegung ausgedrückten derartigen Hingabe, wie sie die lebende Janine, als sie noch im Besitz ihrer geistigen Kräfte war, wohl kaum intensiver hätte ausdrücken können.

»Meine kalte Geliebte«, sagte Pournoy. »Du hast dich getäuscht, Wolf! Das lebende Modell sitzt tatsächlich in der Klinik. Das hier ist, was ich aus der Erinnerung an Janine und mit Hilfe meiner Idee schaffen konnte, eine Plastik von innen heraus zu gestalten. Das einzige, was ihr fehlt, ist die Wärme, aber daran gewöhnt man sich, und wären die elektronischen Bauteile nicht derart empfindlich, hätte ich ein Wärmeaggregat eingebaut, das die Täuschung auch bei einer Berührung bewahrt. Es fehlt ihr die Sprache; aber sie drückt sich mit jeder Bewegung doch recht eindeutig aus. Sie ist Geliebte – und sonst nichts. Ich habe sie auf die Liebe programmiert, und ich programmiere sie noch immer, denn die Liebe ist unglaublicher Variationen fähig. Ich sagte dir bereits, daß ein Künstler wie ich die Liebe benötigt wie das Wasser, aber daß sie für ihn auch nicht mehr ist. Das Werk allein hat Bedeutung. Diese Janine ist nicht eifersüchtig auf das, was ich arbeiten muß. Sie hat«, – er lachte –, »volles Verständnis dafür, weil ihr jedes Verständnis überhaupt abgeht.« Er streifte ihr das Kleid ab und präsentierte mir sein Kunstwerk nackt. ›Janine‹ richtete sich auf und ging in den vollendetsten Bewegungen vor uns auf und ab, wobei sie uns mit höchster Verführung anlächelte. »Nein!« rief ich. »Nie habe ich etwas Vollenderes gesehen. Es ist ganz und gar unfaßbar! Heh!« rief ich im Scherz. »Du wirst doch nicht mit ihr ins Bett gehen?«

»Wieso nicht?« fragte Pournoy. »Sie ist meine Geliebte, wenn auch kalt, so daß es mich manchmal friert. Aber im Sommer, wenn die Hitze schier unerträglich auf mein Atelier knallt und von nirgendwoher ein kühler Luftzug weht, empfinde ich ihre Kälte als höchst angenehm. Ihre Vollendung geht bis ins Detail. Sie muß bis ins Detail gehen, sonst wäre es keine Vollendung.« Er streifte ihr das Kleid wieder über, und sie räkelte sich nun in angenehmster Weise in ihre Kissen. Pournoy betrachtete sein Kunstwerk mit größter Zufriedenheit. »Ist sie nicht wundervoll?« fragte er. »Bei diesem körperlichem Abstand empfinde ich die denkbar behaglichste Zärtlichkeit für sie. Sie sieht mich an, und ich erwidere ihren Blick. Dabei vergesse ich häufig, daß sie nichts ist als elektronisch gesteuerter, von mir in die rechte Form gebrachter Kunststoff. Wie sie mich jetzt zum Beispiel ansieht!«

In der Tat, diese ›Janine‹ schien ihren Herrn und Erzeuger mit den Augen zu verschlingen.

»Diesen sanften, hingebungsvollen Ausdruck erreichte ich, indem ich das Glas ihrer Augen durch etliche chemische Variationen dehnbar machte, eine Art plastisches Glas – es hat mich Tage und Wochen gekostet; aber wahrscheinlich wird mir das Patent dafür den Lebensabend sichern!« Er lachte und rieb sich die Hände. »Willst du die integrierten Schaltpläne sehen?« fragte er und war schon im Begriff, sie aus der Lade eines wohl eigens zu diesem Zweck gezimmerten Gefachschranks zu holen, aber ich hielt ihn zurück. Der Anblick des künstlichen Geschöpfs auf dem Bett hatte mir die lebende Janine in der Nervenklinik in Erinnerung gebracht. »Deine Erzählung ist wohl noch nicht zu Ende«, erinnerte ich Pournoy.

»Welche Erzählung?« fragte er.

»Es gibt noch Janine, die wirkliche Janine!«

Er schlug sich mit der flachen Hand gegen die Stirn. »Richtig! Ah ja!« Er blickte auf seine Uhr. »Wir haben noch ein wenig Zeit, und du bleibst doch noch?«

»Zeit – zu was?« fragte ich.

Er nahm mich bei der Schulter und führte mich in sein Atelier zurück, wobei er mit dem Fuß die Tür des Schlafzimmers hinter sich zustieß. »Besuch. Ein paar Herren. Du wirst sehen. Trinken wir noch ein wenig?«

Wir setzten uns. Er goß mein Glas voll, während er seines leerte und dann ungefüllt ließ. »Janine, Janine . . .«, sagte er. »Ja, siehst du – sie ließ sich einfach nicht sehen bei mir, und die Zeit verging mir wie im Flug über die Arbeit . . .« Er blickte zur Schlafzimmertür hinüber. »Ich war absolut von dieser ungemein interessanten

Arbeit an ihrem Ebenbild gefangen, zumal ich genau wußte: Diesmal gelänge es mir. Ich hatte zu keinem Zeitpunkt auch nur den geringsten Zweifel darüber, daß ich etwas schuf, was es bisher noch nie gegeben hatte. Diese Gewißheit spornte mich an, beflügelte mich, löste in mir – um es ein wenig emphatisch auszudrücken – alle verfügbaren Kräfte und vor allem: alle verfügbare Phantasie. Ich war einfach besessen von meinem Werk – eine Besessenheit, die mir den Blick für das Wesentliche ungemein schärfte. Kannst du dir vorstellen, wie mir zumute war, als ich plötzlich wußte, dies war der letzte, wirklich letzte Handgriff? Janine! Das war sie, wie sie wirklich war, ihr Körper, ihr Ausdruck, ihre unvergleichlichen Bewegungen. Du hast sie nicht gekannt, als sie noch geistig völlig . . . Ich muß dir etwas erklären: Obwohl sie geistig völlig normal war, war etwas in ihrem Wesen, das ich zu jener Zeit nicht zu deuten wußte, das ich allerdings heute deuten kann, nämlich als labilen Hang zum Irrsinn. Und dieser verschaffte ihr einen Reiz . . . Ich habe das auch in mein Kunstwerk hineinprojiziert. Vielleicht hast du's gespürt, he?«

»Du meinst, der ererbte Krankheitskeim, also diese überkommene Labilität der Gene, hätte von einem klugen Psychiater geortet werden können?«

Er nickte. »Dr. Boulanger ist dieser Meinung. Aber wer geht schon zum Arzt, um sich eine Neigung zum Wahnsinn attestieren zu lassen, wenn er gar nichts davon ahnt? Und was hätte das für einen Sinn? Verhindern läßt sich da medizinisch gar nichts. Irgendwann im Leben wird so ein armer Mensch in eine Situation hineinmanövriert, der er nicht gewachsen ist. Ah, ich muß es noch etwas einkreisen: zu einem Zeitpunkt in eine Situation hineinmanövriert, da die Sache reif geworden ist.«

»Und das geschah mit Janine?«

»Dr. Boulanger hat es mir erläutert. Sie zählt zu jenen, die sich langsamer als der Durchschnitt entwickeln. Es gibt eine Gruppe von Menschen, die brauchen länger bis zur endgültigen Reife, fünf, zehn Jahre länger. Sie werden dafür häufig sehr alt. Und nun kennen wir bei der Frau ein Stadium, das verborgene Gebrechen emporschwemmt. Die Natur hat der Frau die wichtigste Aufgabe zugewiesen, nämlich die Erhaltung des menschlichen Geschlechts überhaupt, eine – auch oder gerade! – vom Standpunkt der Natur höchst verantwortliche Aufgabe. Die Frau formt den zukünftigen Menschen, und die Natur muß sich vor der Selbstzerstörung bewahren. Ich stelle mir das so vor: Was einen weiblichen Menschen zur Weitergabe menschlichen Lebens untauglich macht, wie zum Beispiel die geistige Zerrüttung, die in ihr steckt, muß vor der Zeugung offenbar werden, damit es gar nicht erst dazu kommt, verstehst du? So haben wir denn die vielen Fälle, wo Mädchen im Stadium der Geschlechtsreife schizophren werden – nicht jedoch vorher. Ihr Körper bereitet sich auf seine ungeheuer wichtige Aufgabe vor, hält wahrscheinlich eine Art Inventur und stellt fest, daß er für die Erzeugung eines lebensfähigen Lebens nicht geeignet ist. Das muß in Signalen der Außenwelt mitgeteilt werden.«

»Und dieses Signal«, sagte ich, »ist die geistige Verwirrung, die einen Mann normalerweise vor einer Vereinigung mit dieser Frau zurückschrecken läßt.«

»Ja. Bei manchen Mädchen werden sie schon früh sichtbar, mit vierzehn, fünfzehn Jahren, bei anderen, den Spätentwicklern, entsprechend später. Janine brauchte zwanzig Jahre, bis sie reif war, und genau zu diesem Zeitpunkt geriet sie in eine Situation, der sie nicht gewachsen sein konnte, weil sie gegen ihr elementarstes Lebensgefühl gerichtet war. Die Frage nach meiner persönlichen Schuld dabei stelle ich mir immer wieder, trotz

Dr. Boulangers Versicherung, daß so etwas, vom medizinischen Standpunkt aus, gar nicht zur Debatte steht. Janines Schizophrenie ist unheilbar, und sie ist außerordentlich ausgeprägt, so daß sie zeitlebens in der Klinik bleiben muß. Die meisten Fälle dieser Art verlaufen weniger intensiv, sind mit den entsprechenden Medikamenten zu kontrollieren, so daß die unglücklichen Mädchen dennoch ein Leben – möglichst für immer in der eigenen, der elterlichen, geschwisterlichen, verwandtschaftlichen Familie – führen können.« Pournoy stand auf und betrachtete sinnend das vor ihm liegende ›Ehepaar‹, ohne den Mechanismus der Doppelplastik zu betätigen. Dann drehte er sich zu mir um. »Als ich sie«, – er nickte zum Schlafzimmer hin –, »vollendet hatte, ließ ich Janine über ihre Agentur eine Nachricht zukommen. Sie lautete: ›Wenn du etwas Interessantes sehen willst, such mich doch mal auf.‹ Sie kam nicht, und ich vergaß die Sache eigentlich. Ich war zufrieden. Ich lebte mit meinem Werk, verbessert hin und wieder etwas, was mir noch nicht ganz gelungen erschien und was hauptsächlich die Perioden des Bewegungsablaufs betraf. Und dann geschah es . . . Ich muß da haarscharf in einzelne Details gehen, weil der Vorfall sonst vielleicht nicht recht verständlich wird.«

Ich nickte.

»Es war im vergangenen Sommer, im August, am achten August, einem heißen Tag, vielleicht dem heißesten in jenem Jahr in Paris. Die Hitze lastete geradezu brütend über meinem Atelier. Das wäre die äußere Situation, soweit sie die Örtlichkeit betrifft.

Nun zu Janine. Sie war also, nun, sagen wir: ›der Welt berühmtestes Aktmodell‹, voll und ganz also auf sich selbst, speziell ihren unvergleichlichen Körper fixiert. Sie kannte sich haargenau – das war nun einmal ihre Körperlichkeit. Sie sah sich in den Magazinen, auf den vielen tausend Fotos, die von ihr gemacht wurden, und täglich vielleicht hundertmal im Spiegel.

An diesem Tag – ich stelle mir das wenigstens so vor – war es im Fotoatelier bei der zusätzlichen Wärme durch die Lampen viel zu heiß, heißer noch als bei mir. Infolgedessen stellte man die Arbeit ein. Die Aufforderung mit zum Schwimmen zu gehen, wurde von Janine sicher abgelehnt. Sie hatte Horror vor der Masse; sie hatte ihn von Kind auf, übrigens typisch für Schizophreniegefährdete – sie fühlen sich ja bedroht, eine Angst, die in höchstem Stadium der Krankheit bis zur Selbstvernichtung, zum Selbstmord führen kann. Alle Schwimmbäder waren um diese Zeit überfüllt. Was tun? Plötzlich erinnerte sie sich meiner Zeilen. Weshalb also nicht zu mir, um die alte süße Kinderfreundschaft, die Jugendliebe aufzufrischen? Ja, sie muß plötzlich ein ununterdrückbares Verlangen empfunden haben, das Vergangene, die schönen, guten, geborgenen, sicheren Zeiten hervorzuholen – eben das beginnende Stadium der Angst vor eingebildeter Bedrohung. Es paßt alles. Und es paßt auch, daß sie niemals meinen, das heißt eigentlich *ihren* Schlüssel zu meinem Atelier an mich zurückgab. Sie behielt ihn sozusagen als stets zu benutzenden Rettungsanker in ihrer Handtasche. Und da muß sie immer und immer wieder auf ihn gestoßen sein. Eine Frau kramt unablässig in ihrer Handtasche. Medizinisch steht es außer Zweifel, daß sich die bisher verborgen gebliebene Krankheit nun in ihr zu entfalten begann. Dr. Boulanger – du wirst begreifen, daß ich mich an seinen ärztlichen Sachverstand geradezu klammere – ist von seiner Wissenschaft her davon überzeugt, daß sie an diesem achten August auf der Flucht vor jenen bedrängenden Schrecknissen war. In ihrem Wahn glauben diese armen Geschöpfe, daß sich die ganze Welt verschworen hat, sie zu vernichten. In jedem Menschen hat die Natur Warnsignale vor Bedrohung eingebaut, biologische Mechanismen, die auf äußere Veränderungen hin aktiv werden, entweder in Form der Entwicklung von Aggression (man spricht dann von ›Gemeingefährlichkeit‹ und steckt die davon Befallenen in Zwangsjacken) oder aber in Form der Erzeugung von Angstzuständen, die die Fluchtbereitschaft aktivieren. Letzteres geschah bei Janine. Angesichts der entsetzlichen Bedrohung, die der geistige Wahn ihr vorspiegelte, entwickelte ihr biologischer Mechanismus Angst. Sie floh – und sie hatte nur ein Ziel: die Geborgenheit der Vergangenheit, nämlich mich, der ihren Beschützer gespielt hatte; seit sie auf der Welt war. Ich war ihre einzige Zuflucht, begreifst du? Das Entsetzen vor Unerklärbarem trieb sie zu mir. Sie setzte sich in ihren Wagen, parkte ihn unten vor der Tür, eilte nach oben, steckte in fliegender Hast den Schlüssel ins Schloß, öffnete meine Tür, kam ins Atelier, sah das Schlafzimmer offen, eilte darauf zu und fand mich . . .

Sie fand mich mit ihr, mit ihr selbst, mit ihrem nackten Selbst auf dem Bett, stand vor dem Bett und starrte auf sich, der sie mit mir nackt auf dem Bett lag, mit mir, der ich mich infolge der infernalischen Hitze am kühlen Plastikleib meines Kunstwerks ein wenig erfrischte. Du kannst dir meine Überraschung vorstellen. Ich richtete mich auf und sagte: »Janine! Na, das ist ein Freude!« Sprang auf und wollte sie umarmen. Die streckte beide Arme entsetzt vor und stieß einen Schrei aus, derart markerschütternd, daß er mir wohl zeitlebens in den Ohren klingen wird. Aber es war nicht allein dieser Schrei, vielmehr das animalische Entsetzen in ihren Augen, ihrem Gesicht, ihren gespreizten Händen, in ihrer zurückgebogenen Körperlichkeit. Sie schrie und schrie und hörte einfach nicht auf zu schreien, so daß ich, Hysterie vermutend, ausholte und ihr zwei schallende Ohrfeigen versetzte. Das machte die Sache noch viel schlimmer, denn ich griff sie ja an, bestätigte ihre Furcht vor der Bedrohung, indem auch ich, bei dem sie Schutz suchte, sie angriff und vernichten wollte. Erspar mir die Umständlichkeiten, die ich hatte, um sie mit Hilfe der Polizei, eines Rettungswagens und schließlich des eilig herbeibeorderten Dr. Boulanger in die Klinik zu schaffen. Es war mir gelungen, meine Plastik in allem Trubel vor den neugierigen Blicken der vielen fremden Helfer zu verbergen – sie waren schon irritiert genug von diesen drei Skulpturen hier im Atelier. Nur Dr. Boulanger weiß von der Identität der plastischen mit der lebenden Janine. Als ich ihm zum ersten Mal demonstrierte, wovor sich Janine so sehr erschreckt hatte, blickte er mich nicht einmal so sehr überrascht an. Allerdings ergriff er meine beiden Hände, nannte mich den genialsten Bildhauer aller Zeiten und versprach mir einmal seine Verschwiegenheit, zum anderen die vollste Unterstützung für das, was ich plante.«

»Und was war das?«

Pournoy blickte erneut auf seine Uhr. »In einigen Minuten wirst du es erleben. Aber was mich doch ein wenig, nun sagen wir, stutzig machte: Dr. Boulanger überhäufte mich nicht etwa mit Vorwürfen. Er ließ sich von mir den Ablauf der Begegnung Janines mit ihrem plastischen Ebenbild erzählen, nickte dazu und so, als habe er ähnliches vermutet, legte mir dann seine Hand auf die Schulter und bat mich eindringlich, mir keine Vorwürfe zu machen. Nicht die Begegnung mit ihrem Ebenbild habe den Wahnsinn in Janine erzeugt, vielmehr eine unglückliche Erbanlage, die ohnehin zu diesem Zeitpunkt ausgebrochen wäre, wozu schon etwa ein plötzliches Gewitter, die Zeugenschaft eines auch nur harmlosen Autounfalls oder aber eine größere Dosis Ärger gereicht hätte, und so fort. Daran klammerte ich mich damals, klammere ich mich bis heute; und eigentlich habe ich keinen Grund, am Urteil einer derartigen Kapazität in seinem Fach zu zweifeln, wie es Dr. Boulanger ist.«

»Ich kann mich gut in deine Situation hineinversetzen und kann sehr wohl verstehen, daß du seither tatsächlich einigen Trost in dem von dir geschaffenen Ebenbild der einstigen Geliebten findest.«

»Es ist viel mehr!« rief er. »Sie, die lebende Janine, erscheint mir jedesmal, wenn ich sie in der Klinik aufsuche, als ein Ebenbild der hiesigen. Diese hier kommt mir weitaus identischer vor, trotz ihrer Kälte und obwohl ich weiß, daß sie nichts ist als eine gutgestaltete elektronische Maschinerie, ohne Verstand, ohne Seele. Aber hat denn die lebende Janine noch einen Verstand? Und wie es mit ihrer Seele aussieht, das weiß nur Gott!«

Ich wunderte mich, daß er Gott erwähnte, und gab dieser Verwunderung auch Ausdruck.

»Meinst du im Ernst, daß ich nicht an Gott glaube? Ja, weißt du denn nicht, daß sich die Skepsis in der Wissenschaft immer mehr abbaut? Daß man eigentlich schon greifbar die Beweise für die Existenz eines gigantischen geistigen Wesens vor sich sieht? Die Billionen und Aberbillionen Sonnen im Weltall – ihre Energieausstrahlung, man hat das berechnet, müßte doch eine infernalische Aufheizung des ganzen Alls zur Folge haben. Daß dies nicht der Fall ist, kann einzig und allein nur auf einem regelnden Geist beruhen, der das labile Gleichgewicht exakt zu beherrschen weiß. Man spricht dabei von einem Computer in unausdenkbaren Dimensionen, und was ist das anderes, als spräche man von einem Geist in unausdenkbaren Dimensionen, also von Gott. Nein, nein, der Atheismus hat keine wie immer geartete wissenschaftliche Grundlage mehr. Er ist tot. Gott lebt. Das weiß die Wissenschaft!«

»Aber man klärt die Öffentlichkeit nicht über diese Erkenntnis auf!« warf ich ein.

»Hat sie das je getan? Hat sich die Wissenschaft je mit der sogenannten Allgemeinheit gemein gemacht? Aufklärung, Unterrichtung ist von der Wissenschaft nicht zu erwarten. Außenseiter müssen kommen, um die Forschungsergebnisse in die rechte Daseinsbeziehung zu setzen, philosophische Köpfe, die nicht nur Philosophie im Kopf haben, auch das Grundwissen, um die wissenschaftlichen Ergebnisse überhaupt begreifen und überblicken zu können. Und schließlich müssen sie Formulierungskünstler sein, die das Ergebnis aus Wissenschaft und Forschung zusammen mit der philosophischen Erkenntnis daraus den Leuten schmackhaft zu machen verstehen. Wo gibt es das? Die Menschheit wartet auf dieses Genie. Bisher offenbar vergebens, aber doch nicht für alle Zeiten!«

Gestatten Sie mir hier eine Bemerkung. Heute, da ich die Niederschrift meines Dialogs mit Jean Pournoy nochmals überfliege, scheint es mir, als hätte er dieser philosophische Prophet sein können. Dagegen jedoch spricht sein weiteres Schicksal. Kurz, es gelang ihm wohl im entscheidendsten Augenblick seines Lebens nicht, seine philosophische Erkenntnis von der wissenschaftlichen Beweisbarkeit Gottes klar und deutlich, das heißt überzeugend darzulegen. Wer nicht einmal sein eigenes Leben zu retten vermag, wie könnte er andere Leben vor dem Verderben bewahren, auch nur jenem des Unglaubens?

»Ohne Mühe«, fuhr Pournoy fort, »erhielt ich die Vormundschaft über die arme Janine zugesprochen. Einmal lag darüber Notarielles, für uns Franzosen also Geheiligtes, vor. Zum anderen: Wer hätte die Vormundschaft sonst wahrnehmen sollen, wer hätte sie überhaupt wahrnehmen wollen? Wo diese nicht ›von der Natur aus‹

geregelt ist, da gibt es immer die größten Schwierigkeiten, Vormünder für geistig Verwirrte zu finden. Meist müssen sie von Staats wegen eingesetzt werden. Ich war also höchst willkommen, und auf dieser Vormundschaft, mon cher, beruht auch das, was du gleich erleben wirst!«

Es klingelte draußen an der Tür, und Jean beeilte sich zu öffnen. Drei Herren traten ein, bewaffnet mit den verschiedensten Gerätschaften, die ich ohne Mühe als Notwendigkeiten fürs Fotografieren identifizieren konnte. Jean stellte mich ihnen als einen deutschen Freund vor, der sich für seine Kunst interessiere, was ja den Nagel auf den Kopf traf. Einer der Herren, eine in der Tat typisch pariserische Erscheinung, war Janines ehemaliger Chef, ein Aktfotograf von Rang. Aus seinem Fotoatelier stammten alle Aufnahmen, die in ungeheurer Auflage die Beschauer in aller Welt entzücken oder in ihnen geheime Wünsche entfachen.

»Ich muß Sie«, sagte Jean Pournoy zu den drei Herren, »noch einmal auf unsere Abmachungen verweisen. In Janines Zustand hat sich nichts geändert. Das arme Geschöpf bedarf der allergrößten Schonung. Treffen Sie also Ihre Vorbereitungen so, daß die ganze Prozedur nicht zu lange dauert. Zwar wird von ärztlicher Seite diese – nun sagen wir – andauernde gewohnte Beschäftigung durchaus empfohlen, doch kennt man noch längst nicht die Folgen einer Überbeanspruchung.« Ich hatte wiederum ausreichenden Grund, mich zu wundern. Mir dämmerte, welch makabres Spiel Jean da mit diesen versierten Fotografen spielte, und ich tippte auf einen ausgeprägten Sinn für die Satire bei ihm. In der Tat! Er ließ sich erläutern, welche Positionen man von dem durch einen schweren Schicksalschlag geistig etwas angeschlagenen Modell wünschte, und Jean verschwand im Schlafzimmer, wohl um alles in der Puppe elektronisch vorzuprogrammieren.

Währenddessen wandte sich Monsieur Clarin, Janines ehemaliger Chef, an mich. »Es ist eine Tragödie!« seufzte er. »Dieses einmalige, kostbare Geschöpf! Sie kennen sie! Und Sie kennen sicherlich auch meine Bilder von ihr! Nur durch sie bin ich das geworden, was ich bin! Und nun! Doch seien wir zufrieden, daß es nicht schlimmer ist. Abend für Abend bete ich, daß ihr das Schicksal der Nervenklinik erspart bleibt. Wir können Monsieur Pournoy nicht dankbar genug sein für das Opfer, das er für Janine, für uns und auch – ah oui! – für viele Millionen Leser bringt, die an die absolute Schönheit auf unserer Erde glauben!«

Was nun ablief, kann ich nur mit deutlich nachempfundenem Erstaunen berichten. Pournoy öffnete die Tür und ließ Monsieur Clarins Gehilfen die Lampen und Blenden aufbauen. Dies geschah in routinierter Geschwindigkeit, ebenso die Einpendelung der Lichtreflexe auf ›Janines‹ nackten, äußerst aufreizend auf dem Bett drapierten Körper. Sie lächelte die Herren an und folgte mit aufmerksamen Blicken allen Hantierungen. Monsieur Clarin betätigte den automatischen Auslöser seiner Kamera, wobei er um das halb in die Mitte des Raums ragende Bett herumsprang. Das geschah zwar alles mit großer fotografischer Leidenschaft, doch merklich zurückhaltend und diskret und ohne daß mehr als kurze, hinweisende Kommandos für die Gehilfen fielen.

›Janine‹ nahm noch drei weitere Positionen ein, unter denen mir eine doch als etwas zu gewagt, zu unästhetisch, zu aufreizend – kurz: zu pornographisch – erschien. Aber mein Wissen um die wahre Natur des Modells, das tatsächlich wirklich nichts anderes als *Modell* war, ließ mich ohne Mühe die heitere Realität erkennen, an der besonders Pournoy höchstes Vergnügen haben mußte, nach seinem Gesichtsausdruck und seinem Blinzeln in meine Richtung zu schließen.

Endlich war die Prozedur abgeschlossen. Pournoy bat die Herren zu einem Aperitif, der gerne genommen wurde. Er beantwortete zwar höflich, doch zurückhaltend die Fragen Monsieur Clarins nach einer etwaigen Aussicht auf Heilung bei »unserer geliebten Janine«, und plötzlich ließ sich Clarin zu einer Bemerkung hinreißen, die mich fast ein wenig aus dem Gleichgewicht brachte. »Vom rein fotografisch-künstlerischem Standpunkt aus . . . oh, ich bitte das zu entschuldigen, denn ich verkenne die Tragik in keiner Weise . . ., also von dem, was ich völlig abgesetzt vom persönlichen Schicksal als das für mich wesentliche Arbeitspotential an Janine ansprechen möchte . . . sie hat seit ihrer Krankheit nicht nur für mich . . ., nein, auch für die Herren der Redaktionen, und das ohne Einschränkung, gewonnen!« Die beiden Gehilfen nickten bestätigend.

»Wie meinen Sie das?« hakte Pournoy sofort nach, wobei er mir einen nachdenklichen Blick zuwarf.

»Vorher – ich meine vor dem achten August«, erläuterte Clarin, »war sie überwiegend Körper. Das Weibchen in ihr überwog ganz entschieden. Das hat sich tatsächlich noch verstärkt. Hinzugekommen jedoch ist ein gewisser Schmelz, ein samtener Schimmer, den ich nur als ›Beseelung körperlicher Konturen‹ umfassender umschreiben kann. Das teilt sich noch um einiges inniger in den Negativen, den Kopien und Vergrößerungen, am deutlichsten eigentümlicherweise in den davon verfertigten endgültigen Drucken mit! Es ist so, als sei sie das einzige für den künstlerischen Vierfarbendruck prädestinierte Geschöpf auf Erden. Ich mußte das einmal sagen. Es ist ganz einfach wundervoll!«

Damit verabschiedeten sich die Herren. Als sie gegangen waren, sah ich Pournoy kopfschüttelnd an. »Ich habe in diesen wenigen Stunden mehr erlebt, als die Summe der Erlebnisse meines ganzen bisherigen Lebens ausmacht«, sagte ich. »Aber mit dieser Demonstration deiner überwältigenden Kunst vor drei fotografischen Profis, die die lebende Janine gekannt haben wie niemand sonst, hast du allem die Krone aufgesetzt. Und sicherlich müssen die Burschen ein dickes Honorar auf dein Konto einzahlen!« Ich lachte herzlich.

»Auf Janines Konto«, korrigierte er mich, »das ich für sie verwalte und über das ich dem Vormundschaftsgericht halbjährlich Rechenschaft ablege. In der Tat: Meine Puppe bekommt mittlerweile das Doppelte an Gage, was Janine bis zum tragischen achten August erhielt.«

»Aber – das Geld gebührt doch in Wahrheit dir. Es ist doch dein Werk, das diese Fotografen in ihrem Magazin veröffentlichen.«

»Abgesehen davon«, korrigierte mich Pournoy, »daß sie der Überzeugung sind, die lebende Janine zu fotografieren, daß sie es ablehnen würden, ihre Linse auf eine Puppe zu richten, wenn sie davon wüßten, mein Verhältnis zu Geld ist ein ganz anderes als das der meisten Menschen. Was ich in Wahrheit suche, ist die Geborgenheit. Tatsächlich möchte ich mit Geld überhaupt nichts zu tun haben; um aber arbeiten zu können, brauche ich einen Raum, etwas zu essen, Materialien, vielleicht auch hin und wieder eine Reise, aber gerade das ist nicht einmal so gravierend. Ich möchte in Wahrheit, absolut unabhängig vom Geld, nur das tun, was ich für notwendig, für künstlerisch notwendig halte.«

Daß dieses Bekenntnis eines großen Künstlers bald ein eigentümliches Gewicht bekommen sollte, ahnte ich zu diesem Augenblick nicht. Ich fragte Pournoy, welches seiner Exponate er mir für meine Galerie wohl überlassen könne. Er machte eine einladende Handbewegung. »Was du dir wünschst, obwohl ich gerade die Deutschen am wenigsten empfänglich für diese Art der neuesten Kunstäußerung halte. Sie sind noch – entschuldige, mein Lieber – um hundert Jahre zurück, und das nicht einmal auf akzeptable Weise. Was sie hin und wieder – ich nehme an mit staatlicher Unterstützung – dem geschulten Pariser Publikum zeigen, ist völlig indiskutabel. Nicht anders verhält es sich mit der Literatur. Hier belächelt man das, was bei euch hochgerühmt wird, und man fragt sich, was um alles in der Welt aus dem ›Volk der Dichter‹ wohl geworden ist. Doch was kümmert es mich? Such dir aus, was du gerne haben möchtest – oder laß mich raten: Ich wette, du nimmst den ›Museumsdiener‹ und – ja, die ›Katze‹. Habe ich recht.«

»Du hast vollkommen recht«, bestätigte ich.

Pournoy per Expreß

Jean Pournoys Beurteilung unseres Kulturrückstandes (die übrigens von vielen Kennern der Weltliteratur und Weltkunst geteilt wird) bestätigte sich auf geradezu verblüffende Weise. Schon bei der Vernissage, der Präsentation der Ausstellung vor der eigentlichen Eröffnung, wurde ich durch verschiedene Äußerungen während oder nach der Veranstaltung in Verlegenheit gesetzt. Dabei hatte ich für die beiden Plastiken, den ›Museumsdiener‹ und die ›Katze‹, einen sehr gegenständlichen Rahmen gewählt, einen Querschnitt vom Motiv her begreifbarer Bilder, was übrigens schwierig zu bewerkstelligen war, denn es gibt deren bei uns zu wenige. »Was haben Sie da für einen sturen Burschen angestellt, mein Lieber?«, fragte Frau R., eine meiner eifrigsten Galeriebesucherinnen. »Sie sollten ihn ein wenig zurechtstauchen.«

»Was hat er denn getan?« fragte ich.

»Nichts. Eben nichts. Ich frage ihn – übrigens nach Ihnen –, und er gibt mir keine Antwort. Ist er stumm?«

Und Professor P., eine Kapazität, wenigstens in unserem Raum, für alles, was mit Kunst zu tun hat. »Gute Idee, Ihre Miezekatze als animalisches Ausrufungszeichen, das uns klarmacht, wie sehr die tatsächlich lebendige Natur allen Kunstbemühungen voraus ist. Aber verraten Sie mir um Himmels willen – wie kriegen Sie fertig, daß das Tier den ganzen Abend wie gebannt vor dem Mauseloch sitzenbleibt – und verstößt das nicht gegen das Tierschutzgesetz?«

Von den Kunstkritikern erfuhren fast alle von mir, daß der Museumsdiener tatsächlich eine Puppe, die Katze wirklich ein Kunstwerk sei – ich überzeugte sie aber erst, als ich ihnen gestatte, die Plastiken anzufassen. »... fragt sich, was das für eine Kunst ist«, schrieb R. S., der sonst recht brauchbare Ansichten über Kunst und Literatur von sich gibt, »die partout die Perfektion der Natur zu erreichen hofft (ohne daß es ihr gelingen kann, versteht sich!). Gerade in der Unvollkommenheit, im auf sich selbst beschränktem Nichtwuchern in der transzendalen Ivergenz ...« Von hier ab wurde er, wie üblich bei ihm, absolut unverständlich. Schließlich K. L., dem ich vor Jahren einmal mit einer größeren Summe aushalf, als ihm das Wasser bis zum Hals reichte (er hat den Betrag nie zurückgezahlt): »Altendorfs Galerie wartet immer mit Überraschungen auf. Das weiß das Publikum. So auch diesmal, nämlich mit zwei Bälgen, einmal dem eines ›Museumsdieners‹, der auf seinem Stuhl sitzt und hin und wieder, Lesen vortäuschend, sogar ein Blatt umwendet, sodann mit einer ausgestopften ›Katze‹, die unermüdlich in ein Mauseloch starrt. Gewiß, das ist recht geschickt gemacht. Doch was soll's? Da lobe ich mir die Bilder, von denen einige wirklich den großen Atem der Kunst haben ...«

Das setzte sich fort, solange die Ausstellung andauerte. Selbst unser Kulturdezernent (der im Rathaus eigene Ausstellungen veranstaltet, und zwar – wie immer in der Provinz – mit den abstrusesten Gemälden unserer modernen Epigonen) konnte es sich nicht verkneifen, mich bei einer zufälligen Begegnung auf dem Marktplatz beiseite zu nehmen: »Glauben Sie im Ernst, daß dieser Franzose – wie heißt er noch? – ja, dieser Pournoy, mit seinen Puppen irgend etwas in der Kunst bewirkt, was nicht schon da war?«

»Er hat bewirkt«, sagte ich, wobei ich ihn höchst verbindlich ansah, »daß Sie mich in diesem Augenblick beiseite nehmen und mich danach fragen. Bisher hat das noch kein einziges Exponat meiner vielfältigen Ausstellungen fertigbekommen bei Ihnen.« Er schüttelte den Kopf und eilte davon.

Aus allem wird klar, wie weit wir künstlerisch und sicherlich – wie Pournoy das feststellte – auch literarisch in die Bedeutungslosigkeit zurückgefallen sind, wohl in gleichem Maße, wie wir materiell, vorwiegend wirtschaftlich-merkantil in der Welt mit an der Spitze liegen. Nun könnte man vermuten, die Ausstellung sei für mich ein finanzielles Fiasko geworden. Im Gegenteil – und ich erwartete es nach dem Ablauf der Vernissage auch gar nicht anders –, sie wurde vom Publikumsbesuch her ein absoluter Rekord. Auch das läßt sich rational erklären. Die Vollendung, das vollendete Kunstwerk wirkt auf paradoxem Weg, nämlich indem es als Kuriosität angestaunt wird. Die Leute kamen also nicht wegen der Genialität der Darstellung des ›Museumsdieners‹ und der ›Katze‹, vielmehr weil man beides und die Genialität Pournoys als kuriose Variation empfand. Laut unserem Vertrag war Jean mit 50 Prozent am Erlös der Ausstellung (Eintrittsgelder und Katalogverkauf) beteiligt. Ich konnte ihm eine hübsche Summe auf sein Konto in Paris überweisen. Obwohl er, wie wir wissen, keine reale Beziehung zum Geld hatte, freute er sich darüber, und er fragte, ob sich etwa der Geschmack des deutschen Publikums über Nacht gewandelt habe. Ich klärte ihn über die wahre Natur des Geldsegens auf; daraufhin rief er mich von Paris aus an und sagte, die Deutschen seien nun einmal das faszinierendste Volk der Welt und so weiter. Aus allem ergab sich eine enge, sich weiter vertiefende freundschaftliche Verbindung mit Pournoy. Ich besuchte ihn noch einige Male, bat ihn auch, nach Deutschland zu kommen, was er abwinkend ablehnte (es sei ihm dort zu laut, was übrigens stimmt). Noch einmal durfte ich eine Plastik bei ihm abholen lassen, und zwar das Exponat ›Krokodil an silberner Kette‹, das für höchste Aufregung in meiner Galerie sorgte. Niemand zweifelte daran, daß es echt, also lebend sei. Wohl aber zweifelten alle an der Festigkeit einer silbernen Kette, so daß mir diesmal der Tierschutzverein tatsächlich und schon am zweiten Tag die Polizei ins Haus schickte (in Begleitung des Direktors unseres zoologischen Gartens), der sehr böse wurde, als ich ihm zu erläutern versuchte, daß dies kein lebendes Krokodil sei, vielmehr ein künstliches. Er lasse sich von mir nicht für dumm verkaufen. Das Tier müsse unverzüglich in eines seiner Terrarien gebracht werden, einmal weil diese Reptilien für Menschen unberechenbar seien, zum zweiten weil es hier in diesen trockenen Räumen auf die Dauer nicht existieren könne. Der Tatbestand der Tierquälerei sei erfüllt. Ich machte mich strafbar und dergleichen.

Ich überlegte krampfhaft, wie ich den Zoologen von der Künstlichkeit des Krokodils wohl überzeugen konnte. Krokodile sind Kaltblüter, wie wir alle aus der Schule wissen. Hier hatte also das bloße Berühren keinen überzeugenden Effekt, im Gegenteil: Daß es sich kalt anfühlte, bestätigte vielmehr seine Natürlichkeit. Die Elektronik konnte auch nicht abgestellt werden; das war von Pournoy nicht vorgesehen. Die Aggregate konnten sich zwar erschöpfen, aber das dauerte infolge des geringen Energieverbrauchs des trägen ›Tiers‹ wenigstens noch achtundvierzig Stunden. Zum ersten Mal überkam mich eine Ahnung, welche Verwirrung Pournoys Geschöpfe anzurichten in der Lage waren. Ich sage: eine Ahnung. Denn vom wirklichen Ausmaß dessen, was heute, zu jeder Stunde über uns hereinbrechen kann, wußte oder ahnte ich nicht das geringste. Ich fragte den Zoologen, was denn das untrügliche Zeichen von Leben sei und auf welche Weise, wenn überhaupt, es möglich sei festzustellen, ob ein Tier Leben habe, oder keines.

»Daß es lebendig ist, braucht nicht festgestellt zu werden. Es ist!« sagte der Zoologe, und die Polizisten nickten.

»Infolgedessen liegt es an mir, Ihnen zu beweisen, daß Ihre Ansicht irrig ist?« fragte ich.

»Tun Sie sich keinen Zwang an«, meinte der Zoologe ironisch. Ich ging in die Werkstatt, in der beim Transport beschädigte Rahmen oder Plastiken restauriert werden, griff mir die rasiermesserscharfe Klinge des Holzschnitzers vom Tisch und kam damit wieder zurück. »Etwas, was wirklich lebt«, sagte ich, »kann getötet werden, oder nicht?«

»Was haben Sie vor?« fragte der Zoologe. »Sind Sie wahnsinnig?« Aber ich hatte schon zugestochen, und zwar in den Hals des Krokodils, dort wo ich den Verlauf der Schlagader bei einem lebenden Tier vermuten durfte. Aus Pournoys Beschreibung und den komplizierten Schaltplänen wußte ich, daß ich hier am wenigsten Verderbliches anrichten konnte. Ich zog die Klinge wieder heraus. Pournoys Plastik hatte auf den Stich natürlich nicht reagiert. Sie bewegte sich weiter. Es drang ebenfalls kein Blut aus der ›Wunde‹, so sehr ich sie auch mit meinen Fingern aufklaffen ließ. »Kommen Sie!« sagte ich. »Hier können Sie deutlich die künstliche Struktur von Haut und Muskeln erkennen.« Der Zoologe, halb überzeugt, beugte sich nun auch über die Wunde. Als er sich wieder aufrichtete, wischte er sich den Schweiß von der Stirn. »Das ist ganz und gar wunderbar, meine Herren«, wandte er sich an die Polizeibeamten. »Nie in meinem Leben habe ich auch nur ähnlich Phantastisches gesehen. Sie können beruhigt sein. Dieses Tier ist tatsächlich kein Tier, vielmehr ein Kunstwerk, eine künstlerische Attrappe von höchstem Wert!« Er legte mir seine Rechte auf die Schulter. »Sie müssen meine Entschuldigung annehmen. Das«, – er deutete auf das Krokodil –, »übersteigt jedes Vorstellungsvermögen. Was aber machen wir nun? Dieser Stich – ist das denn wieder in Ordnung zu bringen?«

»Ich hoffe es«, antwortete ich.

»Passen Sie auf. Sie rufen jetzt sogleich die Presse an, ja, ja, ich bestehe darauf. Die Leute sollen wissen, was Sie da in Ihrer Galerie haben, und daß selbst ich, der Fachmann ... also, das ist ganz einfach die Sensation des Jahres!« Ich konnte diesen sich so sehr über seinen eigenen Schatten erhebenden Zoologen nicht davon abbringen. Mir schwante nämlich, was sich danach ereignen mußte. Die Sensation war in der Tat perfekt. Die Galerie wurde zeitweilig, und zwar mit Hilfe von Ordnungskräften, gesperrt, derart schwoll der Besucherstrom an. Meine Druckkerei arbeitete in Schichten, um ein von mir rasch entworfenes Faltblatt mit dem Bild des ›Krokodils an silberner Kette‹ in höchster Auflage zu drucken (der Aussstellungskatalog war schon am dritten Tag völlig vergriffen).

In neun Wochen zählte ich 56000 Besucher. In der zehnten Woche flaute der Strom jäh ab. Die Sensation hatte sich erschöpft. Es wäre nun für mich einfach gewesen, sie erneut anzufachen, aber ich bedurfte der Ruhe, meine Mitarbeiter nicht weniger. Wir schlossen die Galerie. Ich rechnete ab und schickte Pournoy seinen Anteil per Scheck nach Paris. Er kam mit dem Bemerken zurück: ›Adressat unbekannt verzogen.‹ Ich nahm selbstverständlich einen Irrtum der Post an, wählte Pournoys Nummer. Auf lupenreinstem Französisch ertönte das »Unter dieser Nummer kein Anschluß« in meinem Telefonhörer.

Ich nahm die nächste Maschine, um mich persönlich zu überzeugen. Pournoys Pariser Atelier war in der Tat leer. Ich ging, die Concierge neben mir, durch die mir so vertrauten Räume. Sie waren völlig ausgeräumt, bis auf einige Möbelstücke wie das zusammengeschlagene Bett, auf dem ›Janine‹ sich so unvergleichlich geräkelt hatte. Und auch sie war verschwunden.

Pournoy habe vor wenigstens drei Wochen alles zusammengepackt, den vertraglichen Mietrest auf einmal ausgeglichen – das Atelier war mit jährlicher Kündigung von ihm gemietet worden – und sei in ›elysische Gefilde‹ abgereist, wie er sich ausgedrückt habe. Was das bedeute, wisse sie (die Concierge) nicht. Auch ich konnte mir kaum einen Reim darauf machen.

Infolgedessen suchte ich die Nervenklinik Dr. Boulangers auf und erfuhr hier eine nicht weniger verblüffende Überraschung. »Dr. Boulanger«, so erläuterte mir die Oberin, »hat die Klinik an Dr. Hulôt verkauft. Es gab lange und schwierige Verhandlungen!«

»Und Janine Rosée, eine Patientin, für deren Schicksal ich mich besonders interessiere?« fragte ich.

»O ja!« rief sie. »Nun, er hat sie mitgenommen. Das haben wir alle bedauert. Er praktiziert irgendwo im Ausland.«

»Und wo er praktiziert – das wissen Sie nicht?«

Sie hob bedauernd die Hände. Da tat ich, was jeder Franzose tut, wenn er vor einem Problem steht: Ich suchte jenen Notar auf, der Pournoys Vormundschaft über Janine geregelt hatte. Mit ihm zusammen nämlich hatte ich immer die versicherungstechnischen Dinge abgewickelt, die beim Transport der künstlerischen Arbeiten Pournoys über eine Grenze hinweg nun einmal unerläßlich wären. Ich staunte nicht wenig, als mir ein völlig fremder, recht junger Mann gegenübertrat. »Vor drei Wochen habe ich das Notariat übernommen«, erläuterte er mir. »Sie kommen aus Marseille?« fragte ich.

»Nun, Sie kennen sich gut aus in den französischen

Departementsdialekten. Nein, ich stamme nicht aus Marseille, vielmehr aus Toulouse – und das ist ein gravierender Unterschied, wie Sie wissen. Dennoch haben Sie sich nur wenig getäuscht. Meine Mutter war Marseillerin; davon also habe ich den charakteristischen Akzent.«

Durch diese persönlich-menschliche Abschweifung kamen wir in eine Art freundschaftlichen Kontakt, wie er mir nötig erschien, um mehr als eine Unverbindlichkeit von ihm zu erfahren. »Monsieur Graveur (der frühere Notar) hat seinen Entschluß, sich in den Ruhestand zu begeben, überraschend gefaßt«, berichtete mir sein Nachfolger, Monsieur Julien May. »Gewiß hat er um seine Gesundheit gefürchtet. Für mich war es eine Chance: einmal Paris, zum anderen dieses Notariat, eine wahre Goldgrube! Monsieur Graveur muß wohl große Reichtümer angesammelt haben. Alles, was in Frankreich Geld besitzt, mit den vielen Verbindungen ins Ausland, ist hier in dieser Kartei erfaßt. Ich hatte kaum ausreichend Gelegenheit, mich einzuarbeiten. Was hilft's? Ich werde mich schon durchbeißen.«

»Und Monsieur Pournoy?« fragte ich.

»Pournoy?«

Ich erläuterte ihm, um wen es sich handelte. Er ließ sich die Kartei kommen. »Ja sehen Sie«, sagte er nach einem prüfenden Blick darauf. »Es ist alles abgeschlossen, und zwar mit höchster Akkuratesse.«

»Aber – es handelt sich um eine Plastik von Monsieur Pournoy, die ich nur leihweise übernommen habe, und um diesen Scheck, der auf irgendeine Weise in seine Hände gelangen muß.« Der Notar nickte anerkennend, als er die Summe sah. »Und er hat keine Adresse hinterlassen?« fragte er.

»Nein.«

»Wie eigentümlich. Ich kann Ihnen nur raten, die Summe treuhänderisch für Monsieur Pournoy zu verwalten, solange bis er sich bei Ihnen meldet.«

»Werden Sie mir eine kleine Bescheinigung darüber ausstellen, daß ich in dieser Angelegenheit mit Ihnen gesprochen habe?« »Das ist sehr klug gehandelt!« rief er und gab seiner Sekretärin den entsprechenden Auftrag. »Wollen wir zusammen ein Glas Pernod trinken?«

Wir unterhielten uns über Paris, die Pariser und über die französische Eigentümlichkeit, alles aus der Perspektive dieser Hauptstadt zu beurteilen. »In Frankreich gilt in der Tat nur, wer hier geboren ist oder doch wenigstens hier wohnt«, klagte Monsieur May. »Und darin liegt Frankreichs Schwäche!«

»Oder seine Stärke«, warf ich ein.

»Jede Stärke ist gleichzeitig auch der schwächste Punkt, insofern, als man – sagen wir als Feind – nur Paris zu erobern braucht, um Frankreich zu haben. Entschuldigen Sie, Monsieur, aber so haben es Ihre Landsleute in der Geschichte immer aufgefaßt.« »Diese Zeiten«, entgegnete ich, »sind für immer vorbei, soweit es uns betrifft.«

»Das mag sein. Doch kennen wir nicht den Verlauf der Geschichte, was die Zukunft anlangt. Was Paris jedoch so gefährlich macht«, schwenkte er zu meiner Überraschung auf ein anderes, mit dieser Stadt zusammenhängendes Problem über, »ist seine Universalität. Hier trifft sich alles; hier geschieht zuviel, was unkontrolliert bleibt. Machen Sie doch einmal die Probe aufs Exempel: Veranstalten Sie irgend etwas in Paris, und wenn es der größte Unsinn ist. Auf Ihre Einladung hin wird man kommen. Man wird von weither kommen. Der Zauber von Paris lockt über alle seine Unzulänglichkeiten hinweg.«

»Unzulänglichkeiten?«

»Ja, ja, natürlich! Eine Großstadt. Ein riesenhafter, schier unbeweglicher Körper, verschmutzt bis in alle Eingeweide, eigentlich nicht mehr lebensfähig. Das ist Paris. Es ist eine Weltstadt wie jede. Und in seinen Gossen, seinen verstopften Adern kriecht das Gewürm. Sagen Sie nicht, daß die Welt von Washington oder gar Moskau aus verändert, das heißt zugrunde gerichtet wird. Es geschieht von Paris aus, wenn auch die Franzosen den geringsten Anteil daran haben.«

Jeder Pariser schimpft über Paris, und dieser Neu-Pariser verstand es schon recht gut, das sicherste Zeichen, daß er sich in der fremden Umgebung zurechtgefunden hatte. Doch kamen mir seine Äußerungen viel später wieder in Erinnerung, und da hatten sie ein besonderes Gewicht.

»Suchen Sie doch einmal Monsieur Graveur auf. Vielleicht weiß er, wo sich Ihr Monsieur – wie war sein Name?« fragte er.

»Pournoy.«

»Wo er sich aufhält. Es wäre zumindest eine Möglichkeit für Sie weiterzukommen.«

»Sie haben die Adresse von Monsieur Graveur?«

»Wieso nicht?«

Es war eines der attraktivsten Stadtviertel von Paris, in das mich das Taxi brachte. Und als es schließlich vor der angegebenen Adresse hielt, staunte ich nicht wenig über die repräsentative Villa, die unzweifelhaft Monsieur Graveur einmal gehört haben mußte, denn sein Name prangte noch unübersehbar in großen Metallbuchstaben am Pfosten der Vorgartenpforte. Die Villa selbst war unbewohnt. Aber sie stand zum Verkauf. Ich notierte mir die Adresse des Maklers, der nicht allzuweit von Graveurs repräsentativer, ehemaliger Behausung sein Büro hatte.

»Wollen Sie die Villa kaufen?« fragte er sogleich.

»So direkt kann nur ein gebürtiger Pariser auf sein Ziel zusteuern«, sagte ich.

»Ich bin einer der wenigen wirklich waschechten Pariser«, prahlte er freudig, von mir sogleich erkannt worden zu sein. »Wir – das heißt meine Vorfahren bis in undenkliche Zeiten zurück – haben unablässig in Paris gewohnt, und einige haben nie in ihrem Leben diese Stadt verlassen, nicht einmal die Straße, in der sie geboren wurden. Das war nicht nötig. Paris stellte schon immer ein verkleinertes Abbild der Welt dar. Werden Sie mit mir ein Glas Rheinwein trinken?«

»Rheinwein?« fragte ich. Aber ich sollte noch auf andere Weise überrascht werden. Monsieur Grandpierre (sein Name) brachte in der Tat eine recht passable Flasche Oppenheimer auf den Tisch. »Der deutsche Wein«, schwärmte er, »ist die Krönung, und wissen Sie, woher das kommt, Monsieur? Es kommt von der rauhen Witterung in Deutschland. Der deutsche Weinbauer kann sich die Sonne nicht näher zaubern. Er muß mit dem Wenigen auskommen, was sie ihm an Wärme zuteilt. Und das ist nicht viel. Infolgedessen müht er sich anderweitig um Qualität, und dies mit einer Perfektion, wie sie den Deutschen, Ihren Landsleuten, Monsieur, nun einmal eigen ist, etwa indem sie sich auf Riesling versteift, die Krönung aller Rebensorten überhaupt. Die Kellerbehandlung ist eine deutsche Wissenschaft, an die wir Franzosen, ganz zu schweigen von den Italienern oder gar Spaniern, niemals heranreichen können. Zum Wohl!« rief er auf deutsch.

»Santé!«

Wir tranken, und dann fragte ich ihn nach Monsieur Graveur. »Ja, er ist, für uns alle überraschend, ganz plötzlich« –, er macht eine weitausholende Armbewegung –, »davongegangen.«

»Und wohin?« fragte ich.

Er hob die Schultern an. »Das entzieht sich absolut

meiner Kenntnis. Ich habe den Auftrag, seine Villa – übrigens ein hervorragendes Objekt – so teuer wie nur möglich zu verkaufen und mir – das ist wichtig! – dabei Zeit zu nehmen.«

»Gut«, sagte ich. »Hin und wieder werden Sie Monsieur Graveur vom Stand der Dinge unterrichten.«

»Das geschieht laufend.«

»Und – wohin?«

»An seinen Notar.«

»Notar? Er ist doch selbst Notar?«

»Er war es. Jetzt ist er es nicht mehr. Infolgedessen braucht er selbst einen Notar für seine Geschäfte.«

»In Frankreich«, sagte ich, »landet man letzten Endes immer bei einem Notar – selbst wenn man es mit einem ehemaligen Notar zu tun hat. Und wer ist es?«

»Sein Nachfolger. Monsieur May. Seine Adresse ...«

Aber ich winkte ab. »Ja, ja«, sagte ich. »Es geschieht mir ganz recht. Und es passiert immer wieder, und je mehr man dieses Land oder diese Stadt liebt, desto häufiger.«

»Was ist Ihnen denn passiert?« fragte der Makler.

»Ich komme gerade von Notar Monsieur Julien May.«

»Tatsächlich! Und ich dachte, er würde es nie schaffen.«

»Nie schaffen?«

»Aber er hat es geschafft. Ich meine – auf echt pariserische Art zu reagieren.« Er rieb sich nachdenklich das Kinn. »Man kann sagen: Alle Franzosen sind irgendwo auch Pariser, selbst wenn sie von Toulouse kommen. Monsieur Graveur möchte wohl auf keinen Fall gestört werden.«

»Ich interessiere mich weniger für ihn als für einen Freund, der ein Klient von Monsieur Graveur war und dem ich eine respektable Summe schulde.«

»Und der ebenfalls von der Bildfläche verschwunden ist?« fragte er. »Wie gut für Sie und wie schlecht, wenn es umgekehrt wäre, wenn dieser Freund Ihnen die Summe schuldig wäre. Sie haben den berühmten ›Pariser Zirkel‹ geschlagen, sind im Kreis gegangen, und ich rate Ihnen, es dabei bewenden zu lassen. Ihr Freund wird sich melden, sobald er es für richtig hält. Was glauben Sie, was mir schon alles in dieser Beziehung passierte ...« Er erzählte mir einige Anekdoten aus seinem Berufsleben, die wirklich erstaunlich waren. Ich fand es an der Zeit, mich von ihm zu verabschieden. Er steckte mir seine Karte in die Tasche, falls ich einem finanzstarken deutschen Interessenten für die Villa des Ex-Notars begegnete, was in der Tat bald darauf geschah, einem Industriellen, den es, aus welchen Gründen auch immer, nach Paris zog. Er kaufte die Villa, und ich war sogar einmal Gast bei ihm und hatte Gelegenheit, Monsieur Graveurs exquisiten Geschmack zu bewundern, denn er hatte das Haus mit der vollen Möblierung verkauft.

Ich richtete für Pournoy ein Konto ein, verwahrte sein ›Krokodil an silberner Kette‹ in einem eigens dafür hergerichteten klimatisierten Raum und wartete in der Hoffnung, eines Tages doch von ihm zu hören.

Ich wartete vorerst vergebens.

Freunde, die sich nicht mehr melden, bleiben sicherlich Freunde. Doch schwächt sich die Erinnerung an sie ab. Der zeitliche Abstand erweist sich jedesmal als die entscheidende Veränderung in den menschlichen Beziehungen. Das Bild, das man voneinander hat, verblaßt.

Lediglich das ›Krokodil an silberner Kette‹, diese in der Tat unvergleichliche Pournoysche Plastik, erinnerte mich an seinen Schöpfer. Was mochte ihn veranlaßt haben, so jäh und unvermittelt die Verbindung mit mir abzubrechen?

Es waren vielleicht sechs Monate vergangen seit meinem letzten Besuch in Paris, dem Gespräch mit Notar

May, als ich plötzlich einen Brief von Pournoy erhielt. Er war in Paris abgestempelt, doch sicherlich nicht in dieser Stadt geschrieben worden, denn Poststempel und Datum auf dem Brief wiesen einen Zeitunterschied von sechs Wochen auf. Entweder war er in einem vielleicht vergessenen Briefkasten liegengeblieben oder aber in der Tasche eines mit der Beförderung Beauftragten.

Es ist nicht unmöglich, die wirkliche Herkunft eines etwa mit der Absicht der Verschleierung aufgegebenen Briefes festzustellen. Kriminaltechnische Institute leisten hier Hervorragendes. Man geht in erster Linie vom Papier aus. Die chemische Analyse der Papiersorte kann da schon weiterführen; Es ist eine Arbeit, die allerdings sehr viel Mühe macht. Ich hätte mich dieser Mühe sicherlich unterzogen, hätte ich damals von der Gefahr gewußt, die uns heute bedroht. So aber war ich doch verletzt über die wenig Konkretes umfassenden Zeilen, die mir Pournoy darin schrieb. Er war es, der mir bei unserer ersten Begegnung in Paris, vorschnell eigentlich wie es mir vorgekommen war, seine Freundschaft und das vertrauliche Du angeboten hatte und so, daß ich es unmöglich abschlagen konnte. In diesem Brief schien er alles vergessen zu haben. Nicht nur, daß er das förmlichere Sie gebrauchte; es fehlte der herzliche Ton, der zwischen uns, nicht nur bei unseren Begegnungen, auch in den zwei, drei Briefen vorherrschte, die wir gewechselt hatten. Und das nun war es, was mich veranlaßte, bei einem Graphologen ein Gutachten zu bestellen. Ich mußte wissen, ob Pournoy den Brief wirklich geschrieben hatte; ich mußte es deshalb wissen, weil er mich darin beauftragte, sein Geld an Notar Julien May zu überweisen, der für alles weitere Sorge tragen würde usw. Graphologen, sofern sie sorgfältig arbeiten, sind durchaus in der Lage, noch so geschickte Fälschungen zu erkennen. Ihrem geschulten Blick entgeht nichts. Es ist bei Brieffälschern ähnlich wie bei Geldfälschern: Sie scheuen die schwierigen Details, verlassen sich vielmehr darauf, daß eine Prüfung ihrer Fälschung nur bei Verdacht erfolgt. Insofern hätte ich mir die Unkosten sparen können: Pournoys Brief erregte allein durch seinen Inhalt Verdacht. Ein Fälscher hätte ihn infolgedessen vom Inhalt her anders abgefaßt.

Die Schrift war identisch mit der Schrift in jenen beiden Briefen, die mir Pournoy zu früherer Zeit aus Paris geschrieben hatte. Das bedeutete für mich: Er hatte auch diesen Brief verfaßt. *Monsieur,* schrieb er, *ich habe endlich gefunden, was ich lange erstrebte: die absolute Freiheit vor jeder materiellen Pression. Ich lebe in einer herrlichen Umgebung, besitze – oder besser – benutze ein Atelier, welches genau nach meinen Vorstellungen gebaut wurde. Wohlhabende Freunde, wie Sie von meiner Kunst begeistert, halten mir alles vom Leib, was mich ablenken könnte. Ein langgehegter Wunschtraum hat sich also erfüllt. Ich bin glücklich.*

Haben Sie doch die Güte, ein sicherlich zu meinen Gunsten angeschwollenes Kapital an Monsieur May, den Nachfolger im Notariat von Monsieur Graveur, zu überweisen. Er wird es zuständig weiterleiten.

Genehmigen Sie den Ausdruck meiner vorzüglichen Hochachtung, Ihr – Unterschrift: *Pournoy*

Das war alles. Kein persönliches Wort, keine Anordnung, was mit der Plastik ›Krokodil an silberner Schnur‹ geschehen sollte, keine Andeutung, in welcher Weltgegend er sich aufhielt oder wer die Freunde waren, jene wohlhabenden, die ihm ein Arbeiten jenseits aller ›materiellen Pression‹ ermöglichten, schon gar nichts über seine Arbeiten, was er vollendet hatte, was er plante. Wer wie ich viel mit Künstlern zu tun hat, kennt ihre Mentalität. Es sind Menschen, die sich mit normalen Maßstäben kaum beurteilen lassen. Dennoch reagieren sie in den elementaren Lebensdingen wie wir alle. So sind sie durchaus dankbar, wenn sie erfahren, daß man es gut mit ihnen meint oder gut mit dem, was sie schaffen. Von Jean Pournoy nun hätte ich am wenigsten einen derart kaltschnäuzigen Brief erwartet, von ihm zuletzt. Ich grübelte darüber nach, was ich wohl falsch gemacht haben könnte, verstieg mich sogar zu der Vermutung, daß die Gründe im Nationalen zu suchen seien, eben in der Aversion einiger Franzosen gegen alles, was deutsch ist. Nichts davon traf zu. Davon bin ich überzeugt. Pournoy muß sich damals in einem Zustand der Verzückung gefunden haben, denn in der Tat lebte er, wie ich später herausbekam, wenigstens für einige Zeit in einem künstlerischen Paradies, wie es sich andere Künstler nur erträumen. Er besaß tatsächlich ein Atelier ganz nach seinen Vorstellungen. Die geldlichen Sorgen waren von seinen Schultern genommen, so sehr, daß er nur zu wünschen brauchte – es wurde ihm zur Verfügung gestellt. Und seine Kunst war höchst aufwendig, wie wir wissen. Die Materialkosten etwa des ›Krokodils‹, müssen Tausende betragen haben, ganz zu schweigen von Pournoys unzähligen Arbeitsstunden. Gewiß, sein Anteil an den Eintrittsgeldern – 50 Prozent wie gesagt – summierte sich respektabel. Doch hätte er damit allein unmöglich auf die Dauer durchhalten können. Da mußten ihm wohlhabende Freunde wie ein wahrer Glücksfall erscheinen.

Aber weshalb nannte er sie nicht? Weshalb umgab er alles, was mit seinem Glück zusammenhing, mit dem Mantel des Geheimnisses? Ich hätte ihm doch von Herzen dazu gratuliert, hätte Anteil genommen an der günstigen Wendung seiner materiellen und vielleicht auch künstlerischen Situation, wäre der erste gewesen, der stehenden Fußes zu ihm geeilt, ihn in der Mitfreude herzlich umarmt hätte.

Und wieso schrieb er nichts von Janine? Von beiden? Wußte er nicht, daß Dr. Boulanger seine Patientin ›irgendwohin‹ mit sich genommen hatte? War es ihm gleichgültig? Gehörte auch sie zu jener ›materiellen Pression‹, von der man ihn befreite? Lebte er allein und nur mit seiner Plastik? Schließlich hat jeder Mensch seine eigenen Probleme. Ich betrachtete den Fall Pournoy mit diesem Brief eigentlich als erledigt, eine künstlerisch hochbedeutsame Episode für mich, gewiß, die ich nicht wirklich vergaß, die aber an Aktualität verlor. Meine Galerie lief weiter; aber sie lief nicht derart sensationell, wie sie das mit Hilfe des französischen Realisten einige Zeit gelaufen war.

Was ich Ihnen bis zu dieser Stelle schilderte, ereignete sich vor genau zwei Jahren. Zwei Jahre ist es her, daß ich von Pournoy das letzte Lebenszeichen erhielt.

In diesen zwei Jahren geriet meine Galerie als die führende in unserem Land immer häufiger in die Feuilletonspalten unserer Zeitungen. Rundfunk und Fernsehen berichteten in wachsender Aufgeschlossenheit, und vieles davon, etwa die Fernsehaufzeichnungen, gelangte mit Hilfe des Programmaustauschs auch ins Ausland.

Was ich zeigte, hatte stets internationales Niveau. Die berühmtesten Künstler boten mir ihre Werke an. Ich konnte zufrieden sein und war es auch.

Vor einem Jahr – wiederum angeregt durch Pournoys ›Krokodil‹, das noch immer in meinem Besitz war, und bestärkt durch den allgemeinen Trend zur Realistik – schrieb ich einen internationalen Wettbewerb aus. In der Ausschreibung schilderte ich Pournoys lebensechte Plastiken, die nicht in Vergessenheit geraten dürften, zumindest nicht als Kunstrichtung. Ich bat um die Einreichung höchst lebensechter, möglichst mit Hilfe der Elektronik beweglicher Exponate und griff dabei gehörig mein Privatvermögen an. Der 1. Preis war mit einhunderttausend, der 2. mit fünfzigtausend, der 3. Preis mit fünfundzwanzigtausend Mark dotiert. Allein die Höhe der drei Preise sicherte dem Ausschreiben weltweite Beachtung. Leider war das Ergebnis wenig zufriedenstellend. Wirklich beweglich erwiesen sich drei der fünfhundert eingereichten Plastiken: ein Huhn, ein – Pournoy nachempfundener – Kater, der längst nicht seine Meisterschaft erreichte, und ein Schimpanse, der zwar die Augen rollte, sonst aber nichts weiter als ein gut präparierter, eben ausgestopfter Affe war. Es wurden auch fünf lebende Tiere zugeschickt, von denen eines, eine hochgiftige mit roter Farbe angemalte Schlange (eine Buschnatter), an Sauerstoffmangel schon auf dem Transport eingegangen war: Farbe verhindert bekanntlich die Hautatmung.

Offenbar wuchs sich mein Preisausschreiben zur künstlerischen Katastrophe aus, als zu meiner Überraschung plötzlich eine Expreßgutsendung eintraf, die ›Pournoy, Paris‹ als Absender aufwies. Man mag sich meine Freude vorzustellen! Pournoy! Er hatte von meiner Ausschreibung gehört. Er nahm teil! Kein Zweifel, daß *er* es sein würde, dem der 1. Preis zufallen mußte – und wenn es das war, was ich erwartete, sicherlich die ganze Preissumme, also auch die des 2. und 3. Preises.

Natürlich war ich dabei, als die Sendung unter Wahrung höchster Vorsichtsmaßregeln ausgepackt wurde. Die Kiste war länglich, erinnerte an einen Sarg, und als wir die Bretter der Verschalung gelöst hatten, kam tatsächlich ein recht teuer verzierter brauner Eichensarg zum Vorschein. Meine Mitarbeiter verstummten. Auch mir ›griff etwas in diesem Augenblick ans Herz‹, wie man so etwas viel später, im nachhinein gerne formuliert. Im Grunde jedoch fühlte ich mich recht froh gestimmt, und als die Schrauben des Deckels gelöst und dieser zurückgeklappt war, kannte meine Begeisterung kaum Grenzen. Was da, drapiert wie eine ›höchst lebensechte‹, also ganz und gar tote Leiche vor uns lag, war niemand anderer als Pournoy selbst! Und in der Tat hatte ich das eines Tages von ihm erwartet, nämlich daß er sich selbst zum Motiv nehmen würde, als höchste künstlerische Motivierung. Ich beugte mich sofort über die Plastik, befühlte sie von allen Seiten, fand am Bein oberhalb des Knöchels den Kontakt, ließ eine Batterie herbeischaffen, schloß sie an. Nun wartete ich begierig der Dinge, die sich bald ereignen mußten. Und sie ereigneten sich – wie ich damals überzeugt war – auf echt Pournoysche Weise. Der ›Tote‹ begann ganz leicht, kaum merklich, aber desto eindrucksvoller zu zittern, und zwar so, wie sich jeder (obwohl eigentlich niemand ähnliches erlebt haben dürfte) das Erwachen eines Toten oder Scheintoten in seiner Phantasie vorstellen würde. Jeder von uns, die wir uns um den Sarg gruppiert hatten, *wußte* in diesem Augenblick, daß man nur auf diese und keine andere Art aus der Todesstarre in ein eigentlich schon aufgegebenes Leben zurückfindet. ›Pournoy‹ schlug die Augen auf und sah uns der Reihe nach mit einem unsäglich schmerzlichen Ausdruck an. Und dieser schmerzliche Ausdruck war es, der uns zutiefst aufwühlte. Ich atmete auf. »Das, meine Damen und Herren«, sagte ich zu meinen Mitarbeitern, »ist genau, was ich meine, wenn ich von der künstlerischen Endstufe spreche. Pournoy hat sie erreicht. Sie kostet mich hundertfünfundsiebzigtausend. Aber ich werde vor dieser Plastik das Gefühl nicht los, viel, viel zuwenig dafür zu zahlen.« Man stimmte mir rückhaltlos zu.

Ich rief noch an diesem Tag Pournoy unter seiner alten Nummer an. Es meldete sich ein junger Maler, von dem ich noch nie gehört hatte. Julian May, der Notar, den ich danach anrief, kam nicht selbst an den Apparat, ließ mir aber durch seine Sekretärin ausrichten, daß sich in bezug auf Jean Pournoy nichts geändert habe. Er selbst wußte sicherlich so wenig wie ich, wo sich das Genie im Augenblick aufhielt. Er habe den Auftrag, so seine Sekretärin, alle eingehenden Gelder auf ein schweizerisches Konto zu überweisen.

Wie schade! Und wie unvernünftig von Pournoy! Er mußte doch wissen, welch künstlerischen Effekt seine Plastik auf mich und ebenso auf die Öffentlichkeit machen würde. Eine kleine, vage Hoffnung tröstete mich. Ich zweifelte keine Sekunde, daß er allein der Jury als preiswürdig erscheinen, auf die Nachricht von seiner Auszeichnung vielleicht anreisen, zumindest aber ein Lebenszeichen geben würde. Man behauptet immer wieder und sicherlich – was die allgemeine Situation anlangt – nicht zu Unrecht, daß die moderne Kunst kaum noch eine Verbindung zum Publikum habe. Wie sehr das zutrifft, kann ich als Fachmann am besten beurteilen, ich kann aber auch bestätigen, wie wenig es doch bei einem Genie Gültigkeit hat. Entschuldigen Sie, daß ich wieder einmal ein ganz klein wenig ausführlicher werde: Immer erneut und eigentlich unaufhörlich staune ich, wie entschieden alle, die mit Kunst oder der Literatur befaßt sind, das vergessen, was sie während ihres Studiums oder einer sonstigen Ausbildung gelernt haben, nämlich, daß Genies außerordentlich dünn gesät sind und daß sie sich durch ihre Originalität ganz klar und erkennbar vom talentierten Durchschnitt unterscheiden. Denn was geschieht in Wirklichkeit auf der Kunstszene? Man verlangt von allen Künstlern, von allen Dichtern, daß sie sich der gerade gängigen Richtung anpassen. Wo sie das nicht tun, spricht man ihnen in paradoxer Konsequenz jedes Talent ab, stellt sie weder aus noch druckt man sie – und wundert sich in jedem Jahrhundert erneut, wie sehr man doch das zeitgenössische Genie verkannte. Ich fordere also alle, die mit Kunst oder Literatur befaßt sind, und zwar ganz entschieden auf, sich der einfachsten kunst- und literarhistorischen Regeln zu entsinnen, daß das förderungswürdige Genie nur an seiner originellen Handschrift zu erkennen ist, mit der es sich ganz klar und deutlich von den gängigen Richtungen abhebt.

Wo man, wie das heute in bisher noch nicht gekanntem Maße geschieht, blind das Modische anbetet, kann, ja muß es geschehen, daß sich unbemerkt von der Öffentlichkeit Dinge vollziehen, die uns wie im Fall Pournoy schließlich auf das entschiedenste bedrohen müssen. Genies, die man nicht beachtete, sind vielleicht früher einmal verhungert. Heute können sie unversehens in die lukrativen Hände skrupelloser, in harter Konsequenz ihre Ziele verfolgender Mächte geraten. Kurz: Gegenwärtig rächt sich die sorglose oder gar selbstsüchtige ›Verkennung‹ genialer menschlicher Leistung. Das Genie findet, auf Grund der Verlagerung des Kapitals, Mittel und Wege, seine Äußerungen wenn nicht dem Publikum, so doch Gruppen publik zu machen, denen jedes Mittel recht erscheint und die instinktiv jede Möglichkeit erkennen, die ihnen dazu verhilft, ›sich die Erde untertan zu machen‹.

Pournoys Plastik von sich selbst – ich nannte sie, da der Künstler sie nicht betitelt hatte, ›Auferstehung des Fleisches‹ – war natürlich die erwartete Sensation. Zur Eröffnung hatte ich die illustresten Gäste aus der Kunstszene geladen; sie kamen alle ohne Ausnahme, etliche von ihnen aus Übersee. Am schwierigsten war die Bändigung der Journalisten und Fotoreporter. Ich behalf mich damit (und empfehle das jedem meiner Galeriekollegen), daß ich drei ›Fotografierstunden‹ der eigentlichen Eröffnung voranschickte, so daß die Feier zur Eröffnung selbst relativ ungestört verlief. Niemand zweifelte, wem die Krönung gebührte. Der Name Pournoy war in aller Munde. Das Votum der Jury überraschte deshalb kaum: der 1. und 2. Preis wurden zusammengefaßt und der Pournoyschen Plastik ›Auferstehung des Fleisches‹ zuerkannt. Von der Restsumme wurden drei Förderpreise an junge Künstler vergeben, wenngleich ich der (natürlich nicht geäußerten) Meinung war, daß es angesichts des Kunstwerks von Pournoy nichts mehr zu fördern gab. Die Kritik war wie immer zwiespältig: Die knappe Mehrheit der Rezensenten rühmten die ›Auferstehung des Fleisches‹ – wie das auch meiner Auffassung entsprach – als einen Gipfelpunkt jeder denkbaren realistischen Kunstäußerung. Die übrigen sprachen von grandioser Geschmacklosigkeit. Immer nur das Beste ist auf diese entschiedene Weise umstritten!

Der Andrang während der kommenden Ausstellungstage war geradezu fürchterlich. Die Polizei richtete bei mir ein Stabsbüro ein, von wo aus sie über Funk ein wenig Ordnung in das Chaos der meist im eigenen Wagen heranreisenden Besucher zu bringen hoffte, doch vergeblich. Die ganze Straße mußte für den Durchgangsverkehr gesperrt werden.

Als der Erfolg seinem Gipfelpunkt zusteuerte, kam es zu einem Eklat. Ich erfuhr davon aus spektakulär aufgemachten Zeitungsmeldungen, nämlich daß man mich bei der Polizei angezeigt hatte. Einer der zwangsläufig leer ausgegangenen Künstler, jener, der den ausgestopften Affen mit den rollenden Augen eingereicht hatte, beschuldigte mich, einen Leichnam als Kunstobjekt in meiner Galerie zu zeigen, eben jene ›Auferstehung des Fleisches‹, das den Hauptanziehungspunkt der ganzen Ausstellung für das Publikum bildete. Eine Stunde später besuchten mich die nämlichen Polizeibeamten, denen ich vor Jahresfrist die Ungefährlichkeit des ›Krokodils an silberner Schnur‹ schon hatte demonstrieren müssen. In ihrer Begleitung fand sich diesmal der zuständige Staatsanwalt. Er entschuldigte sich: Man hätte die Anzeige im Anbetracht der Realistik der modernen Kunstrichtung unbeachtet gelassen; aber durch das Aufsehen in der Presse, wie sie sie erlangt habe, müsse man der Sache zumindest pro forma nachgehen.

Ich erläuterte den Herren die (von mir natürlich nur vermutete) elektronische Funktion der Plastik, zeigte ihnen den Anschluß oberhalb des Knöchels und schloß nun auch die Batterie daran an, zumal mir ein Aufladen des Kunstwerkes wieder einmal geboten erschien.

Der Staatsanwalt und seine Ermittlungsbeamten – sie hatten die Ausstellung noch nicht gesehen – fanden sich ungemein beeindruckt. »Ich werde«, sagte ich, »in den nächsten Tagen die Presse einladen. Dabei wird Professor Dr. T., eine chirurgische Kapazität, mit seinen Assistenten vor allen Augen die Pournoysche Plastik«, – ich lachte –, »auf ›Herz und Nieren‹ untersuchen und ein exaktes Gutachten über ihre Künstlichkeit abgeben. Das lasse ich mir die Sache kosten.«

Der Staatsanwalt schüttelte mir herzlich die Hand. »Darauf kommt es an, nämlich daß sich die Öffentlichkeit beruhigt«, meinte er. Ich muß gestehen, daß mich wohl in erster Linie meine Eitelkeit, aber auch meine Erfahrung, die mir signalisierte, daß ich Vorsorge treffen müsse für jenen Tag, da der Besucherstrom unweigerlich abfallen würde, zu dieser spektakulären Show ermunterte. Mit Professor Dr. T. war ich damals befreundet. Viele Ärzte haben hierzulande (in anderen Ländern ist das nicht so ausgeprägt) ein spezielles Verhältnis zur Kunst oder Literatur. Häufig schreiben oder malen sie selbst, ja es gibt sogar eine Vereinigung schreibender, respektive kunstausübender Ärzte. Professor T. malte weder noch schrieb er. Dazu fehlte ihm die Zeit. Er war nun einmal auf Grund seines beruflichen Erfolgs mit Arbeit überlastet; hinzu kamen seine Lehrveranstaltungen an unserer Universität. Als ich ihn aufsuchte, zeigte er sich kaum angetan von meinem Vorschlag. Schließlich erklärte er sich dazu bereit, die Künstlichkeit der Plastik festzustellen, jedoch unter der Bedingung, daß die Untersuchung im großen Hörsaal der Universität stattfand. Ich konnte nur mit Mühe meine Freude unterdrücken. Auf diese Idee, die das Ganze mit medizinisch-wissenschaftlicher Weihe verbrämte, wäre ich unmöglich selbst gekommen.

Der Saal mit seinen ansteigenden Sitzen war bis auf den letzten Platz gefüllt. Unter Beachtung aller gebotener Vorsicht hatte ich die wertvolle, eigentlich unschätzbare Pournoysche Plastik in die Universität bringen lassen. Hier stand sie, für alle gut einsehbar, im großen Hörsaal. Professor T. und seine Assistenten hatten einige Vorbereitungen für die Untersuchung getroffen. Zuvor aber demonstrierte ich der Presse aus aller Welt – die meisten kannten das längst – die Plastik in Funktion. Atemlos verfolgte man, wie sie auf ihre unvergleichliche Art und Weise zu zittern begann und schließlich die Augen aufschlug, wie sie danach die Augen wieder schloß und sichtlich in ›Todesstarre‹ verfiel. »Meine Damen und Herren«, sagte ich, »die Kunst ist wie das Leben der Veränderung unterworfen. Kenner wußten bereits vor Jahren, was die Anbetung des Ungegenständlichen, der Abstraktion in dieser dogmatischen Starrheit zur Folge haben mußte, und zwar zwangsläufig; nämlich die ebenso starke Hinwendung zum Gegenständlichen, zur Natur, zur natürlichen Realistik. Dieser künstlerische Trend vollzog sich, wie zumeist, in den USA. Die Woge schwappte rasch über den Ozean zu uns herüber. Sie hat uns längst erreicht.

Und wie so häufig – nicht nur in der Kunst, auch in der Technik, den Wissenschaften – oblag und obliegt es uns Europäern (und wer ist wohl europäischer als die Franzosen?) aus dem die Vollendung zu schaffen, was so überzeugend von Amerika aus unseren Nerv trifft. Pournoy, diese Meinung habe ich, wie Sie wissen, öfter geäußert, stellt in seinem Werk – ich erinnere etwa an sein ›Krokodil an silberner Schnur‹, dessen Lebendigkeit vor einem Jahr ähnlich spektakuläres Aufsehen erregte – den Gipfelpunkt, das Ziel, vielleicht den Endpunkt dieser wohl aufwühlendsten und erschütterndsten Kunstrichtung dar, einer Kunst, meine Damen und Herren, nur einen Schritt vom Übergang zur Natur entfernt. Endpunkt gerade deshalb«, schloß ich, »weil es jetzt tatsächlich nur noch den Schritt zur belebten Materie geben kann. Doch das ist dann nicht mehr Kunst, vielmehr Biologie, wenn auch höchst materialistische.« In den Beifall hinein bat ich Professor T., mit seiner Untersuchung zu beginnen.

Der Professor erläuterte zuerst wie üblich, was er vor sich sah, nämlich einen männlichen Leichnam, und da er es genauso formulierte, wie er das in seinen Vorlesungen gewöhnlich tat, wirkte es auf uns alle höchst satirisch. Er wurde häufig von Gelächter unterbrochen. Ja, er gab sogar den ungefähren Eintritt des Todes an, nämlich sechs bis sieben Stunden. »Über die Todesursache kann nur die Obduktion Aufschluß geben.« Wiederum brandete Gelächter auf.

»Natürlich ist eine solche Untersuchung, wie mir sie angetragen wurde«, fuhr er fort, »nämlich ob es sich bei diesem Leichnam um ein Kunstwerk oder aber um ein höchst natürliches Produkt handelt – wobei ich meine eigene Meinung insofern äußern möchte, als ich gerade die Natur als die genialste künstlerische Schöpferin ansehe –, absolut unkompliziert mit einer Gewebeprobe rasch und eindeutig zu führen. Eine Gewebeprobe, das bedeutet, falls es sich hier um eine künstliche Plastik handelt, wie wir annehmen, dem Kunstwerk vielleicht einen bedeutenden Schaden zuzufügen. Wir kennen ja alle – und besonders die hier sicherlich anwesenden Kunstkritiker – den Begriff von der empfindlichen Originalität. Der Streit, ob ein von einem Verrückten beschädigtes Rembrandt-Gemälde nach der Restaurierung noch ein Original-Rembrandt genannt werden darf, wird wohl nie zur Ruhe kommen. Hier haben wir einen – sogar vom Motiv her – Original-Pournoy vor uns. Ich verlasse mich da ganz auf Herrn Altendorf, der mir sagte, daß diese Plastik das Nonplusultra jeglicher Kunstäußerung überhaupt darstellt. Da können Sie sich leicht ausmalen, in welcher Situation ich mich befinde, nämlich in der des bereits erwähnten verrückten Rembrandt-Beschädigers . . .« Die dröhnende Heiterkeit unterbrach diese geistreich-witzige Demonstration des Professors, und er hatte Mühe fortzufahren.

»Doch hat mir Herr Altendorf versichert, daß ich hier am rechten Wadenbein das geringste Unheil anrichte, einmal weil die spätere Restaurierung da am wenigsten sichtbar sein wird, zum anderen weil aus irgendwelchen mir unverständlichen ›restauratorischen‹ Gründen die Beschädigung am leichtesten bei Kunstwerken solcher Motivation an rechten Wadenbeinen auszubügeln ist.«

Ich hatte Professor T. noch nie derart rhetorisch brillieren sehen. Die Zuhörer waren begeistert, ich nicht weniger, wie man begreifen wird.

Der große Chirurg ergriff nun ein Skalpell und führte rasch und routiniert die Schnitte. Er hob ein vielleicht fünfmarkstückgroßes Detail aus der Plastik und hielt es demonstrativ in die Höhe, so daß es jeder sehen konnte. »Damit«, wie er unter weiterer Heiterkeit sagte, »damit man mich nicht der Manipulation zeiht.« Er übergab es seinem Assistenten, der einige mikroskopische Schnitte davon anfertigte. »Ich glaube«, fuhr Professor T. fort, »daß wir die erste Untersuchung Herrn Doktor D. überlassen sollten. Ich werde dann sein Ergebnis kraft meiner Autorität bestätigen.«

Die Schnitte kamen unter das Mikroskop. Der Assistenzarzt stellte das Okular ein – und fuhr unwillkürlich zurück.

»Was ist los?« fragte Professor T., und ich spürte, wie mir jäh etwas ans Herz griff. Der Atem drohte mir wegzubleiben. Aber noch sträubte ich mich gegen die überwältigende Furcht vor dem, was sich gleich ereignen mußte. Professor T. schritt zum Mikroskop und sah lange, sorgfältig und absolut ruhig auf das tausendfach vergrößerte hauchdünn geschnittene Objekt. Dann richtete er sich auf, trat zurück, wendete sich um, warf mir, wie es schien, nur einen flüchtigen Blick zu, sah dann auf in das Rund der absolut schweigenden Zuschauer, nickte zu dem im Sarg ruhenden Pournoyschen Exponat hinüber. Und ebenso exakt und sachlich, wie er das ›Kunstwerk‹ angesprochen hatte – aber diesmal klang es auf keinen Fall ironisch-heiter –, sagte er: »Hier, meine Damen und Herren, handelt es sich um einen Leichnam.« Noch bevor sich die Überraschung in tumultartiger Empörung lösen konnte, wandte er sich mit schneidender Stimme an mich (sie klingt mir noch heute in den Ohren): »Das ist die pervertierteste Verachtung dessen, was uns heilig sein sollte, die ich je erlebte!«

Der Tumult brach los. Ich hob die Hand, um etwas zu sagen, etwas, das mir jäh einfiel und das vielleicht, wenigstens für den Augenblick, die Situation abgeklärt hätte, aber vergeblich. So schrie ich es dem Professor ins Ohr: »Pournoy hat diese – scheinbare – Identität mit dem Leben doch angestrebt! Was Sie im Mikroskop sehen ... ist ebenso künstlich wie alles, was er sich ausdenkt ...« Der Professor winkte ab. Er betätigte die Rückführ-Automatik, und – ich muß es nun, da die Sache doch schon wieder ein Jahr zurückliegt, exakt so bezeichnen – Pournoy in seinem Sarg rollte zurück in die Anatomie. Ich fand mich einigermaßen verloren in einer Art Hexenkessel, als mich plötzlich jemand am Arm packte und ebenfalls in die Anatomie hineinzog. Es war der Staatsanwalt. »Bevor Sie die Menge zerreißt«, sagte er. Ich trat an den Sarg und blickte auf ihn, der mir Freund gewesen war. Wer hatte ihn getötet? Hatte er es selbst getan? Und wenn, warum?

Professor T. kam nun seinerseits in die Anatomie. Er hielt jenen Abstand zu mir, der mir seine Verachtung deutlich machen sollte. Dann wandte er sich an den Staatsanwalt. »Was ich nicht begreife und wofür ich eine Aufklärung verlange: Wer hat den Leichnam und mit welchen Mitteln derart unglaublich hervorragend konserviert?«

In diesem Augenblick setzte das charakteristische Zittern bei Pournoy wieder ein. Wir verstummten in der Beobachtung des elektronischen Phänomens. Pournoy öffnete die Augen. Sein unsäglich weher Blick traf uns, und er erschütterte uns um so mehr, als wir (auch ich, ja auch ich selbst) nun doch wußten, daß es Pournoys identischer Körper war. »Wie gut«, sagte der Staatsanwalt, »daß die Mechanik nicht noch einmal drüben im Hörsaal einsetzte!«

Professor T. aber stand wie in Gedanken versunken. Schließlich fuhr er sich nervös ans Kinn. »Es ist unglaublich und nicht zu fassen. Über alle Geschmacklosigkeit hinaus stehe ich vor dem vielleicht wunderbarsten Rätsel meines Lebens. Es ist dies ... Fleisch, was da so zitterte. Und es ist ... ein Blick, der uns da so unmittelbar anrührt, auf höchst erstaunliche Weise konserviertes Fleisch. Nun gut, aber wie kann es in Gang gesetzt werden, und zwar so, als ob es für Augenblicke ins Leben zurückfände ...« »Sie täuschen sich wirklich nicht?« vergewisserte sich der Staatsanwalt. »Ich meine, daß es sich hier tatsächlich um einen ehemals lebenden Menschen handelt, der – ebenso selbstverständlich auch einem Verbrechen zum Opfer gefallen sein kann.«

»Verbrechen?« fragte Professor T. etwas zerstreut. »Ah ja, Sie sind der Herr Staatsanwalt. Verbrechen. Wieso nicht?« Er deutete auf mich. »Vielleicht hat er ihn in seinem realistischen Kunstwahn umgebracht. Vielleicht ist er wahnsinnig. Bei den irrsinnigen Kunstäußerungen heutzutage wäre das kein Wunder. Viele der modernen Künstler sind schlicht und einfach verrückt und treffen eigentümlicherweise auf ebenfalls verrückte Kunstexperten. Wenn es nach mir ginge, würde ich ...«, er deutete mit dem Daumen über seine Schulter in meine Richtung, »... ihn sofort in die Psychiatrie stecken.«

Das war mir nun doch zuviel. »Was fällt Ihnen ein!« herrschte ich ihn an. »Mir wurde dieser – Leichnam per Expreß aus Paris zugesandt. Die Papiere sind vorhanden, das Verpackungsmaterial, die Zeugen, die mir beim Auspacken geholfen haben ...«

»Und wer ist es?« fragte der Staatsanwalt.

Ich deutete auf Pournoy. »Wer das ist ...?«

»Ja, ja!«

»Pournoy – wer sonst?«

»Ein Franzose also. Wenn ich mich nicht täusche, der französische Künstler, der das ›Krokodil an silberner Schnur‹ ...?«

»... und noch viele andere unvergleichliche Kunstwerke geschaffen hat, ergänzte ich.« »Daß wir ihn hier tot vor uns sehen, ist eine Katastrophe für die moderne Kunst, und zwar der ganzen zivilisierten Welt ...«

»Zivilisiert nennen Sie das!« fuhr der Professor auf. »Wo man einen toten Menschen als Popanz zur Sensation für schaulustige Mengen macht?« Er deutete auf Pournoy. »Wieviel haben Sie an ihm verdient? Ah, gewiß lohnt es sich, Leichen unter Strom zu setzen! Ich werde das auch versuchen. Leichen gibt es hier genug, oder?«

»Aber, aber, meine Herren!« beschwichtigte der Staatsanwalt. »So kommen wir nicht weiter. Sie haben mir noch nicht meine Frage beantwortet, Herr Professor. Ich wiederhole: Sie täuschen sich nicht? Es handelt sich hier um einen Leichnam?«

»Halten Sie mich für einen Klippschüler? Ich habe meine Examina mit Auszeichnung bestanden, Herr Staatsanwalt, falls Ihnen das genügt.«

»Es genügt mir. Und vielleicht darf ich Ihnen die Obduktion antragen. Ich bin überzeugt, daß Sie begierig darauf sind, was im Innern dieser Leiche tatsächlich vorgeht, natürlich unter Assistenz unseres Gerichtsmediziners.«

»Obduktion?« Mir zog sich das Herz zusammen.

»Wir müssen feststellen, woran dieser Mensch da gestorben ist. Das ist nun mal unsere Pflicht.«

»Und wer ihn ermordet hat!« bellte der entrüstete Professor dazwischen.

»Falls er ermordet wurde. Ich verlasse mich da ganz auf Ihr kompetentes Urteil, Herr Professor.« Der Staatsanwalt legte mir seine Hand auf die Schulter. »Sie halten sich uns doch zur Verfügung? Im übrigen – ich beneide Sie nicht. Wünschen Sie Polizeischutz?« Aber ich kannte die Menschen doch etwas besser. Niemand würde mir ein Haar krümmen, denn niemand von allen, die davon erfahren hatten oder in den nächsten Tagen davon erfuhren, kannten Pournoy, waren mit ihm verwandt. Der Tod eines Menschen facht Rachegelüste nur an, wo er uns nahesteht, und selbst dann nur in Ausnahmefällen. Natürlich würde man von mir Einzelheiten wissen wollen, die ich nicht geben konnte, weil ich keine kannte. Aber das war ich gewohnt.

Auf der großen Freitreppe erwartete mich eine nun erstaunlich klein wirkende Menge – die freie Natur verkleinert, oder besser: in einem geschlossenen Raum wirkt alles größer, bedeutsamer. Dennoch sprühten unzählige Blitzlichter, richteten sich einige Dutzend Kameraobjektive auf mich. Ich ergriff das mir zunächst erreichbare Mikrofon (das des Zweiten Deutschen Fernsehens) und gab folgende Erklärung ab: (Ich kann sie hier nur dem Sinne nach niederschreiben, denn sie war natürlich improvisiert.)

»Ich war mit Pournoy befreundet. Sie können sich vorstellen, wie tief mich das Ergebnis der Untersuchung von Professor Dr. T. getroffen hat. Fast genau vor Jahresfrist habe ich Pournoy zum letzten Mal in Paris gesehen. Einige Wochen später gab er sein Atelier und seine Wohnung auf und verschwand. Meine Bemühungen, seinen neuen Wohnort ausfindig zu machen, verliefen ohne Ergebnis. Als mir, wie jetzt nicht mehr bezweifelt werden kann, sein Leichnam per Expreß so zugeschickt wurde, wie Sie ihn alle sehen konnten, mußte ich vermuten, daß es sich dabei um eines seiner verblüffend lebensechten Exponate handle. Wir kennen einige Werke des verstorbenen großen Künstlers ...«

»Verstorben?« unterbrach mich der ZDF-Moderator. »Kann es sich nicht vielleicht um Mord handeln?«

»Das wird die Obduktion ergeben, die Professor Dr. T. dankenswerter Weise durchzuführen sich bereit erklärt hat. Die Staatsanwaltschaft wird Sie zum Ergebnis unterrichten.« Und nun hob ich unter einer plötzlichen Eingebung meine Stimme. »Gleichgültig wie es ausfällt; ich werde nicht ruhen, und ich werde alle mir verfügbaren Mittel dafür einsetzen, bis ich Pournoys Schicksal ganz und gar aufgeklärt habe. Das verspreche ich Ihnen. Und Sie haben mein Wort darauf, daß ich Sie dann umfassend informieren werde!« Man spendete Beifall, zurückhaltend, versteht sich, aber doppelt bedeutungsvoll, weil er von diesen doch recht – was Sensationen anlangt – abgebrühten Journalisten rührte. Man stellte mir noch einige Fragen, von denen ich die wenigsten beantworten konnte, etwa nach der Mechanik im Innern der Leiche, nach dem Konservierungsmittel – eben nach allem, was in ähnlicher Situation jeder fragen würde.

Dieser ›Sprung ins kalte Wasser‹ erwies sich als wahrer Geniestreich. Von einigen Anrufen abgesehen, ließ man mich in Ruhe, einer Ruhe, die mir kaum nützte, denn selbstverständlich fand ich in dieser Nacht keinen Schlaf. Absurde Halbschlafträume quälten mich: Pournoy richtete sich in seinem Sarg auf und machte mir die heftigsten Vorwürfe. Professor Dr. T. schwang sein Skalpell vor meinen Augen und wollte absolut einige Stücke von meinem rechten Wadenbein schneiden und ähnliches. Erst gegen Morgen schlief ich ein, und – wie verständlich – nun besonders tief, so daß ich Mühe hatte, wach zu werden, als das Telefon schrillte (es war gegen halb zehn Uhr am Morgen). Der Staatsanwalt war am anderen Ende. »Kommen Sie so rasch wie möglich in die Anatomie. Es ist etwas Entsetzliches passiert.«

Man kann sich meinen Schreck vorstellen. Ich steckte meinen Kopf in kaltes Wasser, zog mich rasch an und eilte unrasiert zur Universitätsklinik. Auf einem Schemel neben Pournoys geöffneter Leiche, die auf dem Seziertisch lag, saß Professor T. in einer Haltung, die völlig ungewohnt an diesem immer drahtigen Mann war; dicke Schweißperlen auf der Stirn, neben ihm der Staatsanwalt, der beruhigend auf ihn einsprach.

»Was ist passiert?« fragte ich, wobei ich es vermied, die wie bei jeder Obduktion scheußlich zugerichtete Leiche zu betrachten.

Professor T. blickte hoch. »Sie haben ihn nicht ermordet«, sagte er mit tonloser Stimme, »vielmehr ich, und zwar soeben!«

»Das ist doch kompletter Unsinn!« rief der Staatsanwalt. »Mord setzt den Willen zur Tat voraus. Das hier ist ein schrecklicher Unglücksfall, bei dem nicht einmal wirklich klar ist . . .«

»Ich hätte es tun müssen. Gerade in diesem Fall hätte ich es tun müssen!« klagte sich der Professor weiter an. Dann versank er wieder in seiner dumpfen, resignierenden Haltung.

»Um alles in der Welt – was ist wirklich geschehen?« Ich brachte diese Bitte um Aufklärung nur höchst mühsam hervor. »Was hätte er tun müssen?« fragte ich den Staatsanwalt.

»Die Hirnströme. Er glaubt, daß das ein großes Versäumnis ist. Die Hirnströme messen, als ob das jemals üblich gewesen wäre bei einer Obduktion.« Er beugte sich zu dem Chirurgen hinab. »Es ist nicht üblich. Sie dürfen sich keine Vorwürfe machen. Sagen Sie es ihm«, wandte er sich an den mit einem Präparat in der Hand eintretenden Gerichtsmediziner, »daß das nicht üblich ist!«

Der Gerichtsmediziner zuckte mit den Schultern. »Er nimmt es nicht an. Natürlich ist es nicht üblich. Was vielleicht versäumt wurde . . . es liegt kein Totenschein vor, verstehen Sie, aber das ist doch wohl mehr eine bürokratische Sache. Im übrigen besteht kein Zweifel.«

»Woran um Himmels willen besteht kein Zweifel?« rief

ich. »Kann mir denn niemand deutlich sagen, was sich zugetragen hat?«

Aber der Gerichtsmediziner ignorierte mich nun ebenso wie den Staatsanwalt. Er wandte sich an den Professor. Sie unterhielten sich in einer Sprache, die uns zwar in einigen Passagen vertraut klingen mußte, sofern diese deutsche Wörter enthielten, in ihrem Sinn aber völlig unverständlich blieb. Das wurde selbst dem Staatsanwalt schließlich zu dumm. »Also, was ist nun? Und wie formuliert sich das verständlich?« fragte er. Die beiden rissen sich sichtlich von ihrer Fachsimpelei los. Diese ›Ärztesprache‹ – im Grunde ein Kauderwelsch aus Deutsch und Latinismen – mag sicherlich für die internationale medizinisch-wissenschaftliche Verständigung von einiger Bedeutung sein. Ich persönlich stufe sie kurz und bündig als überhebliche Ungehörigkeit ein, als eine den eigenen Status pflegende Unsitte. Wie lange doch grassierte sie sogar in den Gebrauchsanweisungen für Pharmazeutika, bis man endlich mit der Nase daraufgestoßen wurde (und zwar nicht von seiten der Ärzteschaft, wohlgemerkt!), daß schließlich der Patient die Pillen oder Tropfen zu schlukken hat, nicht der Arzt, der sie verschreibt.

»Also, was ist nun?« hatte der Staatsanwalt gefragt, und der Gerichtsmediziner bequemte sich endlich zu einer Erläuterung. Was er auf Grund des Vorfalles und der nachfolgenden Laboruntersuchungen berichtete, erfüllte mich einmal mit Grausen und Entsetzen, dann aber auch mit einer Ahnung, die diese Empfindungen noch weit übertrafen.

Demnach hatte sich Pournoy vor und während der Obduktion in einem von der medizinischen Wissenschaft bisher noch niemals beschriebenen Zustand befunden, nämlich unzweifelhaft bei Bewußtsein und mit intensiver Schmerzempfindung, ohne allerdings über einen intakten

Blutkreislauf zu verfügen. Man kann sich vorstellen, wie diese von ihnen selbst gemachte Feststellung die beiden Ärzte schockierte. Auf welche Weise ein solcher bis dahin medizinisch dubioser Zustand hatte herbeigeführt werden können, blieb ihnen ein absolutes Rätsel. Wir traten vor die geöffnete Leiche Pournoys. Die Schnitte erwiesen sich als unblutig. Es fand sich auch kein geronnenes Blut vor. Die Adern, das Herz waren blutleer. Außer einer Art Impulsgeber im Oberschenkel, von dem eine haardünne Platinleitung zum Kontakt oberhalb des Knöchels führte, befand sich kein elektronisches Teilstück in Pournoys Körper. Den Impulsgeber hatten die Ärzte aus dem Oberschenkel herausgeschnitten. Er besaß am oberen Ende eine Öffnung. Mit dieser Öffnung war er gewissermaßen an die Hauptschlagader ›angeschlossen‹ – auch sie erwies sich als blutleer. Ich riet dem Staatsanwalt, den kleinen Apparat elektrotechnisch, physikalisch und chemisch untersuchen zu lassen, und ich nehme, dem besseren Verständnis dieser höchst schwierigen Materie wegen, das Untersuchungsergebnis voraus: Er enthielt einmal eine Batterie, die nachgeladen werden mußte, und zwar mit Hilfe eben des Kontakts oberhalb von Pournoys Knöchel. Die Batterie hatte eine Lebensdauer von wenigstens zwei Wochen (der Test wurde nach 10 Tagen abgebrochen. Man rechnete den Energieschwund zurück und kam auf rund 14 Tage), denn sie gab mit Hilfe eines Reglers nur alle drei Minuten einen Stromimpuls in eine gallertartige Flüssigkeit, die sich in den oberen zwei Dritteln des Apparates befand. Die Reaktion der Flüssigkeit war erstaunlich. Sie entwickelte bei jedem Stromstoß Gas von enormem Volumen, das seiner Ausdehnung nach das ganze Aderngeflecht (etwa sieben Liter) füllte und danach wieder in den oberen Teil des Impulsgebers zurückgezogen wurde, offenbar mit Hilfe magnetischer Kraftfelder. Man versprach in dem Gutachten die Nachlieferung der Analyse dieser gallertartigen Flüssigkeit, die sich derart ungewöhnlich stark gasförmig verwandeln konnte, doch hörte ich niemals etwas darüber. Auf mein wiederholtes Drängen bequemte man sich endlich zu der Mitteilung, daß die Sache ›delegiert‹ worden sei und nun der Geheimhaltung unterliege. Das bedeutete: Ich hatte mich zurückzuhalten. Doch das alles wußten wir noch nicht, als wir vor Pournoys geöffnetem Körper standen, der mir allerdings kaum Furcht einflößte. Er wirkte wie eine zu anatomischen Unterrichtszwecken gebastelte Puppe. Ich hielt den Impulsgeber in der Hand, paßte ihn schließlich in den Oberschenkel ein, nahm ihn wieder heraus und befühlte nun das offenliegende Herz, die Lunge, die Leber. Diese Organe fühlten sich weder feucht noch trokken oder gar hart an, vielmehr kühl und elastisch. Die beiden Ärzte ergingen sich in Spekulationen, wie wohl diese ›Konservierung‹ vor einer Verwesung hatte vorgenommen werden können, als mich die jähe Erkenntnis über Pournoys gegenwärtigen Zustand überkam. Sie bestätigte sich mir zur Gewißheit, als der Gerichtsmediziner auf meine drängenden Fragen den Verlauf der Obduktion schilderte – diesmal in verständlichem Deutsch. Vorher jedoch verließ Professor T. mit hängenden Schultern die Anatomie.

Bei den ersten anatomischen Schnitten, die der Professor zusetzte, mußte sich der Impulsgeber wieder eingeschaltet haben. Das berühmte Zittern erfaßte den Körper. Pournoy öffnete die Augen. Der Professor schnitt weiter; da stieß der vermeintliche Tote einen lauten, gräßlichen Schrei aus. Seine Augen, weit geöffnet, hatten nicht den unsäglich wehen, resignierenden, vielmehr einen entsetzten, grausigen Blick. Seine Züge verzerrten sich im Schmerz. Dem Professor entfiel das Skalpell. Pournoy röchelte, schloß die Augen. Sein Kopf neigte sich zur Seite. Während Professor Dr. T. völlig aufgewühlt auf seinen Stuhl sank, überprüfte der wohl mehr abgebrühte Gerichtsmediziner den ganzen Körper Pournoys auf Anzeichen von Leben, stellte nun endgültig den Tod fest und führte die Obduktion zu Ende.

Ich strich Pournoy sanft übers Haar, denn die Logik, wenn auch nur allein erkennbar für mich, bot sich zwingend an. Ein blutleerer, auf unbekannte Weise vor der Verwesung konservierter Körper, bei dem es möglich war, mit Hilfe eines nichtidentifizierten Stoffes Bewußtsein, also Leben zu erwecken, konnte nicht wirklich tot sein. Ich war überzeugt, daß der Impulsgeber, erneut an die Hauptschlagader angeschlossen, auch jetzt noch seine Wirkung entfalten mußte. Aber ich hütete mich, darüber auch nur das geringste verlauten zu lassen. Unzweifelhaft hätte der Gerichtsmediziner im Interesse der Wissenschaft – versteht sich! – die Probe aufs Exempel gemacht. Pournoy wäre erneut ›erwacht‹, hätte erneut sein Bewußtsein gewonnen – und dies bei geöffnetem, zerschnittenen Körper!

Ja, ich streichelte sein Haar. Ich werde über deinen Zustand schweigen, lieber Freund, schwor ich mir dabei. Man wird dich ins Grab senken. Du wirst bis in alle Ewigkeit in der Erde liegen, lebendig, aber zum Glück ohne Bewußtsein und auch ohne die Möglichkeit, es je wieder zurückzuerlangen. Ein ewiger Schlaf im ursprünglichen Sinne! Wenn ihn jemand verdient hat, dann du, der du tagelang alle drei Minuten deine Auferstehung und dein erneutes Versinken in die Nacht erleben mußtest. Ich aber werde nicht ruhen, bis ich herausgefunden habe, wer dich in diesen Zustand versetzte. Mein ganzes Vermögen werde ich zur Erreichung dieses Ziels einsetzen, alle Kraft, auch die Kraft meines Verstandes.

Als ich wieder zu Hause war, überfiel mich erneut ganz unvermittelt und jäh eine Erkenntnis. Wer Mittel für derartige Experimente besaß – ungeheure Summen mußten für Forschungen dieser Art aufgewendet werden –, verfolgte ein Ziel, das ihm verlockend genug sein mußte, um auch höchste Einsätze zu wagen. Was also steckte wirklich dahinter? Ich ahnte damals schon: Es konnte sich bei allem nur um eine Machtkonzentrierung handeln, um ein in die nahe Zukunft gerichtetes Streben nach Beherrschung der blind und ohne Konzept in die Zukunft sich tastenden Menschheit. In Wahrheit nämlich offenbarte mir Pournoys Körper, der niemals mehr sterben konnte, nicht etwa die Erfüllung eines Menschheitstraumes vom ›ewigen Leben‹, vielmehr den ersten gewaltigen Schritt von der Rohstoffenergie weg, von der toten Materie zur lebenden. Während wir noch immer wie fasziniert auf das zu Ende gehende Öl und die übrigen toten Rohstoffe starren, mit deren Hilfe wir unser Wohlleben auf Erden fristen – hier war man ganz offenbar dabei, die weitaus intensivere lebende Energie, den Rohstoff Leben in seiner ganzen Intensität, als neues und höchst bedrohliches Machtinstrument zu beherrschen. Worüber ich jedoch am meisten rätselte: War mir Pournoy absichtlich zugesandt worden, oder wollte mir Pournoy mit seinem Körper, seiner eigenen Aufopferung also, das Signal geben, um uns zu warnen, mich, die Öffentlichkeit, die Menschen also, die auch nicht das geringste davon ahnten?

Die ›Glücklichen Söhne‹

Ich möchte Sie nun teilnehmen lassen an jenen teils intellektuellen, teils pragmatischen Vorkehrungen, die ich treffen mußte, um mein Versprechen wahrzumachen, das ich meinem Freund Pournoy gab, jenem Menschen, der zwar ohne Bewußtsein, doch niemals – und sicherlich nicht bis ans Ende aller Zeiten – sterben konnte, den man lebendig seziert und lebendig begraben hatte und von dem ich damals glaubte, daß er über mich die Menschheit vor einer ungeahnten Katastrophe zu warnen versuchte.

Vorkehrungen, die mich, dies war mein Wille, an ein Ziel gelangen ließen, das mir Gewißheit verschaffte über das, was ich vermutete, über eine Machtgruppierung nämlich, der es unter Einsatz schier unvorstellbarer Mittel gelungen sein mußte, aus lebenden Menschen programmierte Puppen zu machen. Ich konnte zu dieser Zeit nicht wissen, daß das, was ich an Pournoy beobachtet hatte, lediglich ein Zwischenstadium war, eine zwar wichtige, aber doch nur eine Stufe auf dem Weg zur Biologisierung der Materie. Naturwissenschaftler werden an dieser Stelle gewiß aufmerken!

Es war für mich zwar ein schwieriges Unterfangen, doch konnte ich mich auf eine gewisse Routine stützen, denn gemessen an normalen Existenzen, verfügte ich über einige Erfahrungen auch aus meiner Vergangenheit. Auf Grund meiner differenzierten Sprachkenntnisse übertrug man mir im letzten Krieg verschiedene delikate, in das damals traurige Geschehen kaum passende Aufträge. So mußte ich – begreiflicherweise über mehrere Mittelsmänner – im geheimen Austausch Ersatzteile für Gerätschaften beschaffen, welche vor dem Krieg im nun mit uns verfeindeten Ausland auf dem Weg des Imports gekauft worden waren, zum Beispiel für in England erstandene Turbinen, aus den USA eingeführte medizinisch-wissenschaftliche Apparate, in Rußland bezogene hydraulische Pressen usw. Da England, die USA und Rußland vor dem Krieg ebenfalls eine Menge von Gütern bei uns gekauft hatten, brauchten auch sie dafür Ersatzteile, die es nur bei uns gab. Um diesen auf Gegenseitigkeit beruhenden, meist über Spanien oder – zu geringem Teil – über die Schweiz geführten Austausch also handelte es sich bei meinen Aufträgen. Man kann sich vorstellen, daß sie ein gerüttelt Maß an Improvisation, aber auch Geistesgegenwart voraussetzten. Die Fronten bestanden aus durchgehenden Linien, die kaum Lücken, es sei denn über die Weltmeere, aufwiesen. Der Transport vollzog sich infolgedessen auf Schiffen neutraler Staaten, die deshalb, auch nicht aus Versehen, von unseren oder den feindlichen Unterseebooten, Kreuzern und Zerstörern angegriffen, schon gar nicht versenkt oder beschlagnahmt werden durften. Anders ausgedrückt: Die ohnehin schon schwindelnd hohen Frachtraten für derlei Austauschgüter durften nicht durch direkte, unmittelbare Gefährdung des Transports in die Höhe getrieben werden, weil sich dann der Austausch nicht mehr gelohnt hätte. Allein an dieser kurzen Darlegung erkennt auch der Laie, wie schwierig diese Unternehmungen in der Praxis waren. Aber natürlich hatte ich noch andere anzuregen, einzuleiten und durchzuführen, vor allem aber die mißtrauischen Russen und die nicht weniger mißtrauischen eigenen deutschen Stellen von der Notwendigkeit und der Harmlosigkeit solcher Kontakte zu überzeugen. Jedenfalls tat sich einiges ›hinter den Kulissen‹, während man sich ›davor‹ blutig bekämpfte. Es kam immer wieder zu Begegnungen auf hoher, hin und wieder sogar höchster Ebene, von denen nicht einmal die in allen Ländern etablierten Geheimdienste, geschweige denn die noch tätigen diplomatischen Vertretungen etwas erfahren durften. Die Amerikaner erwiesen sich dabei als die Kontaktfreudigsten; ich habe zu jener Zeit viele amerikanische Freunde gewonnen, die ich dann bei Kriegsende als Besatzungsfunktionäre wiedertraf, was jedesmal in unmäßige Wiedersehensfeiern ausartete. Daß diese von mir organisierten Kontakte nicht dazu führten, das Morden an den Fronten früher zu beenden, lag daran, daß es in Europa zwei Diktaturen gab, die sich natürlich nicht die Macht einschränken oder gar aus der Hand winden lassen wollten. Bis 1943 wäre durchaus ein Waffenstillstand und baldiger Friedensschluß auf dem ›status quo‹ der Vorkriegszeit möglich gewesen. Amerikaner und Engländer schienen nach meinen Gespür bereit dazu. Meine Berichte darüber stießen weder in Berlin noch bei Stalin auf Gegenliebe.

Dies alles ist Geschichte und gemessen an dem, dessen Spur ich nun aufgenommen hatte, höchst primitive historische Vergangenheit.

Noch eines vielleicht in diesem Zusammenhang. Ich stellte damals auf Grund meiner vielfältigen Kontakte folgendes fest: Alle militärischen Planungen, Vorhaben, Veränderungen, wo immer sie sich auch vorbereiteten, waren dem Gegner bekannt. Die Geheimdienste arbeiteten unter den sehr schweren und riskanten Kriegsbedingungen hervorragend. Nichts von Wichtigkeit, vor allem nichts, was entscheidend war, blieb ihnen verborgen. Sie erfuhren alles, und sie meldeten alles. Daß es dennoch zu überraschenden Schlägen kam, hing einzig und allein daran, daß die kriegsführenden Stäbe von dem, was sie von ihren Agenten erfuhren, ausschließlich nur das glaubten und akzeptierten, was sie auf Grund ihrer jeweiligen rein persönlichen Mentalität zu glauben und zu akzeptieren bereit waren. Sie hielten nur das für wahr, was ihnen paßte, also das wenigste! Tausende von Agenten und Spionen wurden gefaßt, mußten sterben. Sie wurden erschossen, weil sie geheime Dinge weitergeleitet hatten, die vom Adressaten als ›Unsinn‹ und ›unglaubhaft‹ abgetan wurden. Heute, da die Geheimdienste noch weitaus perfekter arbeiten, da ihnen komplizierteste Elektronik zur Auswertung zur Verfügung steht, ist es kaum anders: Alles Wichtige ist bekannt. Es wird vermutet, erkannt, recherchiert und gemeldet. Daß es von den Regierungen aller Staaten dieser Erde klüger wäre, Geheimsachen gegenseitig auszutauschen und auf teure Geheimdienste zu verzichten, die von gesitteten Menschen zudem noch als unmoralisch angesehen werden, ist nur solange ein Witz, als die wichtigsten Geheimsachen tatsächlich deshalb ›geheim‹ bleiben, weil man sie, wie im vergangenen Krieg, einfach nicht glaubt. Würden die Zentralen alles für bare Münze nehmen, was der Außendienst ihnen zuleitet, wäre es in der Tat vernünftiger, gegenseitig alle Karten auf den Tisch zu legen. Wie nun fängt man es am klügsten an, wenn man ein Ziel erreichen möchte, das man nicht einmal, wie in meinem Fall, kennt? Man muß, höchst einfach, das Ende jenes Fadens aufnehmen, der schließlich zum Ziel führt. Gute Kriminalisten tun nichts anderes. Sie gehen von den Fakten aus und verzichten wenigstens zu Anfang auf jede Kombination. Jemand wird ermordet. Seine Leiche ist das Ende des Fadens, den man vorsichtig, damit er nicht zerreißt, aufspulen muß, um das andere Ende, nämlich den Mörder, zu erreichen. Der erfolgreiche Kriminalist ist weniger ein intellektueller als vielmehr ein unbeirrt geradliniger Kopf, der sich möglichst wenig von Nebensächlichkeiten ablenken läßt.

Auch ich durfte mich durch nichts ablenken lassen. Das Ende des Fadens war für mich jenes Geld, das ich über den französischen Notar an den armen Pournoy hatte gelangen lassen. Was war mit diesem Betrag von siebenundvierzigtausend Mark geschehen? Pournoy konnte ihn unmöglich erhalten haben. Ich mußte unter einem Vorwand von Monsieur Julien May, dem Notar, eine persönliche Quittung Pournoys fordern und darauf achten, wie May reagierte. Infolgedessen begab ich mich auf mein zuständiges Finanzamt. Man bestätigte mir dort auf meine Frage, daß man natürlich die Quittung des französischen Notars zu akzeptieren bereit sei, Pournoys zusätzliche, vom Notar beglaubigte persönliche Unterschrift jedoch bedeutend höher für meine steuerliche Entlastung von diesem Betrag einschätzen würde. Der Beamte erklärte sich schließlich bereit, diese Ansicht als Bedingung schriftlich zu formulieren. Das Schreiben schickte ich per Einschreiben an Notar May nach Paris. Nach fünf Tagen erhielt ich die Quittung. Sie war von Pournoy unterschrieben. Der Notar hatte die Unterschrift beglaubigt. Das war genau das, was ich erhofft hatte. Ich besaß nun einen Hebel, den ich bei May ansetzen konnte, handelte es sich doch hier unzweifelhaft um eine Urkundenfälschung von gravierender Art. Notar Julien May konnte nicht wissen, daß Pournoy ›tot‹ , daß sein Körper – als er die Unterschrift übrigens ausgezeichnet fälschen ließ – gerade bestattet worden war. Ich erbat mir vom Staatsanwalt ein Foto von Pournoy, das ihn in seinem Sarg zeigte. Natürlich hatte ich selbst genügend Fotografien davon, mir aber ging es um die amtlichen Vermerke darauf, den Eigentumsstempel der recherchierenden Staatsanwaltschaft, die Registrierungsvermerke, die das Bild zum Dokument machten. Natürlich erhielt ich es nur leihweise; daß ich es überhaupt ausgehändigt bekam, empfand ich als Glücksfall. Allerdings warnte mich der Staatsanwalt. »Sie haben nicht das Recht, sich auf uns zu berufen. Dennoch sind wir Ihnen dankbar, wenn Sie uns hin und wieder wissen lassen, was Sie in diesem merkwürdigen Fall erreicht haben.«

Derart vortrefflich ausgerüstet, durfte ich hoffen, daß selbst ein französischer Notar Farbe bekannte. Ich flog nach Paris. Ich hatte meinen Besuch angekündigt und wurde von Monsieur Julien May in seinem Büro erwartet. Ich legte ihm seine mir zugeschickte und von ihm beglaubigte Quittung vor. »Stimmt etwas damit nicht?« fragte er.

»Ich glaube, wir sollten das Versteckspiel aufgeben«, antwortete ich. »Ich habe Ihnen einen für Sie sicherlich akzeptablen Vorschlag zu machen. Wir vergessen die Sache, und Sie ...«

»Was sollen wir vergessen?« fragte er, nahm die Quittung vom Tisch und studierte sie. »Ich weiß nicht, wie in Ihrem Land Quittungen und Beglaubigungen für gewöhnlich formuliert werden. Diese hier«, er legte sie auf den Tisch zurück, »entspricht der vorgeschriebenen Norm in unserem Land.«

»So?« fragte ich, zog das Foto Pournoys aus meiner Tasche und legte es neben die Quittung. »Was halten Sie davon?«

Er blickte darauf. »Monsieur Pournoy?« fragte er.

»Das sehen Sie doch.«

»Er ist – tot? Und wann?« Er drehte das Bild um, las die darauf vermerkten Daten und sah mich überrascht an. Er deutete auf die Quittung. »Demnach war Pournoy schon tot, als er diese Unterschrift in meiner Gegenwart leistete. Wie seltsam!«

»Aber – Sie sind sich doch klar darüber, was das für Sie bedeutet!« rief ich.

»Ah, ich verstehe! Sie halten mich für einen – gewissermaßen beamteten Urkundenfälscher und dazu noch von Format! Ich nehme an, Sie wissen, wie Urkunden dieser Art beglaubigt werden. Jener, der die Unterschrift in meiner Gegenwart leistet, weist sich durch Paß oder Personalausweis bei mir aus. Ich habe Monsieur Pournoys Paß gehörig geprüft, habe das darin enthaltene Foto mit der vor mir stehenden Persönlichkeit verglichen – und keinen Grund zur Beanstandung, keine Spur eines immer nur gearteten Verdachts gefunden.« Er studierte das Foto der Staatsanwaltschaft noch einmal mit höchster Aufmerksamkeit. »Natürlich weist eine Leiche für gewöhnlich einige Veränderungen auf. Hier jedoch: Die Ähnlichkeit ist verblüffend. Dieser tote Pournoy sieht – wenn mich meine Erinnerung nicht trügt, und ich bin bekannt für meine Beobachtungsgabe – genauso aus wie der Lebende, der vor zwei Tagen hier in meinem Büro stand.« Er rief nach seiner Sekretärin und reichte ihr das Bild. »Wer ist das?« fragte er sie.

»Oh ... das ist, warten Sie ... ja doch: dieser Monsieur Pour – Pour ... es liegt mir auf der Zunge. Ist er – verunglückt?«

»Monsieur Pournoy«, erläuterte ich ihr, nun meinerseits nicht weniger verblüfft. »Er ist schon einige Wochen tot. Er kann also nicht hiergewesen sein.«

Monsieur May griff erneut nach dem Bild. »Wenn er schon einige Wochen tot ist, wie Sie sagen – woher kommt dann, entschuldigen Sie, der doch offenbar vorzügliche Erhaltungszustand der Leiche? Oder wurde das Foto schon früher aufgenommen?«

Auf diese Frage hin mußte ich dem Notar die ganze höchst komplizierte Sache erläutern, und während ich dabei war, fiel mir auf, wie wenig glaubwürdig, ja, wie in höchstem Grad unglaubwürdig der Bericht klang, wie schwierig sich Sprache anläßt, wenn es gilt, einen Vorgang außerhalb der Realität oder doch außerhalb der *gewohnten* Realität darzustellen, wie sehr der Mensch der unmittelbaren Konfrontation mit dem Geschehen bedarf, um überzeugt zu werden. Und hier benutzte ich zudem eine mir fremde Sprache. Gewiß, ich beherrsche das Französische perfekt. Der geborene Franzose jedoch verfügt über Nuancen (denen er sich selbst kaum bewußt ist), die beim Erlernen seiner Sprache durch einen Ausländer nicht miterfaßt werden können. »Dies alles klingt wohl recht phantastisch«, schloß ich die Schilderung, »weil es dem natürlichen Ablauf widerspricht. Wir müssen uns allerdings damit abfinden, daß die Forschung längst in Regionen gelangte, die mit den gewohnten physikalischen Gesetzen allein nicht mehr zu fassen sind, ja mit vielen auf unserer Erde nicht im Einklang stehen. Daß man den Versuch unternimmt, die Menschen damit zu verblüffen – oder Schlimmeres, damit müssen wir rechnen.«

Monsieur May studierte nochmals die Rückseite des Fotos mit den Vermerken der Staatsanwaltschaft, während seine Sekretärin höchst verwirrt ins Vorzimmer zurückkehrte.

»Das alles«, fuhr ich fort, »sollte uns nicht von den weiteren notwendigen Schritten abhalten.« Ich deutete auf die vom Notar beglaubigte Quittung. »Der Verdacht besteht, daß hier manipuliert wurde, und zwar offenbar zur Erschleichung einer nicht unbeträchtlichen Summe – wobei ich unterstelle, daß Sie nichts als Ihre notarielle Pflicht taten. Als Sie meinen Brief mit der Beilage des für mich zuständigen Finanzamtes erhielten – was taten Sie da?«

Monsieur May deutete auf die Fotografie. »Ein konservierter Mensch also, wenn ich Sie richtig verstanden habe, konserviert auf Dauer und Ewigkeit, indem man das, was man unter dem Begriff Leben versteht und was, solange der Mensch lebt, seinen Körper erhält, auf wohl geniale Weise als Konservierungsmittel benutzte.«

Ich stutzte. Und dann fiel es mir wie Schuppen von den Augen. Über das hatte ich unablässig nachgegrübelt – und dieser Notar formulierte es ohne Schwierigkeit. »So ist es!« rief ich. »Genau!« Ich ergriff unwillkürlich seinen Arm. »Sie haben es unerhört präzise ausgedrückt!«

»Aber dann muß man herausgefunden haben, was Leben ist«, ergänzte der hochintelligente Notar seine Präzisierung auf wiederum für mich höchst überraschende Weise. »Man kann einen Stoff nur benutzen, wenn man ihn besitzt, wenn man ihn entdeckt, ihn gefunden hat, weiß, woraus er besteht. Und es muß eine materielle, faßbare Substanz sein, meinen Sie nicht?«

Ich nickte.

»Eine Substanz«, fuhr er fort, »von unvorstellbarer Brisanz, ein Stoff, der alle Stoffe übertrifft . . .« Er brach ab. »Lieber Freund«, sagte er dann, »wollen wir hoffen, daß es sich als weitaus harmloser entpuppt. Bisher – das ist meine Erfahrung – erwies sich alles, was sich scheinbar außerhalb der uns vertrauten Gesetze bewegt, als Trug, Täuschung, Scharlatanerie. Vielleicht hält man uns auch hier zum Narren. Dabei steht – meiner Ansicht nach – ganz außer Frage, daß der Stoff ›Leben‹ materialistisch ist, wie alles in der Natur. Er steckt irgendwo verborgen in den Zellen, im Molekül, vielleicht als Atom – wer weiß. Und wenn wir bedenken, was bis heute beispielsweise die Beschäftigung mit dem Atom an Summen verschlang, ohne daß man kaum etwas von seinem Wesen zu entschleiern vermochte! Und nun erst – die Analyse des Stoffes Leben! Das hieße doch, an die Grenze jeder wissenschaftlichen Erkenntnis zu stoßen, und was das bedeutet, lehrt die Apokalypse.«

»Inwiefern?« fragte ich.

»Nicht allzu schwierig«, erläuterte der Notar. »Die Natur schuf sich nach Jahrmilliarden den Menschen zu nichts anderem als dazu, sich selbst zu erkennen. Wenn die Natur erfahren will, was sie ist, benötigt sie das erkennende Gehirn. Mensch und Gehirn sind von der Natur geschaffene natürliche Instrumente, mit der sie hinter ihre eigenen Geheimnisse zu kommen hofft, eben hinter das Geheimnis Leben. Der ganze Aufwand, der ganze natürliche Aufwand auf dieser Erde dient keinem anderen Ziel. Die Natur will wissen, was sie ist. Wenn sie es weiß, hat sie ihr gestecktes Ziel erreicht. Sie hat kein zweites Ziel. Ziellosigkeit aber bedeutet nach natürlichen Gesetzen das Chaos, die Apokalypse, wie sie die Bibel prophezeit. Doch Sie haben recht. Überlegen wir die nächsten Schritte. Die Frage lautet, wer ist der identische Monsieur Pournoy? Dabei dominiert das Leben. Der mich hier besuchte, lebte. Den Ihre Staatsanwaltschaft fotografieren ließ . . .« Der Notar stockte.

»Sie merken selbst«, sagte ich, »daß es gar nicht so einfach ist. Sehen wir von allem übrigen ab – als er fotografiert wurde, nämlich vor der Obduktion, lebte dieser Pournoy ebenfalls, errang schließlich immer wieder für kurze Zeit das Bewußtsein, wobei er beim letzten Mal vor entsetzlichen Schmerzen aufschrie, und versank danach – ja, wohin versank er?« »Vielleicht gibt es tatsächlich zwei Pournoys, etwa Zwillinge?« kombinierte Monsieur May.

»Möglich. Wir sollten es klären. Was also taten Sie, als Sie meinen Brief erhielten?«

»Ich rief an.«

»Sie riefen – an!«

»Ja. Und – wieso nicht?«

»Wen? Pournoy?«

»Warten Sie ...« Er ließ sich von seiner immer noch sichtlich verstörten Sekretärin die Kartei bringen. »Das ist die Nummer, eine Marseiller Nummer.«

»Und – wer meldet sich?«

»Wohl eine Kontaktstelle. Im Grund meldet sich niemand. Man wird aufgefordert zu sprechen, Anrufbeantworter. Nun, Sie kennen das. Passen Sie auf.«

Der Notar wählte die Nummer und hielt mir den Hörer ans Ohr.

»Bonjour«, hörte ich die konservierte Stimme, »Sie sind mit einem Anrufbeantworter verbunden und haben fünfundzwanzig Sekunden Zeit. Sprechen Sie ...«

»Und woher weiß man, daß man richtig verbunden ist? Ich meine, die Dame vom Tonband nannte die Firma nicht«, warf ich ein, nachdem ich den Hörer zurückgelegt hatte. Der Notar lächelte. »Ich kenne ihre Stimme. Das ist alles.«

»Sie sagten, daß Monsieur Jean Pournoys Anwesenheit in Ihrem Büro zwecks Leistung einer Unterschrift nötig sei?«

»Ich gab den von mir übersetzten Text des Schreibens Ihres zuständigen Finanzamtes durch. Die Entscheidung lag bei Pournoy«, antwortete er. »Der Franzose reagiert empfindlich, wenn man ihn zu irgend etwas ›auffordert‹.«

»Und er erschien bei Ihnen. Wie lange brauchte er dazu?« »Von meinem Anruf bis zu seinem Erscheinen hier im Büro? Warten Sie ... ja, zweieinhalb Tage. Daraus kann man jedoch kaum etwas ableiten. Vielleicht war er nicht sofort errreichbar, vielleicht lebt er irgendwo weit entfernt, vielleicht hatte er auch bloß keine Zeit.«

»Sein Paß. Wo wurde er ausgestellt?«

»Paris. Wo sonst? Aber auch das sagt nichts über seinen gegenwärtigen Wohnsitz, über den Wohnsitz jenes Pournoy, der mich aufsuchte.«

»Dies wäre also ein Weg«, sagte ich. »Könnten Sie mir nochmals die Verbindung mit dem Marseiller Anrufbeantworter herstellen?«

»Aber gerne.« Der Notar wählte die Nummer, und als die Dame in der Tonbandkonserve ihren Spruch hergesagt hatte, meldete ich mich mit meinem Namen. »Ich muß Monsieur Jean Pournoy in einer außerordentlich dringenden, ihn persönlich betreffenden Angelegenheit sprechen. Wir sind befreundet. Er soll Ort und Zeit bestimmen und beides an Herrn Notar Julien May, Paris, durchgeben. Ich bin noch bis zum – hier nannte ich das Datum – in Paris.« Bewußt gab ich mich eilig. Meine Abreise würde in drei Tagen stattfinden.

»Und Sie hoffen«, fragte Monsieur May, »daß er sich mit Ihnen trifft?«

»Ob ich es hoffen soll – ich weiß nicht. Natürlich wäre ich begierig, nun auch diesen Pournoy persönlich kennenzulernen, von ihm zu hören, was er wohl zu der Fotografie zu sagen hat. Wahrscheinlich aber wird mich das in eine Sackgasse führen. Wohin haben Sie das Geld überwiesen?«

»Ihre siebenundvierzigtausend Deutsche Mark? Auf ein Nummernkonto bei einer Schweizer Bank«, antwortete der Notar.

»Ein Konto also, dessen Nummer Sie mir nicht nennen dürfen?«

»Natürlich nicht, auch deshalb nicht, weil ich sie selbst nicht weiß.«

»Sie kennen sie nicht? Aber wie führen Sie da die Überweisung aus?«

»Indem ich Ihren Scheck – und was sonst noch eingeht – an die Bank schicke, die dann alles übrige selbst besorgt«, erläuterte er mir.

Er gab mir Name und Adresse der Bank in Zürich,

wobei der Notar anmerkte, daß ich da wohl kaum Glück haben würde, weil Schweizer Banken für ihre Diskretion berühmt seien. Ich nannte Monsieur May mein Hotel; er versprach, mich sogleich zu verständigen, wenn sich aus Marseille etwas rührte.

Ich habe diese Unterredung mit dem französischen Notar ausführlich geschildert, um Ihnen einen Begriff zu geben, wie systematisch man schwierige Dinge angehen muß. Und ich werde bei dieser systematischen Schilderung bleiben, um jeden Zweifel an der Authentizität dessen auszuräumen, was ich hier enthülle, Sie sollen mich gewissermaßen auf meinem verschlungenen Weg begleiten, Zeuge sein der einzelnen Stationen, sie gegebenenfalls selbst überprüfen können, wobei Sie natürlich damit rechnen müssen, daß man jede wie immer geartete Begegnung mit mir aus merkantilen, politischen oder persönlichen Gründen leugnet, selbst dort, wo man von der Brisanz der Sache nicht das geringste ahnt. Es gibt Menschen, die prinzipiell, wohl auch aus schlimmen Erfahrungen heraus grundsätzlich alles ableugnen. Ja, in der Tatsache, daß man sie fragt, wittern sie bereits Bedrohung. Ihr Instinkt schlägt Alarm. Sie ziehen sich in ihr Schneckenhaus zurück.

Paris ist selbst für Kenner wie mich jedesmal ein Erlebnis. Die Stadt verändert sich, und in jenem Grad, wie sie sich verändert, wirkt sie wiederum höchst vertraut. Paris-Kenner werden mir zustimmen. Ich liebe das Leben und bin kein Einzelgänger. In Paris braucht niemand allein zu sein, der es nicht ausdrücklich darauf anlegt, ja – ich möchte sagen: Paris und Einsamkeit wären ein Paradoxon. Ich lernte während meines dreitägigen Aufenthaltes drei, vier der charmantesten Pariserinnen kennen, die mir die Abende mit Hilfe ihrer entwaffnenden Mundfertigkeit (ähnlich wie die Berlinerinnen) verkürzten. Ob Paris tatsächlich noch führend ist auf amourösem Gebiet, möchte ich nicht entscheiden. Die übrigen Metropolen, besonders in der Bundesrepublik, aber auch in Dänemark, Schweden, selbst Holland, stehen Paris dabei kaum nach, ja überflügeln es, was das rein materielle Angebot anlangt. Was fehlt, ist sicherlich der unnachahmliche Pariser Charme, den die Stadt selbst noch aus der Gosse heraus entfaltet.

Nur selten versäume ich es bei einem Parisbesuch, im Eiffelturm-Restaurant zu essen, zum Diner versteht sich, weil man mittags den für meine Begriffe schönsten Blick über Paris hat. Andere schwärmen vom Souper, abends, wenn Paris unter ihnen in seinem Lichterglanz erstrahlt. Doch ist es nicht nur die frühnachmittägliche Stimmung, die mich in das Restaurant lockt; ich liebe diese Stahlnetzarchitektur, die in hoher architektonischer Intelligenz Drücke, Schübe und Drehmomente auf das glücklichste zum Sockel hin ableitet und die selbst den kritischen Punkt der Abknickung im ersten Viertel des Turmes elegant und unverwechselbar im Griff behält. Diese Stahlbauweise löst heute ja wieder den Beton ab. Ausschlaggebend für meine Eiffelturmbesuche jedoch ist ein Erlebnis, das ich vor vielen Jahrzehnten, nämlich 1942 hier oben hatte. Damals war ein Major eines in der Peripherie gelegenen Verpflegungslagers in die Hände der französischen Widerstandsbewegung *Résistance* geraten. Diese Bezeichnung ist einmal abgeleitet von resistent (widerstandsfähig), zum anderen galt sie für die Gruppierung der Konservativen im französischen Parlament im 19. Jahrhundert. Ich hörte von dem Vorfall in der Stadtkommandantur von einem mir befreundeten Ordonnanzoffizier. Dieser junge Oberleutnant war beim Einfall in Rußland in der Westukraine sehr schwer verwundet worden, und zwar fehlten ihm das linke Bein – bis zur Hüfte abgenommen –

und der rechte Unterarm. Außerdem hatte ein Granatsplitter sein rechtes Auge zerschlagen. Mit seiner schwarzen Augenklappe wirkte er höchst charakteristisch. Der Major (so der Ordonnanzoffizier), habe sich ›in den schlimmsten Vierteln‹ nachts allein herumgetrieben und sei natürlich leicht die Beute des Maquis, also der Widerstandsverbände geworden. Doch sei das kein moralisches Kriterium (so der Oberleutnant zu einer Zeit, als man über die Sexualität noch keineswegs so frei dachte, wie das heute der Fall ist). Als Vater von sieben (!) Kindern, müsse die Sache wohl als familiäre Katastrophe angesehen werden, usw.

Ich zweifelte schon damals nicht daran, daß meine Mittelsmänner in Frankreich, jene, die ich brauchte, um den Austausch der Ersatzteile zu forcieren, eine Verbindung zur Résistance haben mußten. So brachte ich bei einer weiteren Begegnung mit ihnen im ›Büro für technische Entwicklung‹ auf dem Boulevard Hausmann No. 183 wie zufällig das Gespräch darauf. Vier Tage später wurde mir eine Mitteilung zugespielt, daß man an einem Austausch gegen zwei Résistance-Mitglieder interessiert sei. Sie wurden mit Namen genannt, sicherlich mit ihren Decknamen, die sie ja niemals aufgaben, auch nicht wenn sie sterben mußten.

Ich eilte zur Kommandantur und erfuhr dort, daß die beiden Genannten in den Händen der SS seien. Wenig später erhielt man von da die Erlaubnis, auf das Angebot einzugehen, und die Zusicherung, daß man ernstlich zu einem Austausch bereit sei.

Und nun werden Sie auch erfahren, weshalb ich Ihnen überhaupt diese Episode erzähle. Sie erläutert meine Methode der Absicherung. Ein Agent, ein Mittelsmann, ein Spion, kurz ein Mensch, der häufig genug sein Leben riskiert, um zu irgendeinem – vielleicht illegalen – Ergebnis zu gelangen, ist soviel wert, wie er Wert auf sein eigenes Leben legt. Selbst heute noch, wo die Geheimdienste auf ein Bündel schlechtester Erfahrungen zu blikken vermögen, ist dieser doch obligatorische Grundsatz nicht allgemein anerkannt. Noch immer werden Agenten, die tollkühn Absicherungen ignorieren, als mutig, selbstlos, opferwillig bezeichnet. Dabei bringen sie damit nicht nur sich selbst in höchste Gefahr, auch die Erfahrung, die sich in ihnen gesammelt hat, und die Verbindungen, in denen sie nun einmal stecken. Bevor ich mich in dunkle Kanäle begab, war es mein Prinzip, für den sicheren Rückweg vorzusorgen. So besaß ich eine ganze Anzahl Dokumente, die mir häufig genug aus der Klemme halfen. In Paris kursierten damals erste Flugblätter eines gewissen Generals De Gaulle, auf den offenbar (und *tatsächlich*, wie wir heute wissen) die Résistance eingeschworen war. Ich entwarf einen Text und bat die Paßabteilung, diesen mit der nachgemachten Unterschrift des Generals auf möglichst unverdächtiges Papier mit Hilfe einer französischen Schreibmaschine niederzuschreiben. Sein Inhalt: daß man mich, einen Freund der Freiheit Frankreichs, in allen meinen Bemühungen unterstützen solle. Nicht mehr und auch nicht weniger. Häufig wird bei solchen Fälschungen übertrieben. Man streicht die erfundenen Verdienste des ›Empfohlenen‹ zu sehr heraus, was natürlich Verdacht wecken muß.

Mit diesem Papier als Absicherung gegen Unvorhergesehenes in der Tasche wartete ich auf ein neuerliches Zeichen und erhielt es auch alsbald. Eine höchst unverdächtige ›Yvonne‹ bat mich, sie doch zum Diner im Eiffelturm-Restaurant einzuladen, da sie sich in Sehnsucht nach mir verzehre. Das war derart geschickt abgefaßt, daß selbst ich daran glaubte, zumal ich eine Dame dieses Namens wirklich kannte. Erst im Turmlift dämmerte mir, um was es da in Wahrheit ging. Diese Leute hatten Ideen! Und gewiß saß ein Dutzend von ihnen oben im Restaurant, das in der Tat, weit überblickbar, für ein Treffen in dieser heiklen Sache recht geeignet erschien. Alle Tische waren besetzt, nur einer – mit gutem Blick nach Osten – frei, gewiß freigehalten für mich. Ich setzte mich. Als der Garçon kam um meine Bestellung aufzunehmen, erläuterte ich ihm, daß ich eine Dame erwartete, und schon kam ein jüngeres Paar an meinen Tisch, bat, Platz nehmen zu dürfen, und visierte mich an. »Einen sehr schönen Blick von hier oben, nicht wahr, Monsieur?« leitete der Herr das Gespräch ein. »Yvonne kann leider nicht kommen. Sie ist verhindert.«

»Oh, das tut mir leid. Hoffentlich nicht krank? Doch vergeuden wir keine Zeit. Wie stellen Sie sich den Austausch vor?«

Damals war ich noch nicht derart mit der französischen Mentalität vertraut, wie das heute der Fall ist. Kein Franzose läßt sich ein Diner entgehen, wenn nicht allerhöchste Werte auf dem Spiel stehen. Was die beiden Fremden jedoch – auch für mich – bestellten, warf mich fast vom Stuhl. Alle Lebensmittel waren rationiert, besonders in Frankreich. Bei jedem Essen mußte man entsprechende Zuteilungsmarken vorlegen. Das schien wohl heute und hier nicht zu gelten. Auch an den übrigen Tischen speiste man vortrefflich, und als ich einen Blick zum Eingang und zum Lift warf, bemerkte ich: Es mußte sich da doch wohl um eine ›geschlossene Gesellschaft‹ handeln. Offenbar hatte man den Turm für den Publikumsverkehr, vielleicht ›wegen Reparaturarbeiten‹ vorübergehend gesperrt, nachdem ich Platz genommen hatte. Natürlich blieb mir das Diner in Erinnerung:

Asperges en branches vignaigrette
Truite au vin de la Moselle et
aneth, pommes vapeur
Suprême de pintadeau aux morilles,
nouilles au beurre
Coeurs de laitues à la châtelaine
Omelette Stephanie

Dazu tranken wir eine Flasche Dom Perignon 1939. Während des Essens sprachen wir über Paris – über was sonst? –, was es einmal gewesen, wie traurig die Zeiten seien, aber daß Kriege auch einmal zu Ende gehen müßten. Madame – die beiden hatten sich mir so wenig wie ich mich ihnen vorgestellt – seufzte ein wenig über die unendlichen Schwierigkeiten, ihre Garderobe zu ergänzen, worauf ich sie sofort mit den notwendigen Komplimenten über jene, die sie trug, überschüttete. Franzosen sind Lebenskünstler in jeder Beziehung! Nicht selten hatte und habe ich den Eindruck, daß sie notwendige Situationen nur spielen, selbst gar nicht so ernst nehmen, wie sie sie dann machen und wie sie auch damals in der Realität waren.

Ich wollte gerade dem Omelette zusprechen, als eine spürbare Erregung aufkam. Monsieur blickte sich nervös um. Plötzlich war unser Tisch von drohenden Männern belagert. Ich merkte sogleich, daß mein Leben in Gefahr war. »Monsieur«, sagte einer, wohl der führende Kopf, »Sie haben uns schändlich betrogen. Unsere Kameraden – sie sind längst tot, umgebracht. Nun werden wir uns an Ihnen schadlos halten müssen!« Das Paar, mit dem ich bis dahin so liebenswürdig geplaudert hatte, sprang auf. Madame blickte mich mit dem Ausdruck größten Hasses an. Die Situation hatte sich total zu meinen Ungunsten verwandelt. Was mich fürs erste rettete, war sicherlich die

Tatsache, daß man nicht auf der Stelle aufbrechen konnte. Das hätte wohl den ihnen nun notwendiger denn je erscheinenden Sicherheitsplan durcheinandergebracht, unter dem unsere Begegnung lief. So fand ich Gelegenheit darzulegen, daß es einen nicht nur organisationstechnischen, auch einen in der Mentalität gravierenden Unterschied gab zwischen SS-Einheiten und der Kommandantur in Paris, die ja von der Wehrmacht geführt wurde. »Auch ich«, erläuterte ich, »bin auf das Schändlichste getäuscht worden. Was hier geschehen ist, spricht jeder nur denkbaren Menschlichkeit Hohn. Ich bin mir über die Folgen klar und ich stehe da vollkommen auf Ihrer Seite. Wo man Sie derart hinters Licht führt, müssen Sie sich zur Wehr setzen.«

Mit Worten allein, selbst wenn man sie noch so wirksam setzt, kann man sich aus einer derartigen Gefahr nicht befreien. Es war das gefälschte Schreiben General De Gaulles, das die Stimmung zu meinen Gunsten umschlagen ließ. Und da ich tatsächlich ein Freund Frankreichs war, und dies im Gegensatz zu vielen Frankophilen uneingeschränkt auch während des Kriegs, plagen mich selbst heute wegen dieser Fälschung keine Skrupel. Ich bin überzeugt, der General hätte mir, wäre ich auf meinen vielen, häufig verschlungenen Pfaden, mit ihm zusammengetroffen, eine solche Bescheinigung von sich aus ausgestellt! Aber natürlich betrachtete man mich nun deswegen nicht als Freund. Ich war Deutscher. ›Die Deutschen‹ hatten zwei ihrer Kameraden umgebracht. Das haftete an mir. Man befahl mir, auf meinem Platz sitzenzubleiben. Das Restaurant leerte sich. Die Garçons standen mit finsteren Gesichtern am Ausgang, den zu bewachen sie offenbar den Auftrag hatten. Nach etwa zwanzig Minuten winkte man mir. Man öffnete mir eine vergitterte Pforte. Von ihr aus führten eiserne Stufen den Turm hinab. Der Lift blieb mir verschlossen. Ich lief die unzähligen und schwindelnden Stufen des gigantischen Turmes abwärts und benötigte dazu offenbar jene Zeit, die die Gruppe brauchte, um sich gefahrlos vor jeder Beobachtung zerstreuen zu können.

Seither zähle ich zu den wenigen Zeitgenossen, die den Eiffelturm schon einmal zu Fuß hinabkletterten. Ein eigentümlich anstrengendes Erlebnis!

Natürlich berichtete ich auf der Kommandantur, und gewiß beschwerte man sich ›zuständig‹ über die nicht nur falsche, auch dumme Hinterlist der SS. Schon am folgenden Morgen fand man die Leiche des armen, kinderreichen Majors im Hof der Kommandantur. Er war erschossen und – auf welchem Wege auch immer – von der Résistance hierher in den scharf bewachten Hof transportiert worden. Ich aber beschloß, mich keinesfalls mehr auf Versprechungen am kriegerischen Geschehen ganz unmittelbar Beteiligter zu verlassen. Die Geschichte lehrt überdies, *wie* dumm sich zu allen Zeiten Eroberer und Besetzer gegenüber der Bevölkerung benehmen. Und immer war es diese falsche Einschätzung der Verhältnisse, die sich dann letzten Endes entscheidend gegen ihre Verursacher wendeten. So geschah es dann auch in Frankreich 1944 nach der alliierten Invasion.

Doch zurück zu einer näherliegenden Gegenwart:

Ich ließ die auf den Anrufbeantworter gesprochene Frist von drei Tagen verstreichen. Bevor ich Paris den Rücken kehrte, vergewisserte ich mich noch einmal bei Notar May, daß sich tatsächlich niemand in Sachen Pournoy gemeldet hatte. Ich flog nach Hause zurück und suchte unter den vielen mir im Lauf der Jahre zugegangenen Schreiben, häufig guten Wünschen prominenter Politiker, Industrieller, Wissenschaftler und Künstler, jene aus, die mir am geeignetsten erschienen, schloß meine Galerie endgültig und unterrichtete meine Freunde, daß ich für längere Zeit abwesend sei, verreist ins Ausland, um, wie ich vorgab, die neuen Strömungen in der Kunst direkt an der Quelle zu studieren. Diese Verschleierung meiner wahren Absicht, nämlich hinter das Geheimnis der Verdoppelung Jean Pournoys zu kommen, hing mit einem Gefühl zusammen, nämlich daß ich seit meiner Rückkehr aus Paris unter Beobachtung stand. Ich hatte keinerlei Beweise dafür. Zudem mußte ich mir aus meiner Kenntnis der Materie heraus sagen, daß die Personenbeschattung in den Etatsüberlegungen der Polizei, der Geheimdienste und anderer Organisationen insofern eine gewichtige Rolle spielt, als sie ungemein teuer ist. Eine Beschattung, die nicht rund um die Uhr erfolgt, vierundzwanzig Stunden am Tag, bleibt nutzlos. Infolgedessen benötigt man wenigstens drei Beamte, Agenten oder Beauftragte, und wenn sich die Beschattung über einen längeren Zeitraum hinzieht, eine ganze Gruppe, einmal, um die Gesichter auszuwechseln, zum anderen, um die Ausfälle auszugleichen: Krankheit, Urlaub, Wochenendeinsatz. Über den Daumen gepeilt, kostet eine nur vier Wochen andauernde Beschattung zusätzlich (also die Mehraufwendung ohne Gebäude- und Verwaltungskosten, Inventar und was man sonst eigentlich anteilsmäßig hinzurechnen müßte) runde fünfundachtzigtausend Mark. Als einmal ein frühzeitig ausgeschiedener Beamter des Militärischen Abschirmdienstes – er gab seinen Beruf zugunsten eines Hobbys, nämlich der Archäologie auf – feststellte, daß man ihn beschattete, aus welchen Gründen auch immer, lief er eiligst zu seiner früheren Dienststelle und beschwor seinen alten Vorgesetzten, um alles in der Welt diese ihm doch bekannte horrende Ausgabe einzusparen. Es sei doch weitaus billiger, ihm zu sagen, welchen Verdacht man gegen ihn habe, damit er ihn ausräumen könne, usw.

Nun, man vermutete, seine da und dort in der Umgebung vorgenommenen Grabungen hätten geheimdienstlichen Charakter, etwa in einer Funktion als Doppelagent. Er wies einige interessante archäologische Funde vor, die er gemacht und nicht nur genau einregistriert, nein, auch mit Fotos des Fundortes und der Fundstelle nachprüfbar gemacht hatte. Man stellte die teure Beschattung ein.

Gewiß ersparte meine plötzliche Abreise hier ebenfalls einige Tausender, es sei denn, man schaltete Interpol ein, was sich allerdings noch kostenaufwendiger gestaltet.

Ich flog nach Zürich und suchte die Schweizerische Boden- und Kreditbank in der Bahnhofstraße auf, jene Bank, die von Notar Julien May meine Verrechnungsschecks zwecks Zustellung an den Empfänger (Pournoy) erhalten hatte. Ich traf dort auf Direktor Sch., der sich als ein äußerst liebenswürdiger und hilfsbereiter Herr erwies. Er erläuterte mir einige der (vielen) Grundsätze des schweizerischen Bankgewerbes, auch daß – gemessen am Bruttosozialprodukt und in der Relation zur Bevölkerungszahl – die Schweiz mit vielen Nasenlängen in der Welt führend sei. »Wenn wir wie Sie in der Bundesrepublik fünfzig oder sechzig Millionen Einwohner hätten – wir stellten eine geradezu gigantische Wirtschaftsmacht vor. Im Schnitt erwirtschaftet jeder Schweizer das Dreifache dessen, was beispielsweise ein Amerikaner erwirtschaftet.« Das war mir nicht ganz neu; aber ich wußte nicht, daß sich der Vorsprung derart enorm ausnahm. Natürlich wehrte er ab, als ich darum bat, mir zu sagen oder anzudeuten, was mit meinen Schecks an Pournoy geschehen war, ob Pournoy bei der Bank ein Konto habe und wie seine Identität kontrolliert wurde, falls er von seinem Geld etwas abzuheben beabsichtige. »Die Leute haben Vertrauen zu uns«, sagte er, »ein Vertrauen, das immer und immer wieder und häufig von jenen zu perforieren versucht wird, die, wenn es sich um sie selbst handelte, wahrscheinlich am empfindlichsten auf die Durchlöcherung des Bankgeheimnisses reagieren würden.« »Hier jedoch«, stellte ich ihm entgegen, »ist offenbar ein Betrüger am Werk, der seine verblüffende Ähnlichkeit mit dem Kontoinhaber zu dessen Ungunsten ausnutzt.«

Direktor Sch. lächelte. »Es sind immer Betrüger, Verbrecher und Schlimmeres, über die von uns Auskünfte gefordert werden. Jedenfalls gibt man das vor. Man versucht uns stets klarzumachen, daß es einfach die Pflicht eines seriösen Geldinstituts sei, die Anonymität oder den Kontostand solch zwielichtiger Kunden preiszugeben, kurz genau das zu tun, was gerade nicht Aufgabe einer seriösen Bank ist. Geld spielt im Leben der Menschen und zu allen Zeiten eine eigentümliche Rolle. Da es derart begehrt ist, weil man sich mit ihm fast alle Wünsche erfüllen kann, steht es häufig in einem zumindest zweifelhaften Ruf. Ich weiß nicht, wieviel Geld Sie im Augenblick in Ihrer Brieftasche haben. Sie werden sich in der Regel hüten, Ihre Umgebung darüber zu informieren. Ganz so menschlich einfach und deshalb verständlich reagieren auch wir. Wir sind eine recht große Brieftasche mit einigen tausend Fächern. Wir handeln korrekt und seriös, wenn wir wie Sie darüber schweigen über das, was sich in den Fächern befindet.«

»Ich danke Ihnen für diese Belehrung, und ich akzeptiere sie«, stimmte ich ihm zu.

»Das ist gut, doch gibt es zwischen uns gar nichts zu akzeptieren«, äußerte er nun zu meiner nicht gelinden Überraschung. »Ihr Geschäftspartner oder Freund, dieser Monsieur Jean Pournoy, hat nämlich bei unserer Bank kein wie immer geartetes Konto.«

Bei dieser Eröffnung blieb mir der Atem weg. »Nicht?«

fragte ich. »Wie ist das möglich? Sein Pariser Notar, Monsieur May ...«

»Wir fungieren, wie das auch im Rahmen unserer vielfältigen Dienstleistungen – das Geld betreffend – liegt, lediglich als Vermittler. Die Sache läuft so: Wenn wir den Scheck erhalten, rufen wir eine bestimmte Nummer an ...«

»Und welche?«

»... die uns dann Anweisung gibt, wohin wir ihn weiterleiten. Diese Anweisung führen wir aus gegen eine Provision von 0,5 Prozent der ausgestellten Summe.«

»Diese Telefonnummer. Unterliegt sie auch dem Bankgeheimnis?«

Herr Sch. lächelte. »Wie sollte sie? Sehen Sie – das nun wieder wäre, was man mit unseriös bezeichnen könnte, nämlich wenn ich eine in einem Telefonbuch ausgedruckte Nummer verschwiege. Es ist übrigens ein französischer Anschluß, Marseille ...«

Ich nannte ihm die Nummer mit dem Anrufbeantworter.

»Ganz recht. Sie kennen sie?« fragte der Bankdirektor.

»In Paris nennt man das – den Pariser Kreisel«, sagte ich. »Bei Ihnen und bei uns heißt es: Der Hund beißt sich in den Schwanz. Ich bin von Paris nach Hause und von zu Hause hierher nach Zürich gefahren, um dort wieder zu landen, nämlich bei diesem Marseiller Anschluß, der sich längst als Sackgasse erwies. Die Sache läßt sich schwieriger an, als ich ohnehin vermutete.«

»Ihr letzter Scheck – warten Sie – ja, in Höhe von siebenundvierzigtausend Deutsche Mark ging nach Amerika«, überraschte mich der bemerkenswerte Bankdirektor aufs neue.

»Amerika!«

»Florida, und zwar nach Naples, ganz im Süden am

Golf von Mexiko. Wenn Sie sich die Firma notieren wollen, ziemlich neu, stellt diese berühmten Chips her, daumennagelgroß mit Tausenden von aufgedruckten elektronischen Schaltungen. Von diesen Firmen gibt es in Florida eine ganze Anzahl.«

»Sie meine jene Firmen, die wie die berühmten Pilze aus dem Boden schießen! Ah ja – das ist es! Nun sehe ich wieder klar oder vielleicht zum ersten Mal klar, und wissen Sie auch weshalb?« fragte ich, wohl mit einiger Begeisterung in der Stimme. »Weil ich mich auf vertrautem Terrain bewege. Mikroprozessoren! Darum nämlich ging es bei Pournoy, ging es bei mir in Verbindung mit einer modernen Kunstrichtung, und damit muß auch das alles zusammenhängen, was ich aufzuklären hoffe und was mit dem Schicksal eines lieben, tragisch um sein Leben betrogenen Freundes unmittelbar zu tun hat.«

Herr Sch. rieb sich die Hände. »Ich wünsche Ihnen Glück dazu. Sehen Sie, das macht Spaß, wenn man mit seinen bescheidenen Kräften eine offenbar gute Mission unterstützen kann. Florida! Seit meiner Jugend klingt mir das im Ohr: Blumen, Früchte, schöne oder gar wunderschöne Amerikanerinnen, ah ja«, seufzte er gedankenvoll. »Weshalb fahren Sie da nicht einfach einmal hin?« fragte ich.

»Aus den einleuchtendsten Gründen. Weiß ich doch, daß dies meine Illusion auf der Stelle zerstören würde. Amerika ist nicht so, wie wir Europäer es gerne haben möchten, und schon gar nicht, wie wir Schweizer es uns am liebsten ausmalen. Florida würde mich tüchtig schokkieren. Ich verkrieche mich jeden Sommer in unsere schönen Berge, und sehen Sie – da ist es noch immer so, wie wir, wie Sie, wie sich die Menschen die Berge vorstellen, nur jedesmal ein wenig eindrucksvoller!«

Er war in der Tat ein bemerkenswerter Mensch, dieser

Bankdirektor Sch. aus Zürich, ein Schweizer zudem mit allen positiven Eigenschaften, die man diesem kleinen Volk zuschreiben muß. Er lud mich ein, ihn im Sommer einmal in seiner Hütte im Engadin zu besuchen. Ich versprach's, wie man gerne etwas verspricht, wenn man das gute Gefühl hat, einem gesteckten Ziel gewaltig nähergerückt zu sein.

Am folgenden Morgen buchte ich einen Flug nach Tampa, etwa 70 Meilen nördlich von Naples. In Washington mußte ich die Maschine wechseln, so daß ich, den Zeitsprung eingerechnet, erst am Abend in Naples landete. Das paßte mir durchaus in mein Konzept. Ich wußte um die enorme organische Belastung, wie es diese schnellen Flüge mit der Sonne menschlichen Körpern zumuten. Die innere Uhr gerät aus dem Takt, und wer es sich leisten kann, der sollte vor einer wichtigen Besprechung eine Ruhe- und Integrationszeit von vielleicht vierundzwanzig Stunden einlegen. Wahrscheinlich sähen die Ergebnisse politischer Konferenzen wesentlich besser aus, hielten sich wenigstens jene Politiker an diese Empfehlung, von deren Entscheidungen Wohl und Zukunft der Menschheit abhängen. Ich nahm ein Zimmer im Airport-Hotel, verbrachte eine höchst unruhige Nacht, was nicht am Lärm (die Fenster sind schalldicht), vielmehr am Summen der Klimaanlage lag. Klimaanlagen sind die seltsamsten innenarchitektonischen Verirrungen unserer Zeit. Klima spendet uns die Natur doch wirklich völlig kostenlos, und wem es in Florida zu warm ist, sollte – bevor er die Klimaanlage surren läßt – sich erst einmal überflüssiger Kleidungsstücke entledigen.

So war ich, als der Tag anbrach, kaum in jener Form, eine vielleicht entscheidende Besprechung einzuleiten, in die von mir gewünschte Bahn zu lenken, geschweige sie mit Erfolg durchzustehen. Ich ließ mich von einem Taxi zu einem bevölkerten Strand der Tampabucht (in der Nähe von Cleanwater) bringen, mietete dort ein Zimmer, privat, bei der Witwe eines an Krebs verstorbenen Flugkapitäns, die mich allerdings erst aufnahm, nachdem sie mich überaus kritisch und mißtrauisch gemustert hatte. Mein deutscher Paß gab den Ausschlag. Sie war völlig zu Recht derart vorsichtig, war doch erst wenige Nächte zuvor eine Bekannte von ihr (wie sie mir bald erzählte) von einem Mieter ermordet und völlig ausgeraubt worden.

Das ist es was ich in den meisten, ja fast allen Reiseberichten vermisse, nämlich die Schilderung solcher Details. Nichts erscheint mir faszinierender, als wenn ein Reisender genau berichtet, wo und wie er die Nacht zugebracht, was er am Tag gegessen hat, und was ihm sonst in einem fremden, vielleicht sogar exotischen Land an Alltäglichkeiten begegnete. Unsere Forscher, die – nun sagen wir – auf der Suche nach einem steinzeitlich lebenden Eingeborenenstamm den Dschungel Sumatras durchqueren, sind doch in erster Linie Menschen mit von ihrer Erziehung her gewohnten Bedürfnissen, auf die sie häufig genug unterwegs verzichten müssen. Wie reagieren sie darauf? Wie verkraften sie die radikale Veränderung ihrer Lebensumstände? Wo schlafen sie, wie schlafen sie, was essen sie, wie steht es um ihre Verdauung, was beispielsweise ist zu beachten, ehe man sich im Dschungel einem kreatürlichmenschlichen Bedürfnis hingeben kann, dem jeder Mensch in regelmäßigen Intervallen unterworfen ist, usw.?

Dickens zum Beispiel, der berühmte englische Dichter, sparte in seiner ›Italienischen Reise‹ Details über Gasthöfe und Hotels, in denen er wohnte, niemals aus, und gerade das macht sein Buch bis heute interessant, spannend, faszinierend. Meine Quartierswirtin, die Witwe des Piloten, riet mir, statt des teuren Taxis, den Omnibus nach

Naples zu nehmen, mit dem ich bequem und auch zur schicklichen Stunde abends wieder zurück sein könne. Ich folgte ihrem Rat und fuhr am folgenden Morgen um sieben Uhr los. Ich muß die amerikanischen Omnibusunternehmungen nur loben. Die Konkurrenz erzwingt einen Dienst am Kunden, der wohltut. Die Sitze sind bequem, und die Halts unterwegs lassen Zeit auch für dringende Bedürfnisse, während europäische Unternehmungen ganz offenbar vergessen haben, daß der Mensch, auch jener, der Bus fährt, ein Wesen aus Fleisch und Blut ist und seinen kreatürlichen Intervallen unterliegt.

Um 9.30 Uhr langte ich in Naples an, fand gleich ein Taxi, das mich in eines der erstaunlichsten Industriegebiete brachte, absolut ohne Beispiel in Europa! Mister W. Greenwood, Direktor der Chips Corporation, in dessen Büro ich bald saß, erläuterte es mir. »Nennen Sie mich William«, sagte er und goß mir einen Whisky ein, was mir imponierte, weil es so früh am Morgen geschah. »Wir sind die ›Glücklichen Söhne‹, so nennen wir uns, so werden wir genannt. Unser Professor, der ›Vater‹, sitzt wie die Ameisenkönigin mitten im Nest, und wir haben unsere Brutkästen drumherumgebaut!«

Der Impuls für die Modul-Elektronik ging von den Universitäten aus. Kein amerikanischer Professor verzichtet auf die merkantile Auswertung dessen, was er erforscht, und als man dahinterkam, daß sich die Röhren in den Computern durch gedruckte Schaltungen ersetzen lassen, begann das große Geschäft. Man gründete eine Firma und stellte diese Prozessoren in eigener Regie her, wobei man sie immer weiter verkleinerte, Schaltungen in vielen Schichten übereinander druckte und es schließlich so weit in der Fertigung brachte, einen kompletten Computer, für den man noch vor wenigen Jahren eine halbe Stadt (an Gebäuden) benötigt hätte, auf einem daumennagelgroßen Mikroprozessor unterzubringen. Die Assistenten machten sich bald selbständig, gründeten eigene Unternehmen, aber siedelten sich in der gleichen Gegend an. Man hält untereinander Kontakt, geht es doch dabei weniger um Konkurrenz als vielmehr um die Eigentümlichkeit, daß ausgedehnte Baulichkeiten zur Herstellung von Mikroprozessoren, also Chips, ganz und gar ungeeignet sind. Die Herstellung ist ein Vorgang von höchster Präzision. Sie kann nur in sterilen, absolut staubfreien Räumen erfolgen, und je kleiner so ein Raum, desto staubfreier kann man ihn halten. Ein Staubkörnchen, mit dem bloßen Auge vielleicht nicht einmal sichtbar, vermag eine ganze Serie zu verderben, und, zwar so, daß es unmöglich ist, den Fehler aufzuspüren; man muß wieder ganz von vorne beginnen.

Die Schaltungen werden erdacht, aufgezeichnet und einem Computer eingegeben. Der verkleinert sie auf winzigste Dimension. Danach wird gedruckt. Der Ausfall ist enorm, vielleicht jeder fünfte Chip übersteht die nachfolgende automatische Prüfung. Vier Fünftel sind Ausschuß. Was jedoch in den Räumen, in denen geforscht wird, tatsächlich vor sich geht, dringt kaum nach draußen. Sie sind wahre Brutstätten, in denen unsere Zukunft ausgebrütet wird. »Noch vor zwei Jahren (so William Greenwood) nahm man an, daß ein Computer, der alle Funktionen des menschlichen Gehirns in seinen Schaltungen nachahmt, zum einen finanziell absolut unerschwinglich sei, weil alles Geld auf unserer Erde nicht ausreiche, um ihn zu konstruieren, zum anderen als Areal ganz Florida, und zwar überdacht, benötige.«

»Ah ja, das ist mir bekannt«, sagte ich.

»Vergessen Sie diese graue Computer-Vergangenheit.

Mit Mikroprozessoren ausgestattet, ist heute ein solcher Computer sogar schon kleiner als das menschliche Gehirn. Derart zügig geht's voran.«

»Heißt das, daß Sie die Funktionen des Gehirns bereits auf Ihren Chips erfaßt haben?«

»Aber ja doch! Und es war eigentlich einfacher, als wir dachten. Es kommt nicht allein darauf an, daß man Neues erforscht, erfindet und konstruiert. Viel wichtiger ist, daß dabei Vorstellungen über den Haufen geworfen werden, die bis dahin für unumstößlich galten.«

»Wie aber ist es mit der Intelligenz?« fragte ich.

»Kommt darauf an, was man unter Intelligenz versteht.« Mister Greenwood griff nach einem handgroßen Rechner auf dem Tisch. »Was halten Sie von der Intelligenz eines Menschen, der sich – wenn auch ohne korrekte Satzstellung – auf Englisch, Deutsch, Französisch und Spanisch zu verständigen weiß?«

»Ich stufe sie hoch ein«, antwortete ich.

»Nun, hier haben wir ein derart intelligentes Geschöpf, ausgestattet mit einigen unserer Chips und betrieben von drei kleinen Batterien. Alles was Sie als Tourist bei uns, in Ihrem Land, in Frankreich und Spanien benötigen, um heil, ungeschoren und verständlich durchzukommen, liefert der kleine Computer, ohne sich je zu verhaspeln. Zum Beispiel: Ein Doppelzimmer mit Bad, bitte! Sehen Sie her. Ich tippe diese Forderung auf Englisch ein und nun drükke ich den Knopf ›F‹ für Frankreich . . .«

Im Nu ließ die Schriftspalte die Bitte auf Französisch aufleuchten, danach auf Spanisch und schließlich auf Deutsch. »Dreihundert solcher Sätze sind viersprachig gespeichert, und wenn es ganz schlimm kommt, können Sie mit ein wenig Geschick auch kombinieren. Das bedarf dann einiger Übung.«

». . . und des Menschen«, schränkte ich ein, »der mit

seinen Bedürfnissen dahintersteht. Der Computer hat kein Bedürfnis nach einem Doppelzimmer, nach einer Mahlzeit, nach einer Busverbindung, sagen wir in Richtung Tampa.«

»Wirklich?« fragte er und lächelte. Er schloß einen Safe auf und entnahm ihm einen ziemlich ähnlichen Kleincomputer. »Er ist mit Siliciumzellen ausgestattet, bezieht seine Energie also vom Licht. Man braucht ihn nur täglich eine Stunde einer beliebigen Helligkeit auszusetzen. Er lädt sich damit für vierundzwanzig Stunden auf. Was lesen Sie da?«

Ich las in der Schriftspalte auf Englisch: ›Frühstück bitte, Kaffee, Toast, Ei.‹

»Der arme Kerl hat Hunger, und er ruht nicht, bis man ihm das Frühstück gebracht hat. Das geschieht, indem ich diese Taste drücke«. Er drückte sie, und die Schrift leuchtete mit ›Thank you‹ auf. »Natürlich hat er keinen Magen, nicht einmal eine Zunge und gar Geschmacksnerven – obwohl wir das alles ebenfalls mit Hilfe unserer Schaltungen simulieren könnten. In zwei Stunden wird er die Speisekarte verlangen, und das so ausdauernd, bis er sie bekommt, seine Bestellung aufgeben – übrigens bevorzugt er durchgebratene Steaks – und auch die Rechnung verlangen . . .«

»Doch mehr eine Spielerei, oder?« fragte ich.

»Sagen Sie das nicht. Seine Wünsche sind wie beim Menschen mit der Zeit gekoppelt. Wenn es neun oder halb zehn Uhr ist, löst ein Blick auf die Uhr auch beim Menschen, etwa bei Ihnen, das Verlangen nach einem Frühstück aus; um dreizehn Uhr spätestens wollen Sie essen. Genauso steht es mit diesem Computer. Er könnte vielleicht einmal psychisch Kranken das Leben erleichtern oder Taubstummen – oder wem auch immer. Diese Chips eröffnen uns wirklich alle Möglichkeiten. Woran es hapert: daß wir nicht alle Möglichkeiten kennen.« Er nahm eines der winzigen Blättchen aus einer Schachtel. »Wir verkaufen sie für knapp einen Dollar. Was ins Geld schlägt, das ist einmal das Computergehäuse mit den Schaltknöpfen, zum anderen die Programmierung. So mag der Materialwert eines mittleren Computers vielleicht fünfhundert Dollar betragen –, die Programmierung kostet inklusive Urheberrecht Tausende! Der nächste Schritt jedoch ist die logische Selbstprogrammierung, etwa so, daß man dem Computer einfach sagt, was man von ihm möchte. Er entwickelt dann das entsprechende Programm, etwa – Sie sagen ihm, daß Sie mit Ihrem Wagen von Naples nach New York gelangen wollen, ohne Ihre Gesundheit zu strapazieren und zwar so rasch wie möglich. Sie erhalten von ihm in Sekundenschnelle die auf Sicherheit, Schönheit der Gegend und höchster Durchschnittsgeschwindigkeit abgestimmte Route nach New York, Angabe des Hotels, wo Sie übernachten werden, das dort bestellte Zimmer mit Preisangabe und Bestätigung, wo Sie unterwegs essen und andere Pausen machen, wobei Sie natürlich einiges von der imposanten Schönheit unseres Landes zu sehen bekommen, die Möglichkeiten zu tanken – kurz alles, was Sie bei einer solchen Reise selbst beachten würden.«

»Aber das muß erst im Computer drinstecken, ehe man es herausholen kann!«

»Gewiß! In diesem Spezialcomputer werden sich alle je erdachten Programme befinden, und er wird alle künftig erdachten Programme erhalten – etwa im Abonnement. Wenn es sich dabei um einige Millionen Abonnenten handelt, wird die Gebühr für jeden erträglich. Das eröffnet dann auch die Möglichkeit, endlich die Arbeit der Hausfrau – eine der strapaziösesten überhaupt – mit Hilfe des Computers entscheidend zu erleichtern.«

»Hausfrauenarbeit ist wohl noch immer zu kompliziert dafür?« fragte ich.

»Ja. Tatsächlich! Dagegen ist der Produktionsablauf in einem Großbetrieb – von uns aus gesehen – das reine Kinderspiel. Ich möchte sagen: Das, was so täglich auf eine Hausfrau zukommt, umfaßt alle Lebensbereiche. Ein Computer müßte also ganz universal gefüttert werden, damit das rote Lämpchen nicht zu häufig aufglüht, welches anzeigt, daß er überfragt ist. Nehmen wir doch nur das weite Gebiet der Hausaufgaben, mit dem sich eine Mutter das halbe Leben herumschlagen muß, oder jenes der Krankheiten, Leibschmerzen, Erkältungen oder kleinen Unfälle. Da verbrennt sich das Jüngste die Hand. Was ist zu tun? Der Computer muß darauf sofort die richtige Antwort geben. Und nicht nur das: Er muß selbst erkennen, um welche Art von Verletzung es sich handelt, wie stark die Verbrennung ist, und er muß selbständig den sofort erreichbaren Arzt oder Rettungswagen herbeizitieren, und zwar so hartnäckig, bis das auch geschehen ist. Schließlich obläge ihm auch die Analyse der mehr seelischen Vorgänge, damit die Mutter etwa bei Liebeskummer ihrer Jüngsten nicht fälschlich an Darmkolik denkt. Einteilung des Haushaltsetats, Prüfung der Rechnungen, Rechtsfragen, Versicherungsberatung, berufliche Chancen – in der Tat gibt es nichts, was in so einer Durchschnittsfamilie nicht zu irgendeinem Zeitpunkt gefragt sein könnte.«

»Dann wäre letzten Endes die treusorgende, sich für die Kinder aufopfernde Mutter überflüssig?« fragte ich.

»Im Gegenteil! Sie könnte, ohne sich wirklich aufzuopfern, mit Hilfe des Computers tatsächlich treu, weil exakt richtig für ihre Familie sorgen. Sie hätte ständig einen Berater für alle Lebensfragen und Probleme, auch die praktischen, greifbar zur Hand, einen Lebensberater übrigens, der sich stets auf dem letzten Stand der Erkenntnisse befände, über Kabel angeschlossen an ein wissenschaftliches Zentrum, das sich mit nichts anderem beschäftigt als mit neuen Programmierungen, einem durch Gesetz unabhängigen Gremium unterstellt, versteht sich.«

Mister W. Greenwood führte noch eine Menge anderer Beispiele auf, wie sich überhaupt die Beschäftigung mit den Chips in eigentümlicher Weise und zusätzlich als unerschöpfliches Bündel interessanter Themen im Gesprächsstoff niederschlägt, der einem dann nie wirklich ausgeht.

Einiges war mir bekannt, anderes völlig neu, etwa die Sache mit dem Klavierspiel-Erlernen, was – gemäß William Greenwood – eine verhältnismäßig einfaches Problem sei, da dieses Instrument eine bestimmte, unveränderliche Anzahl von Tönen und Halbtönen aufweist, die sich zwar einige millionenmal variieren, aber doch durch unveränderliche Gesetzmäßigkeiten mathematisch erfassen lassen. »Alles was mit Mathematik zu tun hat (so Greenwood) hat auch mit Elektronik zu tun. Wir sind heute schon in der Lage, ein Lernklavier so zu programmieren, daß der Klavierschüler zwangsläufig zu den richtigen Griffen geführt wird. Der Rest ist dann Übung, um die Finger beweglich zu machen; aber das muß der konventionelle Klavierschüler zusätzlich. Die Notenschrift hat längst ausgedient«, schloß er. Nun bin ich – obwohl für Musik höchst empfänglich – doch kein Musikant. Ich kann Mr. W. Greenwoods Optimismus nur jene Skepsis entgegensetzen, die alle an der Kultur Interessierten erfüllt, sobald man ihnen von Computern berichtet, die fähig seien, Gedichte, Geschichten, ja ganze Romane oder Theaterstücke zu produzieren. Man kennt das Gefälle in der Qualität. Es kommt in der Kunst weitaus weniger auf das Was als vielmehr auf das Wie an.

»Darf ich einen Blick in die Produktionsräume Ihrer

Firma werfen?« fragte ich in der Vermutung, daß ihm das wie den meisten Inhabern von größeren Unternehmungen schmeichelte.

»Das wirft außerordentliche Probleme auf«, erwiderte er. »Ich möchte Sie als einen unserer besten Kunden natürlich nicht vor den Kopf stoßen.« Er hob die Arme. »Aber die Empfindlichkeit dessen, was wir produzieren ...« Er stellte einen Monitor ein, auf dessen flachem Bildschirm einer der Räume sichtbar wurde, in dem ziemlich vermummte Gestalten saßen und hantierten. Eigentlich unbewußt hatte ich sein ›Ich möchte Sie als unseren besten Kunden ...‹ registriert und nahm es als eine Floskel aus der Routine heraus, wie sie Geschäftsleuten, die in der Regel nur Kunden vor sich haben, wohl unversehens über die Lippen kommt. »Sie müßten sich mit mir zusammen bis auf die Haut ausziehen«, fuhr er fort, »sich in entsprechenden Duschräumen gründlich säubern, besonders das Haar, sich in absolut steril gehaltene Gewänder hüllen – und Sie dürfen weder erkältet sein noch sonst irgendwelche Bazillen ausscheiden. Unser Kontrol-Computer selektiert jeden Morgen die Hälfte unserer Mitarbeiter, die seinen strengen Anforderungen nicht entsprechen. Wer einmal in den Räumen drin ist, muß sechs Stunden drinbleiben, die wir am Tag arbeiten, und während der Pausen jene Verpflegung zu sich nehmen, wie Sie sie vielleicht von den Astronauten her kennen. Welche Katastrophe, wenn sich etwa ein Sandwichkrümel unversehens und unentdeckt in diesem haarfeinen ›Computer-Räderwerk‹ verliert!« rief er lachend. »Dafür haben wir unsere Monitore. Wir können den ganzen Betrieb bis in alle Ecken hinein exakt überwachen; nicht etwa daraufhin, daß tüchtig, vielmehr daß richtig gearbeitet wird, daß niemand gegen die geheiligten Grundsätze unseres Unternehmens verstößt, indem er sich auch nur die Nase putzt.« Er tippte auf einen der Knöpfe der Tastenleiste. Die Kamera schwenkte langsam den Raum ab und blieb auf eine Schleuse gerichtet. »Das ist die Kammer für Notfälle«, sagte Mr. Greenwood. »Wem es also in der Nase kribbelt, wer einen Hustenreiz verspürt . . . Wenn er die Schleuse nicht rechtzeitig erreicht, muß der ganze Produktionsbetrieb sofort ausgeschaltet, die Luft erst wieder steril, also sauber, gemacht werden.« Die Kamera zeigte nun das Innere der Schleusenkammer: ein kleiner Raum mit einigen drehbaren Schränken, einer Dusche und sonstigen Utensilien. »Der Unglücksrabe muß entweder durch diese zweite Schleuse in die Büroräume zurückkehren, von wo aus man ihn nach Hause schickt, oder sich erneut der Vollreinigung unterziehen, wobei selbstverständlich die Kleider zu wechseln sind. In den drehbaren Schränken befinden sich die sterilen Kleidungsstücke. Er muß sich in den Schrank begeben, den er nur auf der gegenüberliegenden Seite verlassen kann, um durch eine weitere Schleuse wieder an seinen Arbeitsplatz zurückzukehren. Zurückkehren dürfen allerdings nur die wirklich unentbehrlichen Fachkräfte.« Erneut tippte er auf einen der Knöpfe. Die Kamera hob sich und begann einen langsamen Schwenk über die Wände und die Decke des Raumes. »Wände und Decken bestehen aus Kunststoff, aus einem Material, das Staub und Fremdkörper anzieht, sie gewissermaßen aus der Luft herausfischt. Nach Feierabend wird die Luft und mit ihr eventuell an Wänden und an der Decke haftende Fremdkörper abgesaugt und durch neue, exakt gefilterte Luft ersetzt – quasi eine Staubsaugerreinigung. Solche unerläßlichen Maßnahmen erzeugen natürlich bei den Mitarbeitern eine gewisse Hysterie. Wenn Sie immer daran denken müssen, nicht zu niesen, nicht zu husten, verspüren Sie unwillkürlich einen Nies- oder Hustenreiz. Das ist ein

Problem, an dem wir noch laborieren. Wie kommt man ihm von der psychologischen Seite her bei? Ein harter Job also für alle, wie Sie begreifen werden. Die Stimmung ist gereizt. Bezeichnenderweise treffen – wie sagt man in Deutschland? – ›die Kollegen‹ (er sprach es deutsch aus) außerhalb der täglichen Arbeit kaum zusammen. Man meidet einander, sucht Geselligkeit in oft obskuren Klubs, etwa im ›Klub der Baumwollblütenzüchter‹ (da züchtet man erstaunlich prächtige Exemplare), oder im ›Klub der Perpetuum mobile-Verfechter‹. Man weiß, daß es das hier unter irdischen Verhältnissen nicht geben kann. Aber ganz offenbar gerade diese Unmöglichkeit gibt dem Klub seine unsterblichen Impulse: Man wird die Aufgabe, die man sich gestellt hat, nie lösen.« Mr. Greenwood schaltete den Monitor aus. »Ich wette«, sagte er lachend, »unter diesen Umständen werden Sie liebend gerne auf eine Besichtigung verzichten. Und vielleicht haben Sie auch einen Begriff bekommen, mit welchen Unkosten wir konfrontiert werden. Mögen Ihnen unsere Forderungen ‹gepfeffert‹ vorkommen (›gepfeffert‹ sprach er ebenfalls deutsch aus), gerade auf Grund dieser Vorkehrungen erhalten Sie für Ihr Geld einwandfreie Ware. Darauf können Sie sich verlassen.«

»Entschuldigen Sie, William«, sagte ich. »Sind Sie sicher, daß Sie mich nicht verwechseln?«

»Wie kommen Sie darauf?« Er lachte herzlich.

»Auf Grund Ihrer vielleicht unbeabsichtigten Bemerkungen. Wieso erhalte ich von Ihnen Ware – und für welches Geld?«

»Das ist prächtig!« rief er. »Das ist ganz prächtig!« Er schlug mir auf die Schulter. »Und nun wollen wir essen gehen. Sie werden Augen machen! Jim hat mir ein typisch deutsches Essen versprochen, Sauerbraten, Sauerkraut, Karto-felbrei!« Diese deutschen Bezeichnungen klangen höchst eigentümlich aus seinem Mund. Er erhob sich, aber ich hielt ihn zurück. »Ich habe bei Ihnen nie etwas gekauft. Was ich von Ihnen wollte und weshalb ich hier bin . . .«

Er nahm mich am Arm und führte mich zu einem Computer, eigentlich mehr ein Sichtgerät, das dem Buchhaltungs-Computer angeschlossen war. »Mister Altendorf aus Deutschland, aus Germany«, sagte er, tippte drei Tasten, und da flimmerte es vor meinen Augen auf. Die respektable Summe, die das Gerät unter dem Strich verzeichnete, machte mich in der Tat zu einem Großkunden von Format: drei Millionen sechshundertachtundfünfzigtausend siebenhundertdreizehn Dollar. Mr. Greenwood schlug mir erneut auf die Schulter. »Und ich hoffe«, sagte er, »daß es nicht dabei bleiben wird.«

Ich schaltete sofort und ging auf seinen Ton ein. »Ein typisch deutscher Spaß«, meinte ich. »Und wer ist Jim?«

»Jim ist unser Kantinenchef«, erläuterte William.

»Gehen wir zu ihm. Mal gespannt, wie sein Sauerbraten schmeckt!«

Die Kantine wies die üblichen amerikanischen Ingredienzen auf. Normalerweise nahm man sich Tablett und Besteck und häufte sich auf seine Teller, was einem paßte. Mir, dem millionenschweren Hauptkunden dieses Betriebs eines der ›Glücklichen Söhne‹, wurde selbstverständlich serviert. Es fanden sich noch einige führende Mitarbeiter ein, die alle voll Begeisterung Jims Sauerbraten, Sauerkraut und Kartoffelbrei verschlangen und zwischendurch die üblichen Fragen nach ›Germany direkt bei den Russen‹ stellten. Ich mußte sie alle mit Vornamen anreden, auch Jim, einen geradezu pechschwarzen Neger, dessen Vorfahren sein Blut wohl über alle Fährnisse der Sklavenzeit, der Befreiung und der ›Black Is Beautiful‹-Bewegung hinweggerettet und an ihn weitergegeben hatten. Er war ein guter Koch, wenn auch sein Sauerbraten aus einem Steak bestand, über das er reichlich Zitronensaft geträufelt hatte, und das Sauerkraut aus ebenso angerichteten Sojabohnensprossen; nur die Kartoffeln waren Kartoffeln, wenn auch süße. Währenddessen überlegte ich mir, was ich für mich – oder besser für das Ziel, das ich mir gesteckt hatte – aus der höchst eigentümlichen Konstellation herausschlagen konnte. »Der Grund meines Besuches«, fing ich an, nachdem wir wieder allein in Greenwoods Büro saßen, »ist folgender: Ich hatte mich bisher weniger um diesen Zweig meines Unternehmens gekümmert; das war Sache meines Prokuristen, Herrn Meyer. Er ist vor einigen Tagen plötzlich gestorben, Herzinfarkt ...«

»Oh, das bedaure ich sehr!« rief Mr. Greenwood in echtem Mitgefühl.

»Was er zurückließ war wohl auf Grund seiner langen Unpäßlichkeit eine gewisse, nun, sagen wir – Desillusion dessen, was wir immer von ihm hielten. Ich muß da ein wenig Ordnung in die Angelegenheit bringen, auch in Anbetracht der Tatsache, daß unsere Geschäftsverbindung weiterlaufen muß, und zwar schleunigst. Sie haben kürzlich meinen Scheck über ...«

»Aber gewiß doch!« unterbrach mich Mr. Greenwood und ließ den Computer erneut seine Zahlen aufflimmern. »Vorgestern – hunderttausend. Wie Sie sehen – glücklich bei uns gelandet!«

»Und wie lautet der dazugehörige Auftrag?«

»Fortsetzung der Lieferung wie gehabt. Wir produzieren bereits.« Er rieb sich die Hände.

»Und – wohin? Ich meine, wohin liefern Sie?«

Mr. William Greenwood blickte nun doch etwas irritiert. »Wohin? Nirgendwohin. Sie holen doch ab.«

Ich seufzte. »Sehen Sie, das ist es, was ich mit – Desillusion meine.«

»Eine Schiebung!« rief Mr. Greenwood. Ich machte die entsprechend resignierende Handbewegung.

»Aber – in diesem Ausmaß!« Er sah mich respektvoll an. Wer eine Millionenschiebung erst nach dem Tod seines Prokuristen bemerkt, dachte er sicherlich in diesem Augenblick, was muß der für Geschäfte machen! Ich beließ ihn bei dieser guten Meinung.

»Wann wird die nächste Lieferung abgeholt?« fragte ich.

»Für gewöhnlich zwei Tage nach Fertigstellung der Produktion. Wir rufen an ...«

»Marseille?«

Mr. Greenwood nickte.

Der Anrufbeantworter; immer wieder führte die Spur nach Marseille! »Und – wie holt man ab?« fragte ich.

»Per Wagen. Transporter. Wie üblich.«

»Und Sie haben keine Ahnung, wohin die Sendung von hier aus gelangt?«

Mr. Greenwood griff zum Telefon. Er sprach mit seinem Versandleiter. »Offenbar zum Flugplatz. Wollen wir nicht die Polizei verständigen? Unsere Polizei ist tüchtig«, setzte er aufmunternd hinzu, aber ich winkte ab. »Sie vergessen«, sagte ich, »daß ich keinerlei handfeste Unterlagen zur Hand habe. Führen Sie diesen Auftrag ganz so aus wie bisher. Wann wird die Sendung lieferbereit sein?« fragte ich.

Diesmal sprach William Greenwood mit der Produktion. »Sie ist fertig«, sagte er. »Marseille wurde soeben unterrichtet. Da wird der Wagen übermorgen kommen, wie üblich, so gegen zehn.«

»Ich bin um acht Uhr da.« Ich warf einen Blick auf meine Uhr. »Würden Sie mir ein Taxi bestellen? In einer halben Stunde geht mein Omnibus zurück nach Tampa.«

Aber selbstverständlich fuhr mich Mr. Greenwood in

seinem Wagen zum Omnibusbahnhof. »Was wir vermögen, werden wir tun«, versprach er, »um diese mysteriöse Angelegenheit aufzuklären. Das alles wird doch unsere Geschäftsbeziehungen nicht etwa trüben?«

Ich drückte ihm die Hand. »Ganz im Gegenteil, William«, sagte ich. »Sie müssen mit einigen sicherlich noch bedeutenderen und gewiß andauernden Aufträgen rechnen, soweit ich die Angelegenheit zu überblicken vermag. Good bye!«

Jean Pournoy Nr. 2

Während der Fahrt zurück hatte ich Muße, die eigentümlichen Zusammenhänge zu überdenken. Offenbar tarnte irgendeine finanzstarke Organisation ihre Geschäfte mit meinem Namen. Die Frage lautete einmal: weshalb diese Tarnung? Zum anderen: weshalb mit meinem Namen?

Die zweite Frage war leichter zu beantworten. Man war offenbar auf mich verfallen, ›weil ich gerade zur Hand war‹, eine sicherlich mehr zufällige Entscheidung, der ich nicht zu großes Gewicht beimessen durfte.

Steuerfahnder, beispielsweise, stoßen immer wieder bei Betriebsprüfungen auf derart kaschierte Ausgaben, die den versteuerbaren Gewinn gehörig drücken. Jene, an die – sagen wir – angeblich ›Provisionen‹ für eine Vermittlung oder Beratung gezahlt wurden, rekrutieren sich häufig aus dem Künstlerstand, oder gehen jedenfalls einer bei den Finanzämtern als doch recht zwielichtig eingestuften Beschäftigung nach. Der Fahnder notiert sich die Adresse des fiktiven Empfängers, taucht unangemeldet auf und findet die Buchführung dort in einem derart desolaten Zustand, daß weder die Nichtzahlung des Betrages noch sein Empfang bei dem Künstler stichhaltig nachzuweisen sind. Die Sache verläuft im Sande. Nur höchst selten kann der angebliche Empfänger beweisen, daß er niemals solche Beträge und schon gar nicht für derartige Dienstleistungen erhalten hat, so daß Anklagen erhoben werden könnte.

In meinem Fall würde kein Steuerfahnder nachforschen. Ich ahnte, daß die Käufe auch weiterhin ›international‹ abgewickelt werden würden. Niemand, der nicht eingeweiht war, würde sie je durchschauen.

In Tampa empfing mich die Witwe des Flugkapitäns mit ausgesuchter Liebenswürdigkeit. Ich merkte sogleich, irgendein Vorfall ließ mich in ihren Augen an Reputation gewinnen, und als sie mich zu Tisch bat (obwohl sie keine Mahlzeiten verabreichte, wie sie mich doch noch gestern so streng hatte wissen lassen), war ich gespannt, woher ihre günstige Umstimmung rührte. Vielleicht sollte ich nun endlich erwähnen, daß es sich bei ihr um eine höchst attraktive Dame handelte, wie ja Nordamerika eine erstaunlich breite Schicht hochgezüchteter ansehnlicher Frauen hervorbringt, deren Anblick schon den Atem verschlagen kann. Ihre Kochkünste, auf die sie wie alle Amerikanerinnen ungemein stolz war, glichen jenen von Jim aus der Kantine in Greenwoods Betrieb, aber da mir die veränderte Atmosphäre wohltat, lobte ich, was sie auftischte, bis über den grünen Klee, selbst die Flasche schrecklichen Mosels, dessen Importeur man dafür dreißig Jahre hinter Gitter hätte bringen sollen! Obwohl ich sehr gespannt war auf das, was sie mir eröffnen würde, hielt ich mich zurück. Es war nicht uninteressant zu beobachten, wie sie die Akzente setzte, mit welchem Geschick sie an diesem Abend zusätzlich auf ein Ziel zusteuerte, das mir nicht lange verborgen bleiben konnte.

In Reiseberichten wurden – und werden noch heute – diese Dinge ausgespart, obwohl sie doch zum Thema gehören, und zwar ganz elementar.

Viele Junggesellen reisen ausschließlich, um das zu erleben, was mir in dieser Nacht blühte. Und ich freute mich darauf. Für einen Mann, sofern er bei Gesundheit ist, gibt es wirklich nichts Begehrenswerteres, als eine fremde, ansehnliche Frau, mit der er zum ersten Mal eine Nacht verbringen darf. Ich erwähnte schon meine Bekanntschaften in Paris. Daß wir beide, diese große schlanke, rassige Flugkapitänswitwe und ich, der ich nichts weiter als ein mittelgroßer Deutscher war, so rasch, so entschieden zusammenkamen, hätte ich mir wahrlich nicht träumen lassen. Das mußte eine gewichtige Ursache haben.

Endlich rückte sie damit heraus. »Oh, fast hätte ich es vergessen! Ich soll Sie grüßen, und zwar von Ihrem französischen Freund ... warten Sie!«

Mir stockte der Atem. Sie brachte einen Zettel zum Vorschein. »Von Mister Jean Pournoy!« Natürlich sprach sie seinen Namen amerikanisch aus, was höchst kurios klang.

»Jean Pournoy? Er war – hier?«

»Ja. Heute nachmittag. Er bedauerte es sehr, Sie nicht anzutreffen. Und er war sehr höflich ...« Sie seufzte. »... wie alle Franzosen. Er erzählte mir von Paris, wir tranken Kaffee zusammen, und er lobte meine Bisquits. Sie müssen sie ebenfalls versuchen.«

»Hat er mir etwas ausgerichtet?« fragte ich.

»Er hat mir viel von Ihrer Freundschaft erzählt und daß Sie der wichtigste Kunsthändler drüben in Europa sind, ein berühmter Mann. Davon wußte ich gar nichts. Werden Sie mir verzeihen?« Ich erfaßte, worauf es hier ankam, und küßte ihr die Hand. Sie errötete über und über. Amerikanerinnen sind im Grund ihres Herzens die romantischsten Geschöpfe. »Und daß Sie ein guter Mensch sind, das sagte er auch, und damit hat er völlig recht. Nennen Sie mich Mabel«, setzte sie auf die unvermittelte amerikanische Art hinzu. Auch ich bat sie, mich bei Vornamen zu nennen, so daß sich bald das herzlichste Einvernehmen zwischen uns einstellte. Mir ging es – nicht in erster Linie, aber doch wenigstens gleichberechtigt – darum, aus ihr alles herauszulocken, was dieser Pournoy von sich gegeben hatte. Man wußte also – oder er wußte –, daß ich hier war. Wahrscheinlich hatte er das über Marseille und der Anrufbeantworter dort über den leutseligen Schweizer Bankier erfahren. Ich mußte alles einkalkulieren, vor allem aber den logischsten Ablauf. Von Mrs. Mabel hatte er gehört, daß ich nach Naples gefahren sei, zu Greenwood, wohin sonst? Es würde für mich schwierig sein, aus ihr herauszulocken, was der liebenswürdige Franzose in sie als Übermittlerin dessen eingetrichtert hatte, was ich offenbar wissen mußte. Das konnte nur stückweise gelingen. »Wir haben uns lange nicht mehr gesehen«, sagte ich. »Hat er etwas über seine Gesundheit gesagt?«

»Oh, er machte einen sehr gesunden Eindruck auf mich!« rief sie und servierte mir einen Pudding von höchst zweifelhafter rosaroter Farbe, der allerdings geschmacklich das Beste vom ganzen Menü war. Wir räumten ab und gingen zusammen in die Küche. Dieses Spülen und Abtrocknen des Geschirrs nach dem Essen bringt zwei Menschen für gewöhnlich näher zusammen als eine noch so geschickt geführte Konversation. »Wie haben Sie Mister Pournoy (wieder amerikanisch ausgesprochen) kennengelernt?« fragte sie.

»Er ist ein begnadeter Künstler«, antwortete ich, »oder er war es wenigstens. Seit über einem Jahr habe ich nichts mehr von ihm gehört, geschweige denn etwas von seiner hochbegabten Hand zu Gesicht bekommen.«

»Ah ja, er sagte, daß er leider wieder zurückfliegen müßte ...«

»Wohin?« warf ich rasch ein.

»In sein Atelier.«

»Atelier?« fragte ich.

»Doch sicherlich in Paris.«

»Er lebt schon geraume Zeit nicht mehr in Paris, hat sich irgendwo verkrochen, und selbst ich, der ich nicht nur sein Freund, auch sein wichtigster Kunsthändler war, weiß nicht wo.«

»Seine Maschine ging um 16.35 Uhr. So mußte er kurz vor vier Uhr wieder wegfahren. Um 16.35 Uhr – das weiß ich deshalb, weil er es immer wieder gesagt hat.«

»Er ist von hier aus – von Tampa aus – weggeflogen?«

»Ja. Ja, von Tampa. Er hat das ganz reizend ausgesprochen: Tamplá die Betonung auf der letzten Silbe, und nicht e, sondern a!«

Ich registrierte rasch: 16.35 Uhr Flughafen Tampa. Das also signalisierte er mir über sie. Nun mußte ich lediglich noch das genaue Datum von ihr erfahren.

»Hat er gesagt, weshalb er nicht länger bleiben konnte?« fragte ich.

»Ein Telegramm. Er hat eine wichtige Besprechung. Es hätte da einige Schwierigkeiten mit seinem Flugschein gegeben . . .«

»Inwiefern?«

»Wegen der Umbuchung. Er wollte wenigstens bis übermorgen bleiben, eben um Sie wiederzusehen. Die Maschine der Australian Airways aber sei ausgebucht gewesen.«

»Australian Airways?« fragte ich.

»Ja. Damit flöge er am liebsten. Der Service sei besser als in den amerikanischen Maschinen. Oh, das war immer die Sorge meines lieben Mikel (sie meinte ihren verstorbenen Mann, den Flugkapitän), dieses gegenseitige Hochschaukeln des Service auf den internationalen Linien. Er sagte: Das korrumpiert die Passagierluftfahrt. Wie sind Ihre Erfahrungen, Wolfgang? (Sie sprach meinen Vornamen, der, wie schon erwähnt, für ausländische Zungen sehr schwierig zu artikulieren ist, auf die reizvollste Art und Weise aus.)

»Ich fliege am liebsten mit den Nordamerikanern«, antwortete ich.

»Mir geht es in erster Linie um Sicherheit.« In Wahrheit buchte ich fast ausschließlich die Lufthansa.

»Nun sind wir fertig mit der Arbeit!« rief sie. »Und wir wollen es uns gemütlich machen. Sie erzählen mir von Deutschland. Ich weiß fast gar nichts darüber. Nur wenn ich den Atlas aufschlage (sie gebrauchte das Originalwort dafür), wundere ich mich, wie ein derart kleines Land diese große Bedeutung haben kann in der Welt.«

Ich sagte ihr, daß ich mich nicht weniger darüber wunderte. Während wir zurück in den Wohnraum gingen, hakte sich mir im Gedächtnis fest: Übermorgen, 16.35, Flughafen Tampa, Australian Airways. Die neuerliche Fahrt nach Naples konnte ich mir infolgedessen sparen.

Alle Menschen hören sich gerne reden. Die Selbstdarstellung ist gleichzeitig eine Selbstüberhebung. Wer davon weiß, kann einiges davon profitieren. Ich habe es mir zum Prinzip gemacht zuzuhören. Was ich anderen erzählen könnte, weiß ich. Was andere mir erzählen, ist mir häufig neu. Also lasse ich erzählen.

Auch Mabel hatte das Bedürfnis zu erzählen. Ihre Ermunterung an mich, ihr aus West Germany zu berichten, von dem sie nicht viel wisse, war nicht ernst gemeint. Sie wollte mir von sich erzählen, und sie tat es mit wachsender Begeisterung, denn ich hörte ihr zu; und diesmal profitierte ich wiederum einiges. Mit zwei kleinen Wendungen brachte ich das Thema auf ihren verstorbenen Mann. Ich erkundigte mich nach seiner Krankheit und daß es wohl sehr schwer gewesen sei für sie.

O ja, das war es, um so mehr, als es Schwierigkeiten gegeben hatte für sie, und zwar mit dem Staat.

Der Flugkapitän war in Korea Bomberpilot gewesen – fast alle Piloten der zivilen Luftfahrt in den USA rekrutieren sich (oder rekrutierten sich) aus ehemaligen Kriegsfliegern. In jungen Jahren hatte er an Atombombentests teilgenommen. Gestorben war er an Leukämie, an Blutkrebs, der heimtückischsten aller Krankheiten. Die Zusammenhänge sind da nur zu deutlich. Und obwohl noch zwei weitere Teilnehmer dieses Testes, wie Mr. B. (Mabels Mann) an Leukämie erkrankten und schließlich daran starben, gestand der von den Hinterbliebenen gemeinsam verklagte Staat keinen Zusammenhang ein. Das hätte wohl einen Schwanz von Schadenersatz- und Schmerzensgeldprozessen nachgezogen.

Krebs infolge zu hoher Strahlendosis ist nicht schlüssig, das heißt ursächlich, nachzuweisen. Und darauf kommt es bei den Gerichten an. Die Atomstrahlen sind unsichtbar. Sie tun nicht weh, wie sie eigentlich müßten auf Grund der Schäden, die sie anrichten. Kurz: Sie sind nicht von dieser Welt, die ja nur existieren kann, weil sie voller Alarmzeichen steckt, auf die ihre Lebewesen zu reagieren vermögen. Hunderttausende werden in den Industriestaaten an den Folgen zu hoher Strahlendosis in den nächsten Jahrzehnten jämmerlich zugrunde gehen. Niemand wird dafür die Verantwortung übernehmen, so wenig wie für die Tausende und Abertausende, die schon zugrunde gegangen sind.

Aber Mr. B. gehörte zu jener optimistischen Generation, die allen Ernstes daran glaubt, daß einmal die Atombombe Kriege auf die humanste, weil rascheste Art und Weise beendet und daß zum anderen ihre Existenz in der Lage sei, Kriege zu verhindern. Dabei verlagerte sie sie lediglich.

So meldete sich Captain B. freiwillig, als MacArthur, der amerikanische Oberbefehlshaber in Korea, in der Verfolgung seiner strategischen Absichten die Atombombe, wie in Hiroshima und Nagasaki auch, für Korea konkret in

Betracht zog. Er war bereit, die Bombe mit tausendfach verstärkter Wirkung über Peking oder einer anderen chinesischen Stadt abzuwerfen. Die Politik verhinderte zum Glück diesen militaristischen Wahnsinn.

Wie Mrs. Mabel B. mir an diesem Abend eifrig erzählte, schrieb Flugkapitän B. während des Vietnamkrieges, als er schon, ohne es zu wissen, an seiner tödlichen Krankheit litt (»Ich stellte fest, daß die Drüsen an seinem Hals geschwollen waren. Sein Hals wurde stiernackig, verstehst du? Und später sagte mir der Arzt, daß das die ersten Anzeichen sind.«) an Mr. Präsident, daß er, der ehemalige Koreaflieger, bereit sei, die Bombe über Hanoi abzuwerfen, »um dem traurigen Spiel ein Ende zu machen.« Man habe ihm, so Mrs. Mabel, recht aufmunternd geantwortet.

Es ist ganz klar, daß die Atombombe und schließlich die Wasserstoffbombe bei allen kriegerischen Überlegungen und bei jenen Mächten eine dominierende Rolle spielt, die sie besitzen und einsetzen können. Wie ihr Einsatz in Korea und in Vietnam auf Messers Schneide stand, das plauderte Mabel höchst unbefangen vor sich hin. An der Wahrheit dessen, was sie hervorbrachte, gibt es offenbar keinerlei Zweifel. Im übrigen sprach sie sich das Herz frei von den Erinnerungen an ihren heldischen Mann, der so jämmerlich und für die Beteiligten wenig heldisch zugrunde ging. »Oh, er sah schrecklich aus die letzten Tage, völlig gelb im Gesicht und so eingefallen und so – zusammengeschrumpft. Ich fürchtete mich vor jedem Besuch im Hospital, und als es vorüber war, atmete ich auf. Ist das schlecht von mir?« fragte sie. Sie legte ihren Kopf an meine Brust und sprach weiter, von der eigentümlichen amerikanischen Art, Tote zu beerdigen, sie zuvor herzurichten, zu schminken, kurz zu versuchen, den früheren Zustand wiederherzustellen. »Und da sah er noch schrecklicher aus, glaub mir! Ich träumte nächtelang von seinem gräßlichen Aussehen, und noch heute, wenn ich sein Grab besuche, sehe ich durch den Rasen hindurch sein gräßliches Gesicht.«

Seltsamerweise sind makabre Schilderungen dieser Art durchaus der Liebe zwischen zwei Menschen förderlich. Ich tröstete Mabel, indem ich sie fest in meine Arme nahm und küßte.

Gewiß hätte ich diese Nacht kein Auge zugetan; viel zusehr beschäftigte mich das Auftauchen Jean Pournoys, von dem ich wußte, daß er in Deutschland in seinem Grab lag. Ich spürte, daß ich mich kurz vor der Enthüllung eines bedrohlichen, wenn nicht schrecklichen Geheimnisses befand; wie gut, daß mich Mabel ablenkte, und sie war durchaus dazu imstande. Ich möchte sie als bedeutende Persönlichkeit charakterisieren, insofern als bei Frauen zur Persönlichkeit speziell die körperlichen Vorzüge zu rechnen sind. Sie stand im Einklang mit sich selbst. Knapp vierzig Jahre alt, achtete sie streng und unnachsichtig auf ihre Figur, und es ist unsinnig zu behaupten, daß eine Frau, die nur ein wenig auf sich hält, mit den Jahren an körperlichem Reiz einbüßt. Sie verliert daran vielleicht für erheblich Jüngere, die keinen Blick für Reife und kein Gespür für den Reiz der Erfahrung haben. In ihrer eigenen Generation und der Älteren galt Mabel nach wie vor als Attraktion, und nach wie vor – sie erzählte es mir auch – scharten sich die ehemaligen Schüler ihrer Jahrgangsklasse bei den jährlichen Treffen im College um sie, die sie hier immer der Mittelpunkt gewesen war. Es war eine Freude, sie anzusehen, ihre gutgeformten, hohen Beine, die straffe Bauchmuskulatur, die gepflegten Brüste, ›eine Züchtung von Rang‹, wie es Collin einmal ausdrückte. Vielleicht rührt die Voreingenommenheit der Amerikaner, die Begeisterung über sich selbst, der sie nicht wenige ihrer technologischen Erfolge verdanken, von ihren Frauen. Gewiß gab und gibt es häufig sogar rührende Verbindungen zwischen Angehörigen amerikanischer Truppen im Ausland und einheimischen Frauen und Mädchen, etwa in Vietnam, auch in Korea, in Frankreich, bei uns selbstverständlich oder sonstwo. Im Grund jedoch schwebt dem Amerikaner die typische Amerikanerin, wie sie Mrs. Mabel B. darstellte, als das Begehrenswerteste auf dieser Welt unablässig vor Augen. Sie allein vermag ihm die Erfüllung zu bringen, die er sucht. Nur neben ihr fühlt er sich in seiner Haut wirklich wohl. Mit ihr möchte er jene Kinder haben, die ihm allein legitim erscheinen. Gewiß, er vermag in der Deutschen, der Italienerin den exotischen Reiz zu empfinden, jenes Prestige zu genießen, das man ihm zu Hause mit der fremdländischen Frau vielleicht entgegenbringt. Jeder ordentliche Amerikaner jedoch verheiratet sich mit einer ordentlichen Amerikanerin. Nur diese Verbindung erspart ihm Gewissensbisse, die sich unweigerlich einstellen, wenn erst einmal die ersten Wochen, Monate oder das erste Jahr des Glücks vorüber sind.

Man behauptet, daß Amerikanerinnen sehr wenig von Liebe verstehen. Meine Erfahrungen sind hier zu gering, um ein Urteil abzugeben, das doch immer nur ein Pauschalurteil bleiben wird. Auf Mabel bezogen, bestätigte sich allerdings dieses Vorurteil. Sie verstand erstaunlich wenig von der Liebe. Selbst wenn ich aus meiner vielfachen Begegnung mit den hierin doch recht perfekten Pariserinnen einiges voraussetzte – Mabel benahm sich wie eine unerfahrene Braut, die ihre allererste Nacht zusammen mit einem Mann erlebt. Desto zärtlicher gab sie sich am folgenden Morgen. Sie bereitete das Frühstück, ehe ich noch recht erwacht war. Draußen herrschte schönstes Floridawetter. Wir beschlossen, den Tag am Strand zu verbringen, und da sie in der Gegend zu Hause war, fand sie bald auch eine verborgene, von Felsen eingefaßte winzige Bucht, wo wir völlig allein blieben. Wir gingen am Mittag von hier aus essen, kehrten danach wieder zurück in unsere Bucht und erlebten den prachtvollsten Sonnenuntergang, wie ihn diese nach Westen gerichtete Küste nun einmal zu bieten hat.

In Romanen enden Episoden dieser Art, daß man schließlich Abschied nimmt voneinander, um sich nie mehr wiederzusehen. Welch romantischer Unsinn! Mrs. Mabel und ich trafen und treffen uns jedes Jahr wenigstens einmal seither, und es gibt für uns wahrhaftig keinen Grund, diese nicht nur freundschaftliche, auch intime Beziehung abzubrechen. Wir sind jedesmal herzlich froh, wenn wir uns sehen, und natürlich war sie auch schon bei mir in ›Little Germany‹, und wir haben da nicht weniger schöne Tage miteinander verbracht. Das Leben ist auf die Dauerhaftigkeit persönlicher Beziehungen, sei es in der Ehe, sei es auf diese mehr unverbindliche Art angewiesen. Sie entsprechen seinem Rhythmus, den Gesetzen des Biotops, das ja nur in der gegenseitigen Ausgewogenheit zu existieren vermag, in der Toleranz, in der Bereitschaft für den anderen da zu sein, wenn es sein muß auch – wie in der biologischen Nahrungskette – durch Aufopferung. Ich möchte damit das natürliche Prinzip in der Sympathie zweier Menschen streifen, wie es uns zum Glück häufig genug begegnet.

Natürlich hätte mich Mabel gerne am folgenden Tag zum Airport begleitet. Sie wußte nun doch schon manches von dem, was geschehen war, von Pournoy, der offenbar in zwei Ausgaben existierte, von seiner höchst realistischen Kunst, mit denen er die Kunstszene in Erstaunen versetzt hatte, auch von meinen düsteren Vermutungen. Sie war ein Kind ihrer technologischen Zeit, so daß sie doch einiges von dem begriff, was ich ihr von der

Arbeit der ›Glücklichen Söhne‹ in Naples berichtete. Verkehrsmaschinen stecken ja voller Elektronik, und von ihrem verstorbenen Mann hatte sie etliches davon erfahren. Nach meiner Begegnung mit Pournoy 2 im Flughafen blieb ich noch zwei weitere Tage und Nächte bei ihr. Wir arbeiteten gemeinsam den umfangreichen Bericht durch, den ich erhalten hatte; sie bestärkte mich in meinem Vorhaben, die Weltöffentlichkeit zu unterrichten, und sie ahnte nicht weniger als ich, wie ungemein schwierig, vielleicht vergeblich dieser Vorsatz sein mußte. Natürlich wäre der Beweis dessen, was dieser Bericht behauptete, meiner Überzeugung nach bei ungewöhnlichem Einsatz auch zu führen gewesen. Das setzte jedoch voraus, daß man glaubte, was an Ungeheuerlichem in diesem Bericht niedergelegt war, zumindest aber, daß man es für möglich hielt. Unsere Politiker jedoch gehen in solchen Dingen den für sie ›einzig vernünftigen Weg‹ – sie wenden sich an die Wissenschaftler, lassen wissenschaftliche Gutachten anfertigen und entscheiden. Aus ihnen kommt für sie die alleinige Weisheit. Es ist rührend zu sehen, wie unbeirrbar, unerschütterlich, fest, in gewissem Sinn devot man sich noch immer dem wissenschaftlichen Sachverstand unterwirft, wo man doch häufig genug erfuhr, welch entsetzliches Unheil Vertreter wissenschaftlicher Berufsstände in der Geschichte und seit Entwicklung sogenannter Waffentechniken über die Menschheit gebracht haben und auch heute noch bringen. Die entsetzlichsten Scheußlichkeiten auf unserer Erde entstammen wissenschaftlichen Gehirnen: so die Atombombe, die chemischen, die bakteriologischen Waffen und jene, von denen wir nichts wissen. Unablässig, Tag und Nacht ersinnen Monstergehirne neue, ungeahnte Gräßlichkeiten, allein zum Zweck, die Menschheit in ihrer sogenannten Masse abzuschlachten, zu vernichten. Was friedliche Zeiten allein durch die aus den Ergebnissen der Wissenschaft hervorgegangene Industrie an natürlichem Raum zerstört und für immer ausgemerzt haben, ist in seinem Umfang kaum noch abzustecken. Immer mehr, immer perfekter wird zerstört, was nicht wieder regeneriert werden kann. Ganze Tierarten verschwinden und bleiben verloren. Der Motor – gigantischster Luftverschmutzer und Klimaveränderer –, Gifte gegen sogenannte Schädlinge, die es auf dieser Erde nicht gibt (sofern man sie in Ruhe läßt) und deren Rückstände schon längst unheilvoll in unser Blut eingedrungen sind, das alles entstammt der ›genialischen Phantasie‹ der Wissenschaftler. Nicht etwa, daß sie im Gegenteil und infolge einer ›weitreichenden Intelligenz‹, die man ihnen eigentümlicherweise noch immer zuspricht, Entwicklungen dieser Art verhindert hätten, nein, sie regten sie an, wurden zu ihren Urhebern und führen sie noch heute fort, unbelehrbar, uneinsichtig und dazu voller Überheblichkeit.

Ich vervielfältigte Pournoys Bericht, verschickte ihn in einigen tausend Exemplaren und erwartete Reaktionen. Hin und wieder erhielt ich eine höfliche Bestätigung. Die meisten Adressaten jedoch antworteten überhaupt nicht. Man überschüttete mich mit Hohn und Spott. Die bösartigsten unter den Antworten unterstellten mir, ich hätte diesen Unsinn als ›sicher geschickter Autor‹ recht gut erfunden usw.

So bleibt mir nichts anderes übrig, als mich auf dem Weg der Publikation an die Öffentlichkeit zu wenden.

Zuvor jedoch eine kurze Schilderung, auf welche Weise ich zu Pournoys zweiundfünfzig Seiten umfassenden Bericht gelangte.

Gegen zehn Uhr am Morgen des zweiten Tages nach Pournoys Besuch bei Mrs. Mabel trafen wir beide, Mabel und ich, auf Airport Tampa (in Mabels Wagen) ein. Ich begab mich zum Schalter der Australian Airways und fragte dort nach Monsieur Jean Pournoy.

»Ihr Name, bitte?« verlangte die Flugschalter-Stewardeß und – nachdem ich mich vorgestellt hatte: »Ah ja, Sir. Einen Augenblick.« Sie schrieb für mich und Mrs. Mabel B. einen Zettel aus, mit dem wir im Wartesalon für VIP-Passagiere Platz nehmen konnten. Kaum saßen wir hinter einem Mahagonitisch in höchst bequemen Sesseln, fragte uns auch schon eine der hier für die Gästebetreuung engagierten Damen nach unseren Wünschen. Ich bestellte einen Rheinwein. »Falls möglich«, setzte ich dabei hinzu, aber man war derartige Wünsche durchaus gewöhnt und servierte einen Oppenheimer Reisekar, Spätlese, der offenbar unverfälscht bis nach Tampa gelangt war. Ich staunte nur wenig darüber, genoß ihn in andächtigen Schlucken, während Mabel einen Kaffee schlürfte, als habe sie nicht noch vor einer Stunde beim Frühstück zu Hause zwei Tassen davon getrunken.

Pünktlich 10.35 Uhr betrat ein Herr den Raum, in dem ich auf den ersten Blick Jean Pournoy erkannte. Mir stockte der Atem. Es gibt verblüffende Ähnlichkeiten, bei denen man jedoch spürt, daß es sich da nur um eine Ähnlichkeit handeln kann. Hier jedoch: Es war Pournoy, wie ich ihn erlebt hatte, und seine lebendige Gegenwart ließ die Erinnerung an den totenähnlichen Doppelgänger sogleich verblassen, wie ich ihn zuletzt kurz vor der Beisetzung in der Anatomie in seinem Sarg gesehen hatte. Ich sprang auf. »Jean!« rief ich.

Er schüttelte mir die Hand, begrüßte Mabel wie eine alte Bekannte und setzte sich zu uns. »Ich habe einen Auftrag zu erfüllen«, sagte er, »der gegen ein mir heiliges Prinzip verstößt. Wie ich damit fertig werde, mit mir selbst ins reine kommen, welche Folgen es haben wird, weiß ich nicht. Auf jeden Fall danke ich Ihnen, Monsieur Altendorf, daß Sie meine Signale aufgegriffen haben.«

»Sind wir nicht Freunde?« fragte ich.

»Nein«, war seine Antwort.»Ihr Freund war Jean Pournoy, von dem ich nur eine Kopie bin. Sicherlich haben Sie seinen Fall genau untersuchen lassen?«

»Wie meinst – wie meinen Sie das?« fragte ich.

»Auch auf die enorme Radioaktivität – oder etwa nicht?«

»Radioaktivität?« Ich erschrak.

»Aber das ist doch das erste . . .« Er brach ab. »Wie alt sind Sie jetzt?« fragte er mich. Ich nannte ihm mein Alter.

»Nun, so werden Sie's höchstwahrscheinlich nicht mehr erleben, ich meine – die unausbleiblichen Folgen.«

»Leukämie?« fragte die erfahrene Mabel.

Er nickte.

»Um alles in der Welt?« rief ich. »Tausende kamen während der Ausstellung in die unmittelbare Nähe dieses . . . Frauen, Männer, Kinder . . . die Journalisten«, fuhr ich fort, ». . . die Polizisten . . .«

Er hob die Arme und zuckte mit den Schultern. »Die Strahlen sind hochgradig wirksam. Das war doch auf der Verpackung vermerkt.«

»Davon weiß ich nichts.«

»So hat man es wieder entfernt.« Er fuhr sich mit der Hand an die Stirn. »Natürlich hat man den Hinweis entfernt. Man wußte also davon. Man wußte von der Zusendung, und so weiß man auch, daß ich Sie heute hier treffe und daß ich Pournoys Manuskript bei mir trage. Jetzt fühle ich mich ein wenig sicherer.«

»Sicherer?« fragte ich.

»Ich kann davon ausgehen, daß ich von allem sprechen

darf, weil man das offenbar voraussetzt oder gar wünscht.«

»Sie sollten uns wirklich alles sagen«, ermunterte ich ihn. »Ich spüre Ihren Wunsch, und ich spüre keinen Widerstand, also ist es mir gestattet«, sagte er auf doch einigermaßen rätselhafte Weise.

»Können Sie mir das näher erklären? Und wollen Sie nicht irgend etwas trinken?«

»Trinken? Um alles in der Welt – mon Dieu! Wo denken Sie hin! Sie halten mich für einen lebenden Menschen. Nun gut.« Er sah auf seine Armbanduhr, deren elektronische Zahlen aufzuckten. »Pournoy – war er sehr begabt?« fragte er.

»Ungemein«, bestätigte ich. »Ein Genie. So etwas wie er wird höchstens alle hundert Jahre geboren.«

Pournoy Nr. 2 nickte. »Ich spür's noch ein wenig in mir, obwohl ich sonst keine Beziehung zu ihm habe. Sie wissen vielleicht von den Experimenten«, – er wandte sich an Mabel –, »wie man sie hierzulande auf die konventionelle Art und Weise, nämlich Schritt für Schritt, Zug um Zug mit einigen unstreitigen Erfolgen durchführt: die Zelle als Ausgangspunkt für den identischen Menschen. Man entnimmt sie der Haut eines lebenden Menschen, bringt sie in die entsprechende günstige Umgebung, damit sie sich teilt: Embryo, Fötus, nach neun Monaten der voll ausgebildete kleine, nach achtzehn Jahren der erwachsene Mensch. Er stellt das absolute Ebenbild jenes dar, dem die Zelle entnommen wurde ...«

»Und das geschah – mit Ihnen?« fragte ich.

»Dennoch ist er ebenso ein absolut eigenständiger Mensch mit einem völlig selbständigen Ichgefühl. Eigentümlicherweise hätte man das ohne weiteres lange vorher nachprüfen können. Eineiige Zwillinge sind ebenfalls identisch, aber dennoch eigenständige Persönlichkeiten.

Daß ihr Schicksal häufig ähnlich verläuft, liegt in der Natur der Sache, daß sie meist dieselben Interessen haben, daß sie eine besondere Zuneigung füreinander empfinden in ihrer Gleichartigkeit.«

»Und was ist mit Ihnen?« fragte ich nun drängender.

»Ich muß Ihnen antworten, weil Sie es wünschen und weil nichts Stärkeres dagegenspricht. Das Problem bei der aus der Zelle in der Retorte gezüchteten Individualität liegt in der Zeitdauer. Die Natur kennt keine Zeit, deshalb nimmt sie sich Zeit. Das zweite Problem liegt darin, daß man die Frage nach dem Weshalb nicht befriedigend beantworten kann. Nachdem sich herausgestellt hat, daß eine Identifikation des Zellspenders mit der aus seiner Zelle entwickelten Individualität nicht möglich ist ...« Ich merkte, daß Mabel da nicht ganz mitkam, unterbrach Pournoy und erläuterte ihr die tatsächlich nicht einfache Materie: »Man glaubte nämlich, in einer zu einem vollkommen ähnlichen Menschen entwickelte Zelle die eigene Auferstehung zu finden. Mit anderen Worten: Wenn ich deiner Haut eine Zelle entnehme, die bekanntlich alle Wesensmerkmale deiner selbst enthält, sie in einer Retorte zu einem Menschen heranreifen lasse, der dir vollständig ähnlich ist, so findest du dich trotz dieser absoluten Ähnlichkeit in diesem Menschen nicht wieder. Er ist ein Mensch für sich, ein von dir abgesonderter Mensch mit eigenem Ichgefühl, der dir allerdings aufs Haar gleicht.«

»So ist es«, sagte Pournoy Nr. 2. »Wir haben hier eine wissenschaftliche Möglichkeit ohne praktischen Zweck. Über die natürliche Zeugung dauert die Entwicklung des Menschen nicht länger. Und sie ist dabei ganz erheblich billiger. Schließlich dient sie auf geniale Weise dem Fortschritt, indem sie Mutationen ermöglicht. Bei der Zelle aus der Retorte gibt es keine unwillkürlichen Veränderungen, wenigstens keine gravierenden.«

»Und wie sieht jener Weg aus, der wie ich annehmen muß, bei Ihnen und irgendwo beschritten wurde?« fragte ich nun ohne Umschweife.

»Ganz recht«, sagte er. »Er liegt oder lag in der Beschleunigung der Wachstumsphase. Statt neun Monaten fünf Wochen, statt achtzehn Jahren knapp zwei Monate.«

»Das wäre ungeheuerlich!« rief ich.

»So sind Sie selbst nicht älter als ein Jahr?« fragte Mabel in überraschender Auffassungsgabe.

Er nickte.

»Man hat eine Hautzelle meines Freundes Pournoy in einem neuen Verfahren derart in ihren Teilungen beschleunigt, daß innerhalb weniger Wochen ein erwachsener, ihm identischer Mensch daraus wurde?« fragte ich.

»Identisch, was das Äußere anlangt. Aber beispielsweise bin ich kein Bildhauer, wie er es war, besitze kein Genie, wie Sie es ihm zusprechen. Das ist der Preis für die enorm beschleunigte Zellteilung. Die Gründe sind unbekannt. Man forscht auch nicht weiter.«

»Und – wo forscht man nicht weiter?« fragte ich.

Er griff nach Pournoys Manuskript in seiner Tasche. »Das finden Sie alles hier drin und recht ausführlich. Ich hätte es Ihnen schon längst geben sollen, aber – es kam immer irgend etwas dazwischen ... Schließlich fehlt mir die Beziehung zur Zeit ... Er bat mich sehr dringend darum ...«

»Pournoy?«

Er nickte.

»Was ist das?« fragte ich, doch einigermaßen nervös durch seine derart zur Schau gestellte Unentschlossenheit.

»Pournoy, Ihr Freund, mein Ebenbild, wenn Sie so

wollen, obwohl mich eigentlich nichts mit ihm verbindet als eine gewisse Identität im Zellkern, hat darin offenbar alles höchst genau geschildert. Ich habe das Manuskript nur überflogen. Aber ich denke, daß er nichts ausgelassen hat. Das Wozu erwies sich auch in meinem und den übrigen Fällen als die entscheidende Frage ...«

»Gibt es etwa – noch mehr Pournoys?« fragte ich verblüfft.

»Drei oder vier, aber wie gesagt wir sind wir selbst, nicht er. Und das ist der springende Punkt. Was soll's? Und es wird rasch klar, daß ich meine Existenz doch wohl nur der einmal notwendigen Übergangsphase verdanke. Manchmal glaube ich einen Zipfel des logischen Zusammenhangs intellektuell zu erfassen. Dann entgleitet er mir wieder. Sie werden mehr wissen als ich, wenn Sie sein Manuskript aufmerksam durchstudiert haben.« (Er betonte das ›aufmerksam‹ in unüberhörbarer Weise.) »Und nun muß ich zu meiner Maschine ...«

»Nach – Australien?« fragte ich rasch.

Er lächelte. Er lächelte zum ersten Mal seit unserer Begegnung, erhob sich, und wiederum glaubte ich Pournoy, meinen Freund, dieses bildnerische Genie, vor mir zu haben. »Mit der Australian Airlines«, sagte er. »Damit kann man überallhin fliegen, wie mit jeder vernünftigen Luftverkehrsgesellschaft. Weshalb fragen Sie?« Er deutete auf das Manuskript. »Danach werden Sie keine Fragen mehr haben, höchstens auf Grund vieler Antworten.« Er küßte Mabel die Hand, legte mir ganz kurz seinen Arm um die Schulter, und zwar so, daß mir ein jäh aufwallendes Gefühl der Zuneigung die Kehle zuschnürte, und verschwand durch eine Tür, die nur Flugplatzbeschäftigte passieren durften. Er besaß den passenden Schlüssel dazu. »Was war das?« fragte Mabel nach geraumer Zeit des Schweigens, in welcher wir unsere Gedanken sammelten.

Ich ergriff das Manuskript, blätterte darin und steckte es in meine Tasche. »Es war der Zipfel einer Ungeheuerlichkeit«, antwortete ich, »die wir gemeinsam zu Hause studieren wollen. Sie wird die Welt von Grund auf umstülpen.«

Stahlmolekül (Pournoys Bericht)

»Ich gebe zuerst die Örtlichkeit bekannt, in – oder besser – auf der sich alles abspielt, ist es doch eine Insel im polynesischen Bereich. Ihre Lage: genau auf dem Südlichen Wendekreis und auf dem 141. Längengrad, im Tuamotubecken also. Ihr Name: Amaranda, ihr Durchmesser an der breitesten Stelle 6,7 Meilen, ihre Länge 9,3 Meilen. Die mittlere Jahrestemperatur liegt bei 22,5 Grad und schwankt von 21 Grad bis 27 Grad Celsius, wobei die Hitze niemals als schwül oder drückend empfunden wird, die milde Temperatur ebensowenig als kühl.

Die Insel liegt abseits der Schiffahrtswege. Die ihr nächstgelegenen Inseln sind diejenigen von Rapa. Doch besteht keine dauernd aufrechterhaltende Verbindung zu ihnen.

Amaranda befindet sich in unserem Besitz, im Besitz einer Gruppe, die einmal aus Wissenschaftlern, sodann aus Verbindungsleuten zu den politischen Machtgruppierungen besteht, aus kontrollierenden Bankfachleuten, aus Dr. Boulanger, dem Psychiater, dem Notar Graveur und mir. Uns ist die sogenannte Motorische Funktion, die vorantreibende also, übertragen worden. Ein Wissenschaftler mag noch so ideenreich, ein Wirtschaftler noch so perfekt im Aufspüren weltwirtschaftlicher Funktionalität, ein Politiker noch so routiniert sein, wo eine nicht nur koordinierende, sondern auch treibende Kraft fehlt, verliert sich vieles in der Theorie. Ich darf nur ein Beispiel nennen, nämlich das entscheidende Problem der Energieversorgung der Insel. Da standen Atomkraft, Sonnen- und die Windkraft zur Diskussion. Es wurde heftig und langatmig diskutiert. Und es würde wohl heute noch darüber diskutiert, wenn wir, Notar Graveur, Dr. Boulanger und ich, nicht der Theorie ein rasches Ende gesetzt hätten. Wir bestimmten, daß auf die Atomkraft verzichtet und an ihrer Stelle Wind und Sonne zur Energieerzeugung genutzt werden sollte. Bei der Sonnenkraft griffen wir auf die ausgereiften französischen Modelle zurück, bei der Windkraft auf die geniale Honnefturbine. Sie arbeitet in einer Höhe von 270 Meter an einem Turm in der Stahlnetzbauweise (wie etwa der Eiffelturm, doch ohne den Fußknick). Unser Kraftwerk bewegt an einem schwenkbaren Galgen drei riesige gegenläufige Radturbinen, die eine installierte Leistung von je 12,5 Megawatt, zusammen also 37,5 Megawatt haben.

Davon werden rund 25 Megawatt zum Betrieb des Zyklotrons benötigt. Der Rest pumpt Meerwasser in einen erloschenen Krater oben auf dem 430 Meter hohen Pic Round und hält den Wasserspiegel dieses Bergsees konstant. In den Kraterrand sind Turbinen eingelassen, die ihrerseits 100 Megawatt leisten, wenn die Fallschächte geöffnet werden.

Das Sonnenkraftwerk liefert Energien für die Heißwasserbereitung, also den Wohnkomfort aller auf der Insel Beschäftigter. Es handelt sich bei den Beschäftigten ausschließlich um Männer, die selbstverständlich Anspruch auf die Erfüllung männlicher Wünsche haben. Es wurde bestimmt, daß dafür nur Polynesierinnen in Frage kommen, die mit dem Klima, vor allem mit der Umgebung vertraut und an die einsame, weltabgeschiedene Lage der Insel gewöhnt sind. Es galt Probleme von dieser Seite gar nicht erst aufkommen zu lassen. Die Verpflichtungen für alle, auch die Frauen, laufen auf fünfzehn Jahre. Die Bezahlung ist hoch. Für die Wissenschaftler, Ingenieure, Monteure, die Bankfachleute und die Koordinatoren werden zwei Drittel des Gehaltes in absolut sicheren Papieren angelegt, so daß ihnen die Sorge für ihre Zukunft genommen ist. Geheimhaltungspflicht besteht nur in üblichem merkantilen Sinne. Es dürfen also keine Pläne und Konstruktionszeichnungen zu Konkurrenten ausgeliefert werden. Für die wissenschaftliche Behandlung des hier Erforschten in den Fachzeitschriften gibt es keinerlei Einschränkungen.

Das Problem der Finanzierung konnte durch anteilige Beiträge der Banken, einiger Konzerne, vor allem aber durch Zuschüsse aus Sonderfonds der wesentlichen Industriestaaten gelöst werden. Dennoch bleibt die Finanzdecke knapp; die Forschungsmittel müssen infolgedessen höchst ökonomisch eingesetzt werden. Diese Überlegungen waren mit ausschlaggebend, daß wir uns gegen die Atomkraft und für Wind und Sonne entschieden. Die Kilowattstunde des Stroms, den wir herstellen, kostet nur ein Bruchteil dessen, was der kombiniert hergestellte Strom (Kohle, Gas, Wasser, Uran) in den westlichen Industriestaaten kostet.

Die Frage, welches Ziel diesen Aufwand rechtfertigt – die Bilanzsumme betrug im abgelaufenen Jahr 2,7 Milliarden Dollar – läßt sich einfach beantworten. Das Industriezeitalter umfaßt eine – gemessen an der Erdgeschichte – winzige Zeitspanne auf unserem Planeten. Es begann mit der Entdeckung der Rohstoffe und endet bald mit deren Erschöpfung. Im Augenblick befinden wir uns im letzten Fünftel der Rohstoffausbeutung. Vier Fünftel sind als verbraucht anzusehen, wenn wir berücksichtigen, daß gerade in diesem letzten Stadium – in dem Sparsamkeit zu empfehlen wäre – durch die Technisierung sogenannter Entwicklungsländer der Verbrauch überdimensional anschwillt. Die Erde gleicht einem Steinbruch, der in absehbarer Zeit ›aufgelassen‹ wird, weil sich sein Abbau erschöpft hat.

Technik ist die Verwendung von fossilem, also totem, abgestorbenem Material für eine das Leben nachahmende Funktion: Stahl etwa für den Flugzeug-, den Kraftfahrzeugbau. In Maschinen werden Menschen bewegt, Güter befördert. Sie führen Bewegungen aus, um Güter herzustellen, die ihrerseits wieder beweglich sind oder aber zum Erhalt menschlicher, tierischer Bewegung durch Nahrung dienen. Öl setzt Maschinen in Bewegung oder spendet Wärme in Regionen, die für das Leben zu kalt sind (auf der Nordhälfte der Erdkugel und im Winter). Das Öl versiegt, die Erze erschöpfen sich in den Lagerstätten. Die Erde jedoch weist ein unerschöpfliches Potential an bewegungsfähiger Energie auf, nämlich in seiner biologischen Maschinerie. Unter geringst denkbarem Aufwand legen Tiere, legt der Mensch mit Hilfe genial angeordneter Muskulatur enorme Strecken zurück, schwingen sich Vögel in die Lüfte. Eine Schwalbe benötigt für gigantischste Tagesflugleistungen nicht mehr als die Energie aus fünfzehnhundert Fliegen, was etwa einem Tropfen Vergaserkraftstoff (Benzin) entspricht. Die Funktion des Muskels ist die denkbar wirtschaftlichste: Hier werden keine Energien verschwendet. Wenn eine Maus in einem Stoppelfeld eine Strecke von zehn Metern zurücklegt, so entspricht ihr Energieaufwand haargenau dem erzielten Effekt. Es gibt keine Mechanik, die diese Strecke ökonomisch billiger – etwa in der Relation zum Gewicht der Maus – zurücklegen könnte. Hinzu kommt, daß das winzige Gehirn der Maus erst in jüngster Zeit von den Möglichkeiten der Elektronik eingeholt wurde. Sie befördert also nicht nur ihr Körpergewicht, vielmehr einen hochkomplizierten Computer über diese Strecke und benötigt für die Ergänzung des Energieverlusts kaum mehr als ein Zehntel eines Getreidekorns. Nicht anders verhält es sich mit den übrigen Tiergattungen. So vermag eine Schlange ihren Energiebedarf wochenlang mit Hilfe eines einzigen Kaninchens zu decken, erklettert währenddem haushohe Bäume, durchschwimmt Flüsse und Seen und hält ein zielgerichtetes, kompliziertes Gehirn mit winzigen Energiestößen in Funktion.

Der Mensch ist das wunderbarste Beispiel eines biologisch gesteuerten, in seiner Ökonomie nicht zu übertreffenden, beweglichen ›Apparat‹. Zwar vermag er mit Hilfe eines Autos viel rascher, bequemer und weniger zeitraubend an ein Ziel zu gelangen, doch mit welch unökonomischem Aufwand! Zu Fuß würde er weniger als ein Tausendstel der Energie aufwenden, die sein Auto verschwendet. Im Grunde verbraucht die Muskulatur keine Energie, eben weil sie für einen erstrebten Effekt haargenau das aufwendet, was unerläßlich ist. Nirgendwo auf Erden und sicherlich nirgendwo im Weltall läßt sich eine Strecke unter geringerem Aufwand zurücklegen, eine Bewegung mit weniger Energie ausführen. Aufwand und Effekt heben sich gegenseitig auf; das ist notwendig, weil im ›biologischen‹ Biotop nichts verlorengehen darf. Ein Biotop funktioniert nur im Kreislauf von Aufwand und erzieltem Nutzen, der wiederum den Aufwand gestattet – und so weiter.

Wo sich ein Flugzeug in die Lüfte erhebt, geschieht das unter Vergewaltigung natürlicher Proportionen. Wer zum ersten Mal fliegt, der staunt über diesen unerwarteten Kraftakt, den eine solche Maschine aufwendet, um sich schließlich vom Boden zu lösen. Unwillkürlich denkt er an den Slogan: »Ja, mit Gewalt!« Und er hat vollkommen recht. Tote Materie läßt sich nur unter Aufbietung verschwenderischster Energie bewegen oder gar in Lüfte erheben. Ein Vogel, der das Flugzeug vielleicht zufällig beim Start eine kleine Strecke begleitet: wie elegant, wie leicht startet er. Natürlich überwindet er nicht die Schallmauer. Aber – weshalb sollte er? Und wäre dies biologisch von Nutzen, so würde er mit einem Bruchteil des vergleichbaren Aufwands auch das bewerkstelligen.

Das kurze, für die Erdgeschichte blitzartig vorüberzuckende Industriezeitalter geht seinem Ende zu. Man wird es – vielleicht – durch einige Energiemanipulationen strecken können. Doch es war schon zu Ende – immer gemessen an den irdischen Zeitrelationen und jener des Alls –, als es kaum begann. Man wußte schon vor hundert Jahren, daß irdische Rohstoffe nicht unerschöpflich sind. Daß man sich bei dieser Sachlage überhaupt daran machte, Kohlen und Erze zu schürfen, Öl und Gas zu fördern, deutet auf eine menschliche Inkonsequenz, die wohl – laut Dr. Boulanger – ihre Ursache in einer mittels Mutationskette entschieden zu raschen Entwicklung des menschlichen Gehirns hat. Die Natur steuert zwar über lange Zeiträume hinweg ihre Entfaltungsmöglichkeiten exakt kontinuierlich. Doch können dabei sekundär Störungen auftreten. Das Industriezeitalter ist ganz offenbar eine solche kleine, in wenigen Jahrhunderten korrigierte Störung. Die Erde existiert in ihrer heutigen Form schon einige Milliarden, also einige tausend Millionen Jahre. Verglichen damit sind einige hundert Jahre nicht einmal Sekunden. Der schizoide Irrsinn liegt in der Tatsache, daß man etwas mit großem körperlichen und geistigen Aufwand in Angriff, dabei unglaubliches Leid in Kauf nahm, dessen Ziel wieder unweigerlich in den Beginn mündet. Der industrielle Hund beißt sich in den Schwanz. Und das stand von Anfang an für denkende Menschen außer Zweifel. Unsere Fabriken werden verschwinden, unsere Straßen veröden. Für unsere Nachfahren unbegreifliche industrielle Ruinen werden noch einige Jahrhunderte dem Zerfall trotzen, bis die Natur sie endgültig verschlingt.

So etwa bietet sich die Situation – oder bot sie sich – uns dar, die wir uns, so wenig wie ›der Unverbildete‹ das Ende unserer Zivilisation recht vorzustellen vermögen. Ganz offenbar war die Entdeckung der Rohstoffe für den Menschen eine Art spiritus rector, eine Gelegenheit vielleicht, auf die er nur gewartet hatte. Eine genauere Analyse macht klar: Nur mit Hilfe dieser unvermuteten Geschenke der Natur gelang es seinem Geist, sich über das Interesse für rein kreatürliche Bedürfnisse zu erheben. Wärme und Behaglichkeit im Winter. Schutz vor das Leben im Schnitt radikal kürzenden Krankheiten und die Möglichkeit, rasch, bequem und schnell über die eigenen Grenzen hinauszureisen, erschlossen den Blick, animierten den Geist. Kommunikationen mit Hilfe von Druck, Funk und schließlich Fernsehen, die Möglichkeit aus allen Richtungen Informationen zu erhalten, förderten die Erkenntnis, denn ganz unmittelbar hängt der rasante Fortschritt auf dem Gebiet der Erforschung des Lebens von der eminent auf das Technologische ausgerichteten Zivilisation ab. Das bedeutet: Wo sich dieser Trend etwa durch den Mangel an Rohstoffen abschwächt, schwächt sich auch der wissenschaftliche Fortschritt ab. Wenn unsere Talente ihre ganze Phantasie darauf verwenden müssen, wie sie es nach dem Versiegen des Öls, der Kupfer-, der Eisenvorräte und anderer unentbehrlicher Dinge fertigbekommen, im Winter nicht zu frieren oder sich alle gewohnten Annehmlichkeiten des Alltags zu erhalten, werden für sie große wissenschaftliche Probleme kein vordringliches Interesse mehr haben. In größerem Zeitraum gemessen: Die Erde wird wieder zurückfallen in die Unwissenheit und den Aberglauben des Mittelalters, der sich ja nur zeitweilig von den technologischen Zivilisationen in weniger erschlossene Gebiete zurückgezogen hat. Wo sich nur die geringste Schwäche zeigt, schlägt er machtvoll und vielleicht fürchterlicher denn je zurück.

Nun können erschöpfte Rohstoffe nicht ergänzt, das was von ihnen verbraucht wurde, nicht wieder ersetzt werden. So jedenfalls lautete bisher die logische Theorie. Aber noch vermögen wir unseren Verstand zur Erforschung der Lebenszusammenhänge zu benutzen. Die Spanne ist zwar kurz, aber sie ist uns gegeben, bevor der Kampf um das kreatürlich-nackte Dasein einsetzt. Wir sind auf Amaranda dabei, das Problem der Rohstoffvermehrung zu lösen.«

Ich habe Sie bewußt ohne Hilfen den ersten Seiten des Pournoyschen Manuskriptes ausgesetzt, um Ihnen einen Eindruck zu vermitteln, wie kompliziert doch die Antworten aussehen, die der geistig orientierte Mensch auf ein brennendes, eigentlich höchst einfaches Problem gibt: Das Öl versiegt. Das Kupfer nimmt radikal ab, ebenso das Eisen. Wo es kein Eisen mehr gibt, können Sie beispielsweise keinen Nagel mehr in die Wand schlagen. Öl brauchte Jahrmillionen, Jahrmilliarden vielleicht brauchten Eisen und Kupfer und die vielen übrigen für unser derzeitig technologisch-zivilisiertes Leben unentbehrlichen Metalle. Ein Beispiel möge schlagartig und sogar dramatisch die gegenwärtige Misere erhellen: Alle Staaten, auch die weniger entwickelten, haben Armeen. Als wichtigste Waffe gilt (noch immer) für alle der Panzer. Ein schwerer Panzer benötigt sieben bis zehn Liter Treibstoff pro Kilometer, bei hundert Kilometer siebenhundert bis tausend Liter, und das jeder einzelne der gepanzerten, feuerspeienden Ungeheuer! Welch gigantische Zahl von Stahlleichen schon heute. Undenkbar ein Krieg, in dem einige zehntausend Panzer gleichzeitig ihre Motoren anwerfen, um im Verlauf der Schlachten und Gefechte Tausende von Kilometern mit dem Verbrauch von Milliarden von Litern Treibstoff zurückzulegen! Die Logistiker bei den Militärs aller Staaten sehen das noch viel deutlicher, und sie können angesichts der Ölverknappung, die sich mit jedem Tag verstärkt, nur zwei Empfehlungen an die Strategie weitergeben: entweder schleunigst mit Krieg zu beginnen, um – gewissermaßen vor Toresschluß – noch die erwünschten Machtpositionen zu erreichen, oder aber alle blutigen Träume von Krieg und Sieg endgültig zu begraben.

Pournoys Bericht liest sich verheißungsvoll, besonders in den letzten Zeilen. Hier hat sich offenbar eine Gruppe verantwortungsbewußter Menschen aus Wissenschaftlern, Politikern, Technikern, Geldgebern sowie willensstarken Männern zur Verfügung gestellt, um – auf welche wissenschaftliche Art und Weise, ist uns noch unbekannt – die Probleme der versiegenden Rohstoffe zu lösen. Doch lesen wir weiter.

»Wir sind auf Amaranda dabei, das Problem der Rohstoffvermehrung zu lösen«, so hieß es zuletzt in Pournoys Bericht. Und er fährt fort:

»Ich selbst, Jean Pournoy, stieß auf eigentümliche, weil irrtümliche Weise zu dieser Gruppe, und zwar über Notar Graveur. Graveur selbst kam zu der Gruppe über seinen Beruf und auf Grund seines beruflichen Geschicks, das er auch außerhalb der ihm staatlich zugewiesenen administrativen Grenze gegen Honorar und mit Hilfe einer gesonderten Lizenz meist begüterter Kundschaft zukommen ließ. Sein Einfluß erstreckte sich in höchste Finanzkreise, und da er ein überaus intelligenter, darüber hinaus höchst geistreicher Mensch ist, knüpfte er sich bald eine Kette von Freundschaften und freundschaftlichen Verbindungen, die sich auch ohne sein Zutun von selbst weiter verlängerte. So kam er mit jenem Kreis sich sorgender Wissenschaftler und Politiker in Kontakt, der klar den

Untergang der menschlichen Kultur eben auf Grund des Versiegens des Rohstoffes erkannte. Man trug Graveur die verschiedensten Theorien vor; er beschäftigte sich mit den Einzelheiten. Bald merkte er, daß nur deshalb auch die einleuchtendsten Dinge in der Theorie steckenblieben, weil die wissenschaftlichen Köpfe, die sie ausbrüteten, zwar hochintelligent, doch – wie gesagt – ohne die notwendige Energie waren, sie in die Praxis um- und durchzusetzen.

Als Pragmatiker, als ›Macher aus Passion‹, ließ ihn diese Erkenntnis nicht ruhen. Er kannte alle juristischen Möglichkeiten, wußte um die Kanäle, aus denen die finanziellen Mittel fließen konnten, wenn man sie nur begründet anzuzapfen verstand. So avancierte er rasch zu dem allseits anerkannten Kopf einer Gruppe sich um die Zukunft des Menschengeschlechts sorgender Persönlichkeiten, die sich im Besitz der Mittel und Erkenntnisse glaubt, der drohenden Versklavung des freien Geistes durch den elementaren Mangel materieller Güter Einhalt zu gebieten. Dieses Mittel heißt: Belebung der toten Materie, oder auch: Wiederbelebung. Wenn es beispielsweise gelingt, ein Stahlmolekül mit den Eigenschaften eines lebenden Moleküls einer menschlichen oder tierischen Pflanze auszustatten, muß es sich vermehren. Das Eisen ›wächst‹. Es kann gezüchtet werden. Und es steht dann, wie etwa das Holz, in beliebiger Menge und für alle Zukunft zur Verfügung. Ähnliches gilt für die übrigen Metalle, für Mangan, Kupfer, Zinn, auch Silber und Gold natürlich. Während die Alchimisten aus weniger wertvollen Metallen (etwa Blei), Gold zu machen hofften, vermehren wir das vorhandene Gold durch die Belebung seiner Moleküle. Ich darf dieses Ergebnis vorausschicken. Hin und wieder bringen wir einiges Gold auf den Markt; doch begnügen wir uns hauptsächlich damit, es auf

Amaranda als Sicherheit für die von den Banken gewährten Darlehen aufzubewahren. Es wäre unsinnig, die jährlich geförderte Goldproduktion von rund 900 Tonnen mit Hilfe unseres ›gezüchteten‹ Goldes zu vermehren, weil dies augenblicklich den Goldpreis absinken ließe. Unsere Sicherstellung in eigenem Tresor verhindert das.

Ich muß noch etwas vorausschicken, weil dies zur Klärung dessen beiträgt, was in diesem Bericht geschildert ist: Die wissenschaftliche Lösung war höchst einfach, wie häufig in der Geschichte wissenschaftlicher Entdeckungen und Erfindungen. Die Theorie ging davon aus, daß die Erde, unser Sonnensystem, die Milchstraße, ja, das ganze All einen lebendigen Organismus darstellen muß. Berechnungen ergeben, daß das All mit den vielen Milliarden und Abermilliarden glühender Sonnen längst in sich selbst verschmolzen sein müßte. Nur als lebender Organismus ist es in der Lage, sich so zu regulieren, daß diese Katastrophe nicht eintritt. Wir kennen ähnliches vom menschlichen oder tierischen Körper. Auch unser biologisches System hält die Temperatur (37° Celsius) auf erstaunliche Weise konstant. Der Spielraum ist höchst gering: 5° mehr stellt die obere, 3° weniger die untere Toleranzgrenze dar. Ähnlich mag es auch im All sein – ein höchst labiles Gleichgewicht also, das wie alles in der Natur auf Labilität beruht, bietet Labilität doch eigentümlicherweise die größte Sicherheit vor Katastrophen.

Noch im Altertum und auch später glaubten Ärzte, daß der Mensch nicht nur aus lebender, vielmehr auch aus toter Materie (Knochen, Haare, Nägel) bestehe. Die astronomische Auffassung vom Weltall steckt heute noch tief in diesem Irrtum: Man versteift sich darauf, daß Sonnen und Planeten aus toter Materie bestehen, die sich in einzelnen Fällen, was günstig plazierte Planeten anlangt, ›beleben‹ kann. Mit anderen Worten: Die Erde, unser

Planet, war zuerst tot, entwickelte dann aber auf Grund seiner günstigen Lage zur Sonne auf seiner Oberfläche Leben, während er selbst in sich tot blieb. Intelligenteren Wissenschaftlern war es bei diesem Dogma niemals wohl in ihrer Haut. Wie weit, beispielsweise, reichte das Leben unter die Erdoberfläche? Endete es mit der Humusschicht, reichte es bis tief hinab in die Regionen des Wassers oder gar des Öls, aus dem sich ja ohne größere Mühe Eiweiß gewinnen läßt, eines der wichtigsten Lebensbestandteile? Und was hatte es mit der für das Leben auf der Erde so entscheidenden (immer noch geheimnisvollen) Schwerkraft für eine Bewandtnis? War gar die Sonne tot, deren Wärme das Leben spendet, ohne die bewegliche Materie auf Erden ganz und gar undenkbar wäre?

Die einfache, alle Fragen mit einem Schlag lösende These: Die Erde ist lebendig, die Sonne ist lebendig, das All ist lebendig – wie kommt es, daß sie nicht schon viel früher die Gelehrten faszinierte?

Von dieser These gingen und gehen die Wissenschaftler unserer Gruppe aus. Alles ist Leben. Und wenn alles Leben ist, kann auch alles aus seiner Bewegungslosigkeit erlöst werden. Es gibt kein verschiedenartiges Leben, etwa das nur bewegliche und das ausschließlich unbewegliche. Wo man allem Leben zuspricht, müssen Übergänge, Brücken möglich sein. Der entscheidende Schritt war dieses Akzeptieren der These vom ›Leben in allen Dingen‹. Nur von hier aus konnte der Mut gefaßt werden für die ungewöhnlichsten Experimente, die die wissenschaftliche Geschichte kennt.

Die Rückschläge waren unbedeutend; das hört sich eigentümlich an, ist man doch von allen technischen Entwicklungen anderes gewohnt. Ich wiederhole: Sie waren unbedeutend, wie überhaupt ermutigende und richtungsweisende Ergebnisse rasch vorlagen, natürlich auf Grund der Anwendung von Forschungsergebnissen auf anderen (naturwissenschaftlichen oder physikalischen) Sektoren. Man sollte sich freimachen von dem Gedanken, daß ein neues, ungewöhnliches Forschungsvorhaben auch heute noch eine zeitraubende Angelegenheit sein muß. Das ist nur dort der Fall, wo es am Willen, an der Energie fehlt, eine Idee in Angriff zu nehmen, sie durchzusetzen. Das ist übrigens in allen Lebensgebieten so, auch und gerade in dem der Kunst. Nur der Künstler wird zum Genie, der neben seinem Talent auch Energie aufzuwenden weiß. Er wird dann zum großem Künstler ...«

Mir selbst macht es wenig Schwierigkeiten, diesen Gedankengängen Pournoys zu folgen. Was er darlegt, ist bis dahin klar und vom Begrifflichen her einleuchtend, obwohl er einige das physikalische Weltbild revolutionierende Tatsachenbehauptungen vorbringt, zum Beispiel, es sei gelungen, ein Stahlmolekül so zu beeinflussen, daß es ›wächst‹.

Es geht mir mit dieser Veröffentlichung weniger darum, außenstehende Wissenschaftler zu überzeugen, weil das nach meiner Erfahrung ein sinnloses Unterfangen wäre. Meine Aufgabe ist es, Sie zu überzeugen, der Sie kaum die entsprechende wissenschaftliche Vorbildung mitbringen. Diese Vermutung braucht Sie nicht zu kränken. Woher es kommt, daß Wissenschaft und Forschung sich derart unverständlich für Laien auszudrücken belieben, wurde bislang noch nicht gründlich untersucht. Heute sind wir soweit, daß sich Wissenschaftler gegenseitig nicht mehr verstehen. Der Biologe drückt sich für einen Philosophen, der Physiker für einen Politologen unverständlich aus. Die Annahme ist irrig, Professoren könnten sich untereinander verständigen. Astronomen und Meteorologen sprechen (obwohl beide in dieselbe Richtung schauen, nämlich nach oben) völlig verschiedene Sprachen.

Ich bin der Sache nachgegangen und stieß zu meiner Überraschung bei allem auf eine menschliche Schwäche als Ursache. Halten wir fest, es gibt keinen plausiblen Grund, weshalb man Forschungsvorhaben oder Forschungsergebnisse nicht auch in einer klar verständlichen Sprache schildern könnte. Gelehrte sprechen von einer ehrwürdigen Tradition, andere meinen damit man sich international zu verständigen wisse. Wieso etwas international verständlicher sein soll, was national von niemandem begriffen wird, ist mir ein Rätsel. In der Tat: Das Verschleiern von faßbaren Tatbeständen, wie es die Wissenschaft übt, hat historische Wurzeln. Die Alchimisten mußten, damit man nicht hinter die Schliche ihrer Scharlatanerie kam (die in einigen Fällen Grundlagen schuf, auf denen etwa die Chemie aufbauen konnte), einen Schleier um ihr Tun und vielleicht auch Wollen legen. Je geheimnisvoller sie taten, desto länger vermochten sie sich das Vertrauen ihrer Fürsten – oder für wen sie sonst arbeiteten – zu erhalten. Alle Magie beruht auf Unverstand. Und noch gegenwärtig fährt die Wissenschaft gut damit, wenn sie einfachste Dinge so kurios verworren beschreibt, daß die Verfasser danach Mühe haben, sich im Selbstgeschriebenen zurechtzufinden. Nur um sich mit wissenschaftlichem ›Rotwelsch‹ nicht plagen zu müssen, gibt die öffentliche Hand dann gerne die Mittel für weitere, nicht weniger unverständliche Forschungsvorhaben. Auch Pournoy verfällt in diese Manier, wie unwillkürlich wohl jeder, der es plötzlich mit wissenschaftlichen Vorhaben zu tun hat. Hier versucht sich nämlich ein Stand mit allen Mitteln herauszuheben ›aus der Masse‹, auch mit dem Mittel eines höchst kuriosen Schreibstils. Die Verhaltensforschung erkennt darin den Rest der auf dem Hühnerhof zu beobachtenden ›Hackordnung‹, was jüngst einen Satiriker zu dem Ausspruch ermunterte: ›Auch Wissenschaftler sind nur Hühner.‹ Es wäre für Sie unzumutbar, würde ich Sie weiter mit Pournoys Bericht in der Originalversion konfrontieren. Mabel und ich vergossen manchen Schweißtropfen darüber. Und es hätte auch keinen Sinn. Spätestens nach drei weiteren Seiten würden Sie das Buch, völlig zu Recht, zuklappen.

Pournoy schreibt, daß er durch einen Irrtum zu dieser Gruppe stieß. Der ›Irrtum‹ bestand aus folgendem. Als Notar Graveur – wie ich damals – mit der Nachbildung Janines in Pournoys Schlafzimmer konfrontiert wurde, hatte er seine Nase schon ziemlich tief in die ›Wissenschaft von der Belebung der Materie‹ gesteckt. Zuerst vermutete er, auch Pournoys Plastik sei in ihrer Materie ›belebt‹, und endlich kam ihm die Idee, daß dies doch eigentlich ein Weg sei, eben, indem man lebensechte Plastiken schuf, sie einem Zyklotron energiereicher Strahlung aussetzte, um sie auf diesem Weg gewissermaßen lebendig zu machen. Er trug diese Idee den Professoren vor – und da nun stoße ich in Pournoys Bericht auf eine offenbare Ungereimtheit. Ich wußte, daß er, während er an seiner Plastik der ›Janine‹ arbeitete, von anonymer Seite geldliche Unterstützung erhielt, derart entscheidend, daß er sie zu Ende führen konnte. Und die Unterstützung wurde fortgesetzt. Es muß also, bevor Notar Graveur die Plastik sah, eine Verbindung bestanden haben – zumindest einseitig zu Pournoy hin.

Wahrscheinlich trug sich die Gruppe schon länger mit jener Idee, die Graveur angeblich spontan beim Anblick der Plastik ›Janine‹ entwickelte. Es wird wohl so sein, daß Graveur den Auftrag hatte, auf irgendeine Weise den begabten Künstler zu gewinnen, was darauf schließen läßt, daß selbst ernsthafte Wissenschaftler bis zum Beweis des Gegenteils vermuteten, Plastiken dieser lebensechten Art seien mit Hilfe von Strahlenbeschuß zu beleben, so daß man das Problem der ›Figürlichkeit‹ als gelöst betrachten könne. Von da an jedenfalls gehörte Pournoy dazu.

Dr. Boulanger stieß über Pournoy ebenfalls zu dieser Gruppe. Und nun muß ich noch ein wenig ausholen. Dr. Boulanger verzweifelte als Arzt an der medizinischen Tatsache, daß Schizophrenie unheilbar, medizinisch nicht zu korrigieren ist. Das Herz drehte sich ihm beim Anblick der bewußtseingespaltenen reizenden Janine im Leibe um. Was er auch unternahm, um ihr und im Zusammenhang mit ihr anderen Patienten zu helfen – es mißlang. Man darf annehmen, daß ihn die körperliche Erscheinung des Fotomodells tief beeindruckte. Janines Äußeres war ein Kunstwerk der Natur von höchster Vollendung. Und dieses Kunstwerk verdarb, weil Janines Gehirn einen nicht korrigierbaren Fehler aufwies!

Als er von den molekularbiologischen Möglichkeiten hörte, wie sie in Nordamerika schon seit Jahren praktisch geübt wurden, befaßte er sich intensiv mit der einschlägigen Literatur.

Man muß wissen, daß die Amerikaner von ihrer Mentalität her das Gegenbild der Russen sind. Während diese alles, selbst harmlose Dinge in den Mantel des Geheimnisses hüllen, verkünden Amerikaner, wie Hühner laut gakkernd, welch wissenschaftliches Ei sie wieder einmal gelegt haben. Die Tatsache, daß in jeder Zelle der ganze Mensch enthalten ist (und er besteht aus Billionen von ihnen), muß zwangsläufig einen Amerikaner herausfordern. Man kann drüben immer Mittel für Forschungsvorhaben auftreiben, das die Menschen unmittelbar anrührt. Aber man muß dafür die Öffentlichkeit interessieren, kurz, das veröffentlichen, was man vorhat. Schließlich muß man die Öffentlichkeit unablässig über Fortschritte in einem Forschungsvorhaben informieren, damit der Geldstrom nicht versiegt. Das hat eine Flut zwar wissenschaftlich exakter, aber auch für Laien begreifbarer Veröffentlichungen zur Folge. Und die ganze wissenschaftliche Welt greift gierig danach! Die amerikanischen Wissenschaftler versorgen Jahr für Jahr die Welt mit unerhörten neuen Erkenntnissen im Wert von Milliarden von Dollar, eine wissenschaftliche Welt, die es bisher versäumt hat, sich dafür bei den Amerikanern zu bedanken. Ich nehme die Gelegenheit war, das Versäumnis an dieser Stelle nachzuholen. Danke schön!

Dr. Boulanger erfuhr einmal von den geglückten amerikanischen Versuchen, menschliche Zellen in der Retorte zur Teilung zu bringen. Und er erfuhr ein weiteres Ergebnis, eigentlich mehr am Rande, das ihn jedoch aufs höchste alarmierte: Ältere Zellen, so etwa lautete es, können durchaus, und zwar in den empfindlichsten, kompliziertesten Bereichen, wie etwa beim Gehirn, von der Identität abweichen. Im Klartext: Die einem Menschen entnommene ältere Zelle – vielleicht eine, die aus der ›vierten Generation‹ stammt – braucht nicht in allem diesem Menschen zu gleichen, vor allem nicht im Gehirn. Man speiste einen Computer mit allen verfügbaren Daten und bekam als Ergebnis: In der Vererbung durch die natürliche Zeugung, werden Geisteskrankheiten zehnmal häufiger wahrscheinlich als in der Zellvermehrung, in der Hervorzüchtung eines ›identischen‹ Menschen in der Retorte. Für Dr. Boulanger bedeutete das: Janines Körperlichkeit konnte neu entstehen mit der Hoffnung auf ein völlig intaktes Gehirn.

Darüber sprach er einmal mit Jean Pournoy, eigentlich beiläufig und mehr mit dem Augenmerk auf der Theorie, und das war dessen Einstieg in die ›Gruppe‹. Die dort versammelten Wissenschaftler hatten nämlich folgende Thesen entwickelt:

1. Mit Hilfe hochenergetischer Strahlung kann das ›tote‹ Molekül ›belebt‹ werden.

2. Mit Hilfe derselben Strahlung kann ein ›lebendes‹ Molekül aktiviert werden. Das bedeutet: Die Teilung der Zelle in der Retorte kann sich nach einer Bestrahlung ganz entscheidend beschleunigen.

Man beschloß, beides zusammenzukoppeln, hatte man doch noch eine dritte These zur Hand:

3. In ein totes Molekül kann durch ein mittels hochenergetischer Strahlung projiziertes biologisches Bild die Entwicklungsrichtung einprogrammiert werden.

In der Praxis: Wenn es also gelingt, das biologische Abbild eines Hundes, und zwar eines lebenden Hundes, mit Hilfe der Strahlen so zu verkleinern, daß es in das Molekül einer unbelebten Materie (vielleicht Eisen) hineinpaßt, und wenn man es dann energiereich dort ›hineinschießt‹, entwickelt sich das Eisenmolekül wie dieses Bild. Es wächst und formt sich – zu einem Hund.

Welch kühne These! Und wie wunderbar, daß man sie überhaupt zu äußern wagte. Die Gefahr, sich lächerlich zu machen, war (und ist noch immer) riesengroß. Daß sie geäußert wurde und zur Grundlage eines bald ins Machtpolitische abgleitenden, hochdotierten Forschungsvorhabens wurde, ist Notar Graveur, Dr. Boulanger und auch Jean Pournoy zu danken. Bei allem müssen wir bedenken, daß diese Thesen nicht den Köpfen phantasiereicher Laien entsprossen. Der lebenskluge Notar Graveur faßte sie natürlich mit Hilfe der Wissenschaftler in ein geradezu vorbildliches wissenschaftliches Kauderwelsch, das jene, denen man es vortrug, ungemein beeindrucken mußte. Und nicht nur das! Man konnte ihnen danach im Klartext ein visionäres Bild entwickeln, das sie bis in alle Einzelheiten begriffen: Nicht genug, daß man sich Eisen als Eisen entwickeln lassen konnte, Kupfer als Kupfer, Gold als Gold – nein, man konnte gleichzeitig die von der Natur in Jahrmilliarden entwickelte energiesparende Motorik in die Metalle hineinbringen, die Muskulatur beispielsweise, unerreichbar in ihrer ökonomischen Beweglichkeit für noch so ausgeklügelte Mechanik.

Da dachte jeder sogleich auch an den Menschen, den Menschen aus Stahl etwa, unverwundbar vielleicht und für vielerlei Vorhaben verwendbar.

Pournoy gesteht in seinem höchst komplizierten Bericht, daß gerade diese – unausgesprochene – Vision ›den Geldhahn schließlich zum Fließen‹ brachte. Was benötigt wurde, war ein Zyklotron mittlerer Größe, das die entsprechenden Teilchen beschleunigte. So etwas kann man nicht verstecken, es sei denn, man weicht in wenig oder gar nicht besiedelte Gebiete aus. Wenn es gelang, eine Augenzeugenschaft zu verhindern, würde das ganze Unternehmen, allein von seiner unglaublichen Materie her, wohl für viele und wohl entscheidende Jahre unbeachtet bleiben.

Für den Künstler Pournoy, der sich mit seiner Plastik ›Janine‹ am Ende jeder denkbaren Kunst gestellt sah, eröffnete die Belebung der Materie auf diese Weise ganz neue, ungeahnte Dimensionen. Darauf komme ich noch zu sprechen, hängt es doch unmittelbar mit ›ihm selbst im Sarg‹ zusammen, wie ich ihn in meiner Ausstellung gezeigt hatte.

Die Gruppe erwarb mit den ersten Geldern, die ihr zuflossen, darunter auch Pournoys Anteil an den Eintrittsgeldern für seine erste Ausstellung bei mir (mit dem ›Museumsdiener‹ und der ›Katze‹), die Südseeinsel ›Amaranda‹, die einer der Professoren, ein passionierter

Einhandsegler, vor einigen Jahren in seiner Jolle angesteuert und menschenleer gefunden hatte. Probebohrungen ergaben, daß sie allen Belastungen trotzen würde. Sie lag abseits nicht nur der Schiffahrtsrouten, auch der Hurrikanbahnen, was schließlich für die Ausnutzung der Windenergie in großem Stil von Bedeutung war.

Heute können Planungen dieser Dimension, wo nur das Geld vorhanden ist, rasch und zügig verwirklicht werden. Zyklotrone werden fast schon routinemäßig gebaut; in diesem Fall transportierte man die fertigen Bauteile per Schiff und setzte sie auf Amaranda zusammen, ebenso die Teile für den ›Honnef-Turm‹, das Windkraftwerk großen Stils, und jene für das Sonnenkraftwerk. Am aufwendigsten an Ort und Stelle erwiesen sich die Erdarbeiten für das Speicherkraftwerk am Krater des Gipfels. Das Gelände war schwierig zugänglich, und es mußten einige einschneidende ökologische Zugeständnisse gemacht werden (Veränderungen im Biotop), die heftige Kontroversen in der Gruppe auslösten. Aber ohne die Speicherung einer stets auf Abruf bereitstehenden hohen Energiemenge (elektrischer Strom) konnten die theoretischen Ergebnisse in der Praxis nicht erzielt werden. In Jahresfrist stand das riesige Forschungsprojekt, waren die Unterkünfte bezogen, durften endlich die ersten Versuche ›gefahren‹ werden.

Über die Wirkung hochenergetischer Strahlen hat die Öffentlichkeit, obwohl sie Unsummen für Zyklotrone aufwendet, kaum Konkretes erfahren. Es ereignen sich da erstaunliche, physikalisch eingefahrene Geleise umstülpende Besonderheiten, die noch längst nicht alle ausgelotet sind, auch nicht auf Amaranda. Neben der mit ihrer Hilfe zu ›zündenden‹ Kernfusion, der ›Verbrennung‹, wie sie uns die Sonne vormacht, und die das am häufigsten genannte, weil vordergründigste Forschungsziel ist, können damit einige Naturgesetze aus den Angeln gehoben werden. Ich nenne hier nur (weil am striktesten geheimgehalten) die Aufhebung der Schwerkraft, eines der unlogischsten, wenn auch für das Leben und sicherlich für das Zusammenwirken der Kräfte im Weltall wichtigen Gesetze. Wieso eine große Masse auf darauf befindliche Gegenstände eine ›Anziehungskraft‹ ausübt, kann physikalisch nur als Erfahrungstatsache gewertet werden, endlich auch das Problem der ›Antimaterie‹. Wenn es gelingt, die Schwerkraft in bestimmten Bereichen und für bestimmte Zwecke auszuschalten, etwa mit Hilfe energiereicher Strahlung, eröffnen sich für die Menschheit tatsächlich ausschließlich positive Möglichkeiten. Die Natur kennt schwerelose Räume, etwa im Orbit, im Lauf eines Satelliten um die Erde. Sie kennt sie in Schwüngen, Sprüngen sogar direkt auf der Erde und bei anderer, allerdings energieverschlingender Bewegung. Ohne Schwerkraft kann der Mensch gefahrlos fliegen. Man kann Massengüter ohne besonderen Energieaufwand durch die Luft befördern. Ich habe das ausgerechnet: Schwerelos ließen sich drei Viertel der heute verbrauchten Energie einsparen. In der Tat wird die meiste Energie dafür aufgewendet, Gewichte zu heben, in Bewegung zu setzen, von einem Ort zum anderen zu verschieben. Je leichter ein Auto, desto geringer der Benzinverbrauch, je schwerer (infolge Schutzbedürfnis) ein Panzer, desto mehr verschlingt er an Treibstoff – wir haben schon davon gehört. Die Antimaterie eröffnet eine Energiequelle gigantischen Ausmaßes. Zyklotrone – und mögen sie uns dank dem Unvermögen unserer Wissenschaftler, ihre Vorhaben klar zu erläutern – noch so abstrakt, unbegreiflich und ›theoretisch‹ vorkommen – sind neben den Ateliers, in denen Mikroprozessoren gefertigt werden (›Die glücklichen Söhne‹), die wichtigsten und natürlich auch die gefährlichsten ›Fabriken‹ im Hinblick auf ihre Möglichkeiten. Politiker täten gut daran, diese wie jene nicht aus den Augen zu lassen, sofern sie sich für das Wohl der Menschheit tatsächlich verantwortlich fühlen.

Das Zyklotron auf Amaranda, der Insel im Pazifik, dient – ich erwähnte es einige Male – dem Aufbau einer Machtposition, wie man sie sich absoluter nicht vorzustellen vermag. Historiker haben häufig auf die Gesetzmäßigkeiten in historischen Entwicklungen hingewiesen. Moderne Historiker lassen sich von ihren Beobachtungen faszinieren, daß etwa die weltweiten Kommunikationsmöglichkeiten per Telefon mit Partnern in Verbindung zu kommen, per Flugzeug rasch zu ihnen hinzufliegen, über das Fernsehen Einfluß auf fremde Kulturen zu nehmen, weniger dem Verständnis zwischen den Völkern dienen – dies sind liebenswürdige Kaschierungen – als vielmehr, der Mentalität des Phänomens Mensch entsprechend, ihrer Unterdrückung. Was heute noch wie Spiel aussieht, nämlich um miteinander über Kabelprojekte in Verbindung zu kommen, wird ganz zwangsläufig und ziemlich rasch seinem eigentlichen Zweck zugeführt, wie es Orwell deutlich genug in seinem berühmten Roman schilderte: der totalen Überwachung, nicht nur eines Landes, vielmehr aller Menschen auf Erden. Und man hat sogar eine plausible Begründung: Die sogenannte Bevölkerungsexplosion muß mit allen Mitteln eingedämmt werden. Je mehr sich der Mensch vermehrt – und er tut es auf dem größten Teil der Landmassen in ungeheuerlichem Maße –, desto rascher wird die Erde für alle unbewohnbar, auch für Machtausübende. Es dürfte also schon heute längst nicht mehr geliebt werden. Längst dürfte auch nicht mehr Auto gefahren, geflogen, geheizt werden. Unsere Atmosphäre ist derart verschmutzt, daß die vorprogrammierte Katastrophe für die küstennahen und in anschließenden

Ebenen liegenden Städte überhaupt nicht mehr abgewendet werden kann. In dreißig- vierzig Jahren werden die Polkappen schmelzen. Das Eiswasser wird die Meere füllen, den Wasserspiegel ansteigen lassen. Und sicherlich wird man viel, viel später, in tausend Jahren, Sagenhaftes über versunkene ›goldene‹ Städte hören, die irgendwo im ›großen Nordmeer‹ liegen müssen. Katastrophen also, die Funktion, die ›den starken Arm‹ verlangen, Notstandsgesetze, wie sie heute noch unvorstellbar sind. Millionen Menschen müssen auf dem verbleibenden, höher gelegenen Festland untergebracht und ernährt werden – wer da noch an Vermehrung denkt, begeht schon gedanklich ein Verbrechen. Von bald zehn Milliarden wird sich die Menschheit auf höchstens eine Milliarde Individuen ›gesundschrumpfen‹ müssen. Das geht nur mit den Mitteln härtester Diktatur; Diktatur jedoch verlangt hundertprozentige Überwachung. Die technologischen Möglichkeiten hierzu sind längst da. Doch weiß niemand, ob die Katastrophe überhaupt zu meistern sein wird. Alles deutet vielmehr darauf hin, daß sich eine paradoxe Umkehrung vollzieht. Zur Bedienung hochkomplizierter Elektronik, wie sie zur Überwachung und Machtausübung unerläßlich ist, gehört ein nicht kleines Potential an Intelligenz. Aber gerade die hochintelligenten, technologisch versierten Völker der Nordhalbkugel vermehren sich schon längst nicht mehr. Entweder stagnieren sie, oder sie nehmen an Bevölkerung rapide ab wie die finanzstarke Bundesrepublik.

Zum Hervorbringen eines einzigen Genies jedoch ist im Schnitt die biologische Anstrengung von vier Millionen Menschen nötig. Genies aber werden gebraucht, überzeugende Figuren, die Auswege aus der biologischen, bevölkerungspolitischen und ökologischen Misere zeigen, sie praktizieren und durchsetzen. Mit dem Verzicht auf Kinder in hochentwickelten Ländern geht ein Verzicht auf Genies einher, auf Männer und Frauen, die dann fehlen, weil sie nicht geboren sind, wenn man sie am nötigsten hätte. Plant die Natur die Vernichtung der Menschheit? Empfindet sie den Menschen als monströse Fehlentwicklung?

Wenn Sie nun vermuten, dies seien meine privaten pessimistischen Gedanken oder Überlegungen, so muß ich Sie enttäuschen. Es ist die wissenschaftlich zwar fast unverständlich formulierte, aber in ihren Vorstellungen klare Erkenntnis der Wissenschaftler auf der Südseeinsel Amaranda. Die Thesen sind unbezweifelbar, weil sie von allen denkenden Wissenschaftlern in der Welt geteilt werden, ohne daß diese allerdings auch nur die geringsten Folgerungen daraus zögen. Nur die Gruppe auf Amaranda – und was hinter ihr steckt und steht – zog und zieht die Konsequenz, nämlich daß man zwei Dinge für die nahe Zukunft bitter nötig hat: einmal Intelligenz, zum zweiten ein von herkömmlicher Energie unabhängiges, stets alarmbereites, einsatzfähiges Machtpotential.

»Zur Züchtung von Intelligenz«, so Pournoy in seinem Bericht, »darf man sich nicht auf die Zufälligkeit verlassen, wie sie die biologische Konzeption (Zeugung) bietet. Ein Embryo besteht aus Vater und Mutter, und selbst wo beide auf hoher Intelligenzstufe stehen, ist die Gewähr nicht gegeben, daß auch das Kind tatsächlich intelligent wird. Die Mischung der Gene erweist sich immer mutant . . .« Sie sehen, wie schwierig es jedesmal wird, wenn ich aus Pournoys Bericht zitiere. Bleiben wir also bei meiner direkten Erläuterung. Was Pournoy meint, ist folgendes: Wo Vater und Mutter gescheit, also intelligent sind, ergibt die Mischung ihrer Intelligenz nicht zwangsläufig auch ein intelligentes oder gar ein doppelt intelligentes Kind. Nimmt man schulische Leistungen als Maßstab, wovor allerdings zu warnen ist, so sind die Kinder intelligenter Eltern im Durchschnitt nicht intelligenter als ihre Schulkameraden.

Die Wissenschaftler auf Amaranda beschlossen also, Forschungsergebnisse der Amerikaner kurzerhand zu adaptieren und sie in der Manier der Epigonen (Nachahmer) entsprechend auszubauen. Intelligenz konnte ökonomisch vernünftig nur aus den Zellen der Intelligenz gezüchtet werden, mittels Retorte also. Und auf Amaranda gibt es Intelligenz ›scheffelweise‹, eben in den Gehirnen der dort tätigen Professoren. Man einigte sich, gedrängt durch das energiereiche Dreigestirn Graveur, Dr. Boulanger und Pournoy und da erste Versuche an Tieren (wie üblich) positiv verliefen, sich selbst zu kopieren, sich aus der eigenen Haut (oder anderen Zellen) zu vervielfältigen. Dabei waren zuvor allerdings rechtliche Dinge zu lösen:

1. Fehlentwicklung: War es gestattet, einen aus einer Zelle in der Retorte gezüchteten Mensch zu töten, falls er körperliche oder – noch schlimmer – gar geistige Defekte aufwies? Oder mußte man ihn am Leben erhalten?

2. Wie war die rechtliche Stellung dieses gezüchteten Individuums?

Über diese beiden Punkte entstanden hitzige Debatten. Notar Graveur machte dem ein Ende, indem er kurzerhand die nötigen praktikablen Gesetze entwarf und für Amaranda mit schließlicher Zustimmung aller in Kraft setzte.

Zu Punkt 1: Wie jedes andere fehllaufende wissenschaftlich-technische Forschungsergebnis konnte auch dieses rechtzeitig abgebrochen oder eliminiert, also beseitigt werden. Ein aus einer menschlichen Zelle Gezüchteter, war nicht sogleich Mensch, vielmehr eine Sache außerhalb biologischer Folgerichtigkeit. Zur Menschwerdung bedurfte er des Beschlusses der Administration Amarandas, also aller dort lebender Menschen. Daraus ergab sich folgerichtig für Punkt 2: Das gezüchtete Individuum besaß keine rechtliche Stellung. Es war eine Sache. Schließlich mußte noch die Eigentumsfrage geklärt werden, was ja ganz besonders und speziell in Notar Graveurs Kompetenz fiel. Das gezüchtete Individuum gehörte dem, aus dessen Zelle es hervorgezüchtet wurde.

Dem stimmten nach langem Zögern endlich alle zu, wohl in der Hoffnung, niemals gezwungen zu werden, einen Menschen, etwa noch mit eigener Hand, zu töten, ein Beweis, wie wenig man den tatsächlichen Verlauf des Forschungsvorhabens bei Abfassung der Gesetzestexte überblickte. Sie reichten nämlich durchaus nicht aus.

Pournoy fügt nun eine Passage ein, die ich getrost im Wortlaut übernehmen kann, weil sie in verständlicher Formulierung abgefaßt ist. Sie behandelt Janine. Wir entsinnen uns: Janine Rosée, Jeans Jugendliebe, Fotomodell und schließlich an Schizophrenie leidend, Patientin von Dr. Boulanger, der sie natürlich mit nach Amaranda nahm. Sie war von ihrer körperlichen Schönheit her der Liebling aller auf Amaranda und sicherlich auch Objekt heimlichen Begehrens. Ihre große Sanftmut, »die wie ein Schleier über ihrer Geisteskrankheit lag«, löste bei den hartgesottenen Wissenschaftlern eine eigentümliche Betroffenheit aus. Und Jean Pournoy berichtet: »Dr. Boulangers Theorie lief auf folgendes hinaus, nämlich, daß frühestens die dritte Kopie von Janine ohne Erbschädigungen sein dürfte. Nachdem Tierversuche ermutigend abgelaufen waren und auch das Problem der (synthetischen) Ernährung keine Schwierigkeiten mehr machte (die Zellen konnten nur dann in der raschen Vermehrung fortfahren und den Körper wachsen lassen, wenn genügend Nahrungssubstanz zugeführt wurde), beschloß man, den

Vorgang in wenigstens drei Stadien zu gliedern. Janine wurde mittels elektronischer Sonde aus der Hüfte eine (Muskel-) Zelle entnommen, diese in der Retorte mit der Nährflüssigkeit intensiver Strahlung ausgesetzt. Sie teilte sich rasch, bildete bald Millionen weiterer Zellen. Als hundert Millionen erreicht waren, stoppte man das erste Stadium ab, entnahm aus dem Mittelpunkt des Zellhaufens eine neue Zelle, ließ diese sich fünfzigmillionenmal teilen und entnahm dem neuen Zellhaufen eine dritte Zelle.

Dr. Boulanger hoffte, daß sich die schizoide Erbinformation in der dritten Erneuerung verloren hatte. In diesem dritten Stadium wurde die Energiezufuhr nicht mehr abgestoppt. Alles lief planmäßig und exakt. Am vierten Tag war der Embryo, am fünften der Fötus voll ausgebildet. Es entstand vor den Augen der Wissenschaftler ein kleiner Mensch, der unter Zufuhr hochkonzentrierter Nährflüssigkeit wuchs und heranwuchs und schließlich als kleines Mädchen genauso aussah, wie ich (Pournoy) Janine in Erinnerung hatte, so daß mir das Herz zu klopfen begann. Obwohl es sich hier um ein zwar sensationelles, aber doch streng wissenschaftliches Experiment handelte, beschlich mich alsbald ein Gefühl, als geschähe hier Unrecht, denn dieser Mädchenkörper begann innerhalb einer Woche tatsächlich zu erblühen; es bildeten sich alle weiblichen Merkmale in einer Vollendung aus, die meine Empfindungen, einmal für Janine, zum anderen für die Harmonie von Konturen, geradezu erbeben ließ. Niemals zuvor hat ›ein menschliches Auge‹, wie es so schön heißt, ähnliches geschaut. Zeitrafferaufnahmen, wie sie seit Erfindung des Films beliebt sind, vermitteln nur einen schwachen Abglanz, eine geringe Ahnung von dem, was sich in dem mit allen notwendigen Einrichtungen versehenen ›Schneewittchensarg‹ abspielte, wie wir den Glasbehälter spontan nannten. Diese Janine aus der dritten Zellengeneration entwickelte sich wie eine Pflanze, die Blätter, endlich Knospen, schließlich Blüten in absoluter Herrlichkeit entfaltete. Professor R. sprach unser aller Empfinden aus, als er sagte, eigentlich müßten wir niederknien, vor dem, ›was hier geschieht, vor dieser Offenbarung der Natur in all ihrer Perfektion‹, Perfektion! Dies war ein weiblicher Körper in Perfektion. Unser Computer registrierte unablässig die Maße – sie entsprechen dem Goldenen Schnitt in einer Weise, wie wohl noch nie ein Körper diesem Ideal entsprochen hat.

In der zehnten Woche verminderten wir die Strahlung. Der Organismus begann sich in eigenem Rhythmus zu fassen. Die Computerdaten signalisierten, daß sich die natürliche Normalität einpendelte. Dr. Boulanger geriet in höchste Erregung. Denn der weitere, exakt geplante und festgelegte Verlauf des Experiments legte nämlich zwei Stationen fest: 1. die Gewöhnung des Körpers an zuerst flüssige, oral gegebene, sodann feste Nahrung, natürlich weiterhin unterstützt durch Infusionen in Form deponierter Kapseln (unter der Haut des rechten Arms mit Zugang zur Vene), und 2. die Ausbildung eines Gehirns, das zwar durch apparategesteuerte Bewegungen der Extremitäten und anderer körperlicher Funktionen den Körper kontrollierte, aber sonst absolut ungebildet und auch unverbildet war. Das von Professor S. (einem Pädagogen, der sich auf intelligente, also aktive Computerprogramme spezialisiert hatte) vorgesehene Lehrprogramm würde innerhalb weniger (zwei bis fünf) Wochen erweisen, ob die Möglichkeiten des Kopfes dem untadeligen Körper Janines entsprachen, kurz, ob sie geistig gesund war. Zuvor aber galt es, gemäß unseren selbstgegebenen Statuten eine weitere, nicht weniger wichtige Frage zu klären, nämlich die des Eigentums. Man war allgemein der Überzeugung, daß Janine deux (zwei), wie wir sie nannten, eine Tochter der Gruppe sei, ähnlich wie man in früheren Zeiten eine ›Tochter des Regiments‹ kannte, aber ich konnte mit Unterstützung Notar Graveurs klar darlegen, daß allein ich über sie zu verfügen hatte. Gemäß Punkt 2 der Statuten war die gezüchtete Janine deux ein Individuum ohne rechtlich relevante Stellung und galt als Sache. Schließlich gehörte das gezüchtete Individuum dem, aus dessen Zelle es hervorgezüchtet wurde, also der geistesgestörten Janine. Da aber diese unter Vormundschaft stand, und zwar, wie Notar Graveur bewies, unter meiner rechtlich unbezweifelbaren Vormundschaft, verwaltete ich allein die ihr gehörige Sache Janine deux.

Den wenigsten der Gelehrten behagte diese Rechtslage, und da ich Verstimmungen vorbeugen mußte, die dem Fortschritt unserer für die Menschheit wichtigen Aufgabe nur geschadet hätten, schlug ich vor, in Sachen Janine deux nach exakter Prüfung ihrer geistigen Funktionstüchtigkeit so rasch wie möglich den Beschluß zu ihrer Menschwerdung gemäß Punkt 1 des Statuts zu fassen, der bekanntlich einstimmig zu erfolgen hat.

Professor S. bestimmte für Janine deux eine ständige Betreuerin, nicht etwa eine Lehrerin aus Paris, vielmehr eine Polynesierin. Das zeugt von der hohen Qualifikation des Pädagogen: Dieses zwar in der Retorte herangebildete, aber in seiner Ausbildung höchst natürliche Kind konnte nur von einem dem Natürlichen ebenfalls noch nahestehenden weiblichen Wesen betreut werden. Dennoch erhielt sie gleich von Anfang an europäische Kleidung, und sie trug sie – erste Äußerungen ihres Verständnisses zur Umwelt – mit sichtlichem Vergnügen.

Die These, daß das Gehirn eines Neugeborenen besonders aufnahmefähig sei für äußere Eindrücke, bestätigte sich bei Janine deux auf ganz entschiedene Weise. Sie besaß ein voll ausgebildetes, ausgewachsenes Gehirn und eignete sich damit in höchster Geschwindigkeit an, was ihr von Professor S. geboten wurde. In weniger als zehn Tagen vermochte sie zu sprechen, wenn auch ihr Sprachschatz kaum hundert Worte umfaßte. Sie sprach anfänglich wie ein in der fremden Sprache wenig geübter Ausländer, eben unter fast ausschließlicher Verwendung von Hauptwörtern ohne die Artikel, konnte sich jedoch in unserem Sprachstudio mit Hilfe der die Lücken sinngemäß füllenden Computerelektronik in höchstem Maße vernünftig verständigen. ›Sie hat‹, so erläuterte es uns Professor S. nach Ablauf von vierzehn Tagen, ›den Wissensstand einer Sechsjährigen bereits erreicht. Irgendwelche Anzeichen eines geistigen Defekts sind nicht erkennbar!

Nach drei Wochen wurde Janine deux geistig als zehn, nach fünf Wochen als vierzehn, nach einem Vierteljahr als ihrem Alter gemäß eingestuft, das nach Öffnung des ›Schneewittchensargs‹ auf zwanzig Jahre festgelegt worden war). Eigentümlicherweise stellte sich nun erst bei ihr die typischste aller weiblichen Funktionen ein, nämlich die Periode, über die sie in höchste Aufregung geriet, bis ihr ihre Betreuerin, die Polynesierin, die Natürlichkeit des Vorgangs plausibel zu machen vermochte.

Das war, wie Dr. Boulanger erläuterte, die erste wirklich kritische Situation. Er befürchtete, daß – wenn die schizoide Anlage dazu durch die dreifache Selektion der Zelle doch nicht ganz gelöscht sei – sie nun jederzeit zum Durchbruch kommen könne. Da sich Janine deux jedoch, seit sie die Retorte verlassen hatte, so normal und langsam weiterentwickelte wie jeder Mensch ihres Alters, erfolgte ›um uns selbst nicht verrückt zu machen‹, wie es Notar Graveur in seiner unmittelbaren Art ausdrückte, die ›Legitimisierung ihrer Existenz‹. In einstimmigem Beschluß wurde Janine deux als Mensch und gleichzeitig als volljährig anerkannt. Sie wurde allerdings verpflichtet, ihr Studium bei Professor S. fortzusetzen. Interessant war ihre Reaktion, als wir sie zum ersten Mal mit Janine Rosée zusammenbrachten. Das geschah erstens, um den Grad der äußeren Ähnlichkeit zwischen beiden exakt messen zu können, zum anderen aus purer Neugier. Janine deux näherte sich jenem Wesen, aus dessen Zelle sie stammte, wenn auch über drei Stadien hinweg. Sie deutete auf Janine Rosée und sagte: ›Das – ich?‹ Dann legte sie in herzgewinnender Zärtlichkeit ihren Arm um Janine Rosées Schulter, und diese schmiegte sich an ihre ›Zellentochter‹, als fände sie nur hier Schutz vor den bedrängenden schlimmen Visionen.

Diese Geste wies Janine deux in ihre Funktion. Dr. Boulanger nahm sie als Assistentin mit der Aufgabe, Janine Rosée zu betreuen, und sie tat es mit viel Hingabe. Das entband uns darüber hinaus der hin und wieder geäußerten Frage, was nach Abschluß und günstigem Verlauf des Experiments mit Janine Rosée zu geschehen habe. Einige der Professoren waren der Meinung, daß die ›bessere Kopie das schlechtere Original‹ eigentlich überflüssig mache. Die Mehrheit jedoch sah darin keine Legitimation eines etwaigen ›Zerbrechens der Form‹, ja, sie erkannte im Original die Dominanz, auch vom wissenschaftlichen Standpunkt aus, eben als Demonstrationsobjekt. Janine Rosée gehörte vollgültig in den Gesamtrahmen des Experiments, aus dem Janine deux hervorgegangen war ...

Im Klartext bedeutet dies doch, daß man sich, wenn auch in der Minderheit, durchaus mit dem Gedanken trug, die verrückte Janine Rosée zu beseitigen, aus der man eine normale gewonnen hatte. So unmenschlich sich das ausnimmt, so war es doch eine logische Vorstufe für die weiteren Unternehmungen der Gruppe, wenn auch (wie häufig) in paradoxer Form. Pournoy verfällt erneut dem pseudowissenschaftlichen Kauderwelsch, von dem ich Sie ja soweit wie irgend möglich bewahren möchte. Die Wissenschaftler erlebten beim Anblick von Janine deux unablässig eine Art Euphorie. Es trat ein, was auf der Hand lag: Jeder spielte mit dem Gedanken, sich selbst in einem Duplikat zu bestätigen, natürlich in nur einem direkten Stadium, denn man war von seiner eigenen, wertvollen und unverwechselbaren Erbsubstanz überzeugt. Notar Graveur unterband jedoch auf der Stelle Schritte in dieser Richtung. Er wies auf die nicht nur rechtlichen, auch psychischen Gefahren hin, die in der schließlichen Verdoppelung der Gruppe bei höchster Identität lag. Man müsse, so der Notar, zuvor die Konsequenzen nicht nur durchdenken, sie vielmehr, wie das Beispiel Janine deux bewiesen habe, exakt rechtlich und unangreifbar schriftlich niederlegen. »Was – beispielsweise (so Graveur) wenn sich das Duplikat intelligenter erweist als das Original?« – usw. Mittlerweile war etwas eingetreten, was der Forschungsplan zwar ebenfalls vorsah, was man aber nicht in dieser biologischen Konsequenz erwartet hatte. Bei der ›Belebung toter Moleküle‹ arbeitete man vorwiegend mit Stahl. Es war gelungen, Laserstrahlung so zu bündeln, daß sie hochkonzentriert in ein Stahlmolekül eindringen konnte. Man rechnete damit, daß ›das Modell‹ (man arbeitete mit einer handgroßen auf Amaranda vorkommenden Echse) die Durchdringung nicht überleben würde. Alle Körperflüssigkeit verschwand, aber eigentümlicherweise so, daß das Gewebe, auch etwa die Adern, unbeschadet blieb. Man erhielt eine Mumie, die einem entleerten, aber stabilen biologischen Behälter glich, wobei die Adern bis zu den winzigsten Verzweigungen offen waren. Als Pournoy zum ersten Mal eine solche ›entleerte‹ Echse in der Hand hielt, wurde er an sein ›Krokodil an silberner Schnur‹ erinnert, an die unendliche Mühe, die er für diese Plastik hatte aufwenden müssen, ohne sie auch nur entfernt derart authentisch zustande zu bringen. Er experimentierte mit der Mumie, versuchte sie mit Hilfe elektronischer Manipulationen ›zum Leben zu erwecken‹, scheiterte aber an der merkwürdigen Unbeweglichkeit der Gelenke.

Was damit zusammenzuhängen schien, daß die Muskeln des Tiers in jener Kontraktion verharrten, in der sie vom hochenergetischen Laser durchschossen worden waren. Eine Sektion mehrerer auf diese Weise behandelter Echsen hatte Ergebnisse zu Tage gefördert, die den Wissenschaftlern Rätsel aufgaben. Man konnte das Gewebe ohne Mühe durchschneiden. Dem Skalpell setzte sich nicht mehr Widerstand entgegen, als das bei einer lebenden (vorher betäubten) Echse gleicher Art der Fall war. Man »schnitt in lebendes Fleisch, das jedoch ohne Blut die Adern wie unter Einwirkung eingeblasener Luft geöffnet hielt«.

Auch verwesten die Tiere nicht. Sosehr man sie feuchter Wärme aussetzte, was bei dem milden Klima Amarandas keine Mühe machte, und einen vermuteten Zersetzungsprozeß noch mit der Zufuhr von Sauerstoff zu fördern gedachte – die Echsen blieben unversehrt. Offenbar hatten sie sich in einen Zustand konserviert, der die Zerstörung ihres Fleisches für immer verhinderte. Einige der Gelehrten (so Pournoy in seinem Bericht) wiesen auf den ›höchst lebendigen Blick‹ in den Augen hin, was andere jedoch als subjektive Wunschvorstellung kritisierten, die nichts mit exakter, meßbarer Forschung zu tun habe. Notar Graveur und Dr. Boulanger schworen offenbar auf diesen ›lebendigen Blick‹; sie gaben ihren Eindruck zu Protokoll und bestanden darauf, daß die Passage auch wirklich aufgenommen wurde. »Ich selbst«, so Jean

Pournoy, »enthielt mich einer Entscheidung in dieser Kontroverse, hatte ich doch meinerseits zu viel mit Täuschungen gearbeitet (zum Beispiel meine Erfindung des gallertartigen, beweglichen Glases). Es widerstrebte mir einfach, von mir aus etwas in die Echsenmumie hineinzudenken. Das hinderte mich jedoch nicht, über Möglichkeiten der Beweglichmachung von Muskeln und Gelenke weiter nachzugrübeln, was die Augenmuskulatur selbstverständlich einschloß.«

Wer auf die Idee kam, die bei der Laserdurchschießung der Echsen auftretende Verdampfung (»wohl des Blutes und der übrigen Körperflüssigkeit«, so Pournoy), die über eine Belüftung in der Stahlkammer abzog, abzufangen und ebenfalls zu untersuchen, wird in dem Bericht nicht gesagt. Zwar laufen wissenschaftliche Experimente geradlinig nach dem vorgegebenen Plan, doch werden unerwartete Reaktionen, auch wenn sie nebensächlich erscheinen, immer sogleich an rasch gebildete ›Nebengruppen‹ delegiert. Offenbar ging der Auftrag zur Untersuchung der Verdampfung vom Computer aus, der – vorprogrammiert – mit allen Daten des Experiments gefüttert wurde. Keine moderne Forschung verzichtet auf eine Computerbegleitung dieser Art, nicht nur als Kontroll –, vielmehr auch als ›Mitdenkmechanismus‹: Der in den Grenzen des Forschungsablaufs eingezwängte Wissenschaftler muß sich mit seiner ganzen dynamischen Intelligenz auf das Forschungsziel konzentrieren, was naturgemäß den Effekt haben kann, daß er vielleicht wichtige, zu hervorragenden Ergebnissen führende Wege nicht bemerkt. Man fing also die Verdampfung ab und merkte, daß sich das Gas rasch als gallertartige Flüssigkeit absetzte. Bei Erwärmung über 35 Grad verdampfte sie wiederum zu Gas und zwar im Volumen außerordentlich stark erweitert. Die weiteren Versuche ergaben sich wie von selbst. Man injizierte unter mäßigem Druck das Gas einer der mumifizierten Echsen. Die Muskelstarre löste sich; das Tier geriet in konvulsivische Zuckungen – und starb. Es starb den ›gewöhnlichen Tod mit allen Folgeerscheinungen, nämlich Zersetzung und Verwesung‹. Im Grunde war man enttäuscht. Man hatte gehofft, in dem Gas, in der Verdampfung an den ›Lebensstoff‹ heranzukommen, und glaubte sich schon am Ziel, als die Echse tatsächlich kurzzeitig zu leben begann. Ihre weitere Reaktion, besonders die wilden Zuckungen, schienen vielmehr auf eine Art Gift zu deuten, bis Professor C. (ein Däne) dem Phänomen auf den Grund kam. Man hatte der Versuchsechse die Verdampfung einer anderen Echse injiziert, und gegen dieses Gas setzte sich der Abwehrmechanismus im Körper der injizierten Echse zur Wehr; das Gas war ein Fremdkörper, und zwar von der entschiedensten Art. So wiederholte man den Versuch und nahm die körpereigene Verdampfung, die man der identischen Echse zuführte. Was sich nun vor den Augen der staunenden Wissenschaftler ereignete, wird von Pournoy, der hier den Forschungsbericht des Experiments in seinen eigenen Bericht einfügt, recht nüchtern geschildert: „Die Echse zuckte zuerst ein wenig mit dem Schwanz, öffnete dann ihre Augen und huschte, als habe man sie lediglich im Schlaf überrascht, in die äußerste Ecke ihres Auslaufs. Sie lebte, und sie zeigte äußerlich alle natürlichen Lebensreaktionen, die jedoch innerhalb weniger Minuten wieder abklangen. Der frühere Zustand stellte sich ein. An der Injektionsstelle setzte sich gallertartige Flüssigkeit ab.«

So zurückhaltend Wissenschaftler auch die wunderbarsten Forschungserfolge selbst beurteilen – hier gab es keinen Zweifel. An Hand der im hochenergetischen Laser konservierten Echsenkörper konnte bewiesen werden, daß der ›Lebensstoff‹ in den körpereigenen Säften zu suchen ist. Das injizierte Gas, das sich unter leichtem Druck in dem kleinen adergeöffneten Körper der Echse rasch und entschieden verbreitete, löste die Starre der Muskeln, weckte das Tier aus seinem scheintotenähnlichen Zustand, gab ihm sein Bewußtsein zurück, was so lange dauerte, bis die Temperatur absank, das Gas sich im Gegendruck am Injektionspunkt wieder niederschlug.

Allein dieses Ergebnis rechtfertigte alle materiellen und ideellen Anstrengungen. Der teure Bau des Zyklotrons und der mit ihm verbundenen energiezuführenden weiteren Baulichkeiten hatte sich gelohnt. Der Menschheit war ein Dienst geleistet worden, wie er gar nicht hoch genug bewertet werden konnte. Eine Veröffentlichung, die Demonstration des Versuchs vor den Wissenschaftlern dieser Erde hätten sich wohl entscheidend und umwälzend auch in moralisch-ethischer Hinsicht ausgewirkt. Die Entdeckung eines Lebensstoffs oder *des* Lebensstoffs wäre nicht ohne Einfluß auf die weitere Entwicklung des menschlichen Zusammenlebens geblieben. Aber man verzichtete auf jede Veröffentlichung. Pournoy nennt keine Gründe. Es ist jedoch ganz und gar unvorstellbar, daß sich alle beteiligten Wissenschaftler mit dieser Zurück- oder gar Geheimhaltung einverstanden erklären konnten. Zum ersten Mal spürt man: Irgendwo sitzt eine mächtige, herrschende und beherrschende Machtzentrale, eine vielleicht den Wissenschaftlern selbst unbekannte Führungsgruppe, die das steuert, was auf Amaranda geschah und heute geschieht. Sie steuert geschickt. Perfekt möchte man sagen. Und sie steuert mit Mitteln, die höchst wirksam sind. Längst wissen wir, daß die Drohung, die Angst vor Repressalien, die brutale Gewalt keine wirksamen oder auf die Dauer wirksamen Mittel sind, das freie Denken und Wollen auszuschalten. Das geht nur mit Hilfe der Verführung.

Amaranda, die Südseeinsel, war ein Paradies. Es wurde an nichts gespart, um den Wissenschaftlern und den übrigen Beschäftigten das Leben so paradiesisch wie irgend möglich zu machen.

Alle verklemmten Voreingenommenheiten waren außer Kraft gesetzt. Es gab keine Einschränkungen etwa aus Gründen der Moral. Pournoy singt in seinem Bericht eine wahre Hymne auf diesen Zustand. »Jeder darf sich so bewegen, wie er will, nackt, nicht nackt – die meisten also nackt oder halbnackt. Man würde herzlich etwa über eine Badehose, einen Bikini am Strand oder im beheizten Schwimmbad lachen. Unsere Polynesierinnen haben nur dann etwas an, wenn es die weibliche Natur erfordert. Jeder der auf Amaranda Lebenden hat das Recht, rückhaltlos seine Wünsche zur Föderung seines Wohlbehagens zu äußern.« Einige dieser Wünsche richteten sich zum Beispiel auf Janine deux. Da sie – abgesehen von Janine Rosée – in nur einem Exemplar verfügbar war, forderte man weitere. Das geschah, so daß Janine trois, quatre, cinq und six entstanden. Alsbald jedoch stellte sich heraus, daß weitere Kopien, auch wenn die Zellen dazu von Janine deux genommen wurden, eine eigentümlich geistige Passivität aufwiesen, derart, daß sie keinerlei Reiz mehr auf die Wünsche der Männer auszuüben vermochten. Sie taten alles, was man von ihnen verlangte. Die bereits auffällige Fügsamkeit von Janine deux, die selten zum Widerspruch neigte, hatte sich bei den übrigen Kopien nur noch verstärkt.

Nach Pournoy gibt es auf Amaranda auch tiefergehende Männerfreundschaften, die ebenso toleriert werden, wie alles was sonst an erfüllbaren Wünschen realisiert wird. Das wichtigste für die Wissenschaftler ist wohl, daß sie sich frei und ohne Einschränkung materieller Natur zu entfalten vermögen, und vielleicht denkt mancher, man werde zur rechten Zeit einem Mißbrauch der Forschungsergebnisse einen Riegel vorschieben können. Welch unsinnige Hoffnungen! Dazu verpflichtet, alles, aber auch alles, was man erforschte in einen der Computer rückhaltlos einzufüttern, kam denn auch recht bald das Phänomen der Fügsamkeit bei den Janine-Kopien in jene Schaltzentrale, die unmißverständlich obligatorische ›Anregungen‹ für den weiteren, erwünschten Verlauf der Projekte gab. Diese Anregungen sind so geschickt formuliert, daß sie im eigentlichen den Wünschen der dynamisch vorwärtsdrängenden Wissenschaftler zu entsprechen scheinen.

Was nun die Projizierung der Echsen-Individualität in ein Stahlmolekül mit Hilfe eines durch Bündelung zu größter Intensität verstärkten Lasers anlangt, so brachte diese Versuchsreihe nicht weniger rasch den angestrebten Erfolg. Allerdings mußte ein erster Versuch vorzeitig abgebrochen werden, weil sich die ›Stahlechse‹ zu rasch und zu groß dimensioniert entwickelte. Die verfügbare ›rote Erde‹ (Eisenoxid) hätte einmal zur Fortführung dieses der Kontrolle eigentlich entglittenen Experiments nicht ausgereicht, zum anderen wußte man nicht, wie man eine zu erwartende Aggression des stählernen Ungeheuers abwehren könne. Erst beim dritten Versuch, bei dem man die Folgebestrahlung auf das richtige Maß einjustierte, reproduzierte das Stahlmolekül die Echse in natürlicher Größe, also etwa handgroß. Hier bricht Pournoys Bericht abrupt ab. Wir erfahren nicht mehr von ihm, was man außer der Echse noch alles in Stahlmoleküle projizierte. Wir erfahren es nicht in seinen Worten. Wir erfahren es jedoch einmal in dem, was der Bericht an technologischen Einzelheiten enthält (die ich Ihnen ersparte, die aber den zuständigen Gremien von mir zugeleitet wurden), zum anderen aus dem, was Pournoy tat, als er merkte, daß man ihm mißtraute. Im Klartext: Aus Pournoys Bericht, aus der Zusendung seines eigenen Körpers als Ausstellungsstück, meiner Begegnung mit einer seiner Kopien auf dem Tampa Airport (zusammmen mit Mrs. Mabel) und den legitimen eigenen Schlußfolgerungen ergibt sich ein Bild monströser Ungeheuerlichkeit, das ich Ihnen nun entwickeln möchte. Dabei appelliere ich an Ihre von mir doch einigermaßen ›geweckte Auffassungsgabe‹. Ich habe Sie auf dieser langen, häufig technologisch komplizierten Reise, ziemlich strapaziert. Das geschah nicht ohne Absicht. Sie wissen mehr als jene, die nicht mit mir gegangen sind. Sie wissen auch im Unterbewußtsein mehr. Es hat sich einiges in Ihrem Gehirn festgehakt, was daraus nicht mehr zu entfernen ist. Aber Sie haben nicht nur mit Ihrem Gehirn, auch mit Ihrem Gefühl, vielleicht mit Ihrem Herzen einiges aufgenommen. Sie sind prädestiniert, meine Schlußfolgerungen in ihrer Logik aufzunehmen und zu den Ihren zu machen. Auf Sie, als meinen Leser, setze ich meine entschiedene Hoffnung. Während die Wissenschaft zu allem schweigt, einmal weil sie das alles für »Phantasterei« hält, »wie man sie heutzutage als Dutzendware produziert« (so Professor Dr. Dr. Erskenbach, der bekannte Genealoge), oder einfach keine Kenntnis nimmt, die Politik sich günstigenfalls bei der Wissenschaft erkundigt, »was es damit auf sich hat«, und von ihr entsprechend beruhigt wird, stellen Sie ein Potential dar, das man nicht ignorieren kann. Jede Regierungsform, gleichgültig wie man sie einschätzt, reagiert auf Strömungen innerhalb der Bevölkerung. Sorgen Sie also dafür, daß man sich ernsthaft mit Amaranda beschäftigt. Noch ist es vielleicht nicht zu spät. Gewiß, die Insel wird sich mit Hilfe der stählernen Biologie befestigt haben. Ebenso gewiß jedoch ist, daß im gegenwärtigen Stadium ein konzentrierter Angriff mit allen zur Verfügung stehenden Möglichkeiten, wie sie die moderne, wenn auch konventionelle Waffentechnik kennt, einige Aussicht auf Erfolg hat.

Was geschieht wirklich auf Amaranda?

Alle Fakten lassen nur diese Deutung zu:

Man hat dort längst jede wie immer geartete ethisch bestimmte und auf die allgemeinen Moralgrundsätze gegründete Forschung aufgegeben. Das eigentliche Ziel ist das Überleben einer Gruppe zuungunsten der übrigen Erdbevölkerung. Eingedenk der rapiden Vermehrung der Menschheit im Unterbau der gewaltigen Intelligenzpyramide und der damit verbundenen verheerenden Folgen für den Planeten Erde, erstrebt man zwei Effekte, nämlich einmal die gewaltsame Reduzierung der Individuen, zum andern den Neuaufbau von Rohstoffreserven für die Überlebenden mit Hilfe biologisch angeregter ›Metallbanken‹, von denen aus entsprechende ›Farmen‹ beliefert werden (Eisen-, Kupfer-, Zinn-, sicherlich auch Öl- und andere Farmen), Farmen, die auf jeweils biologisch günstigen Böden angelegt sind (für Eisen z. B. Oxidböden).

Pournoys Bericht gibt über den gegenwärtigen Stand der Forschungsarbeit auf Amaranda einige Auskunft. Wir wissen, daß mit Hilfe hochenergetischen Lasers Metallmoleküle biologisch gemacht, zu ›Zellen‹ umgewandelt und zur Zellteilung angeregt werden können. Es ist möglich (Echsen!), die Zellteilung mit Hilfe einprogrammierter Leitbilder subjektiv zu beeinflussen.

Wir wissen weiterhin, daß es wiederum mit Energiestrahlung gelungen ist, lebende Zellen in kürzester Frist zur Reproduktion der in ihnen enthaltenen Information (Janine!) zu bringen. Die Reproduktion eines Menschen bis hin zum Erwachsenen benötigt nur wenige Wochen.

Wieso aber stellt man Menschen künstlich her, wo doch auf rein natürlichem Wege viel zuviel produziert wird? Dieses paradoxe Phänomen, sicherlich einige Zeit höchstens als interessantes Nebenprodukt der Molekülforschung beurteilt, gewann in dem Augenblick ausschlaggebende Bedeutung für die sicherlich im Hintergrund agierende anonyme Machtgruppe, als sich herausstellte, daß die Kopien eine höchst eigentümliche Beeinflußbarkeit in ihren Willensäußerungen zeigten. Mit anderen Worten: Janine deux, trois, quatre, cinq, sie gehorchen gerne und willig und führen sicherlich ebenso gerne und willig alle Anordnungen aus, die man ihnen gibt. Höchstwahrscheinlich, so wird man – weil zwangsläufig – gefolgert haben, erweisen sich Zellreproduktionen der dritten, vierten, fünften Generation noch weitaus williger, fügsamer, folgsamer.

Mrs. Mabels und meine Begegnung mit einer von mehreren Pournoy-Kopien im VIP-Aufenthaltsraum von Tampa Airport enthüllte zum einen, wie weitgehend und nachhaltig derartige Individuen von einer willensstarken Persönlichkeit in Langzeitprogrammierung versetzt werden können, so daß sie ihre Aufträge selbständig ausführen, zum anderen, wie entschieden sie darüber hinaus auf jede Willensäußerung reagieren, selbst während einer normalen Unterhaltung. Sie sind ganz ausschließlich Geschöpfe willensstarker Führung; sie führen kritiklos alle Anordnungen aus, die ihnen von autoritativen Persönlichkeiten gegeben werden. Sie zeigen nur dann Schwächen, wenn sie – etwa während ihres Auftrags – auf eine ähnlich starke autoritative Persönlichkeit treffen.

In Pournoys Bericht sind Andeutungen von größter Wichtigkeit, etwa jene, die vom Wunsch der Wissenschaftler erzählt, sich ebenfalls wenigstens in einem Exemplar reproduziert zu sehen, und schließlich diese, daß jeder der auf Amaranda Beschäftigten Hoffnung haben durfte, daß ihm alle Wünsche erfüllt und befriedigt werden.

Wir wissen außerdem, wie sehr Notar Graveur die motorische, vorwärtstreibende, energiegeladene Figur auf Amaranda ist und welche Verbindungen er während seines Berufslebens in Paris aufbauen konnte. Wenn wir ihn als Schlüsselfigur ansehen, als jenen, der das Verbindungsglied zur anonymen, bestimmenden Machtgruppe darstellt, so können wir uns das aderngefrierende Mosaik über das, was Amaranda in Wirklichkeit darstellt, ohne größere Mühe zusammenfügen.

Erstens: Der Wunsch, besonders der Wissenschaftler, eine durch identische Zellteilung wachsende Kopie von sich selbst zu erhalten, was Graveur, wie wir erfahren haben, anfänglich ablehnte, wird nun doch erfüllt. Diese Kopien stellen Individuen von hoher Intelligenzbereitschaft dar, die im Nu (siehe Janine deux!) ihre ›jungfräulichen‹ Ganglien mit allem Wissensstoff ihrer Originale zu füllen und darüber hinaus (da sicherlich jünger gehalten) ohne Mühe weiteren Wissensstoff anzuhäufen in der Lage sind. Was jedoch das wichtigste ist: Sie sind fügsam. Sie kennen keine Skrupel, weil Skrupel dynamischen Quellen entspringen. Die Kopien jedoch sind ohne eigene Dynamik. Sie müssen geführt werden, und sie lassen sich führen.

Zweitens: Man wird nicht sämtliche Wissenschaftler ausgeschaltet und an ihre Stelle eine Kopie von ihnen gesetzt haben. Vielleicht leben sie noch alle, alle – mit Ausnahme des Künstlers Pournoy, der in seinem Grab in einem Zustand zwischen Leben und Tod und absolut ohne Bewußtsein in die Ewigkeit hinüberdämmert. Die Machtgruppe, und in ihrem Auftrag Notar Graveur, mußte auf jeden Fall ein Exempel statuieren. Wenigstens einmal, höchstwahrscheinlich jedoch mehrere Male mußte sie beweisen, daß sie auf Amaranda die Macht tatsächlich ausübt.

Ständig die eigene Kopie im Nacken, das Schicksal Pournoys und möglicherweise auch einiger Professoren vor Augen, schließt die Möglichkeit, auf Amaranda ein paradiesisches Leben voller Wunscherfüllung weiterzuführen, das ist der Boden – wahrhaftig –, auf dem mit Hilfe einer hervorragenden Technologie alles, aber auch alles gedeiht!

Drittens: Pournoy. Er wird, vielleicht von Notar Graveur, vielleicht auch über Dr. Boulanger das wahre Ziel der Forschungsarbeiten auf Amaranda erfahren und dagegen protestiert haben. Daß auch er aus seinen künstlerischen Ambitionen heraus der ›Kopie von sich selbst‹ kaum widerstehen konnte, dürfen wir voraussetzen. Er kannte alle Forschungsergebnisse, auch jene, die mit der identischen Zellteilung zusammenhingen, wußte also auch vom rapiden Nachlassen der Willenskraft als auffälligstem Unterscheidungsphänomen. Willensstarke Menschen fühlen sich stets zu willensschwachen hingezogen. Ich habe Pournoy gekannt. Ich weiß, wie emotional er reagiert. Dem Zauber des eigenen, vom Äußeren her identischen Bildes – ihm mußte dieser sensible Künstler auf der Stelle verfallen. Pournoy deux – darin sah er ein zweites, heimlich sogar ersehntes Ich, ein besseres, weil vom Wesen her anschmiegsameres Ich.

Und dieser Bruder, dieser ihm so identische Freund sollte vernichtet werden!

Viertens: Pournoy deux. Es gibt eine weitere Bemerkung in Pournoys Bericht, die ich mit Absicht nicht erwähnte, weil sie Ihnen (wie auch mir anfangs) völlig unverständlich geblieben wäre. Sie ist auf Seite 49, also fast am Schluß, auf den Rand hingekritzelt und lautet: »Wer uns den Freund nimmt, wer ihn uns tötet, tötet uns mit, Aubert.« Ein Zitat also. Ein Zitat eines gewissen Aubert. Es ist mir trotz vielfältigen Bemühens nicht gelungen, einen Aubert und dieses Zitat in der Literaturgeschichte, auch der jüngsten, aufzustöbern. Bisher habe ich mich aus verständlichen Gründen gescheut, die sich nicht nur aufdrängende, vielmehr im Beispiel der Echse auch belegte unerhörte Methode dieses wissenschaftlichen Gremiums auf Amaranda exakt und unbemäntelt aufzuzeigen.

Von der kaltblütigen Echse über warmblütige für Polynesien typische langschwänzige Hunde führt der Weg gradlinig zum Menschen. Man scheute sich, etwa Eingeborene einzufangen, um sie dem Bombardement des gebündelten Lasers auszusetzen. Was da mit ihnen geschehen würde, wußte man: Sie würden ›ausglühen‹ zu biologischen Hülsen, nur sporadisch wiederbelebbar mit Hilfe des in der Phiole aufgefangenen ›Lebensgases‹. Aber man mußte diesen Schritt tun. Infolgedessen verfiel man auf die Idee, jene Individuen zu benutzen, die man sich ›in der Retorte‹ und in beliebiger Anzahl aus Zellen unter hochenergetischer Strahleneinwirkung heranzüchten konnte. Als erstes Individuum dieser Art stand vor allen anderen Pournoy deux zur Debatte. Warum?

Entstanden aus einer Zelle Pournoys, war er nach den Satzungen Amarandas solange kein Mensch, bis er nicht einstimmig dazu ernannt wurde. Das waren sicherlich auch die übrigen Kopien, jene der Wissenschaftler, der Professoren. Aber im Gegensatz zu diesen stellte Pournoy deux kein Wissenspotential dar. Sein Gehirn reagierte, eben weil es das Gehirn Pournoys kopierte, weniger auf Wissensanhäufung als vielmehr auf künstlerische Intuitionen. Solche waren auf Amaranda überflüssig. Er, die ›Sache‹, mußte für den wichtigsten Schritt des Forschungsvorhabens überhaupt aufgeopfert werden. Man würde ihn also als energetisches Bild in ein

Stahlmolekül hineinprojizieren, wie man das mit den Echsen und – vermutlich – mit einigen Hunden vorher getan hatte.

Pournoy bestand auf seinem Privateigentum, das er – der Zellspender – an Pournoy deux geltend machte. Er wird nicht nur gegen die Verwendung seiner Kopie in einem derart schrecklichen Experiment, er wird generell gegen diesen Schritt im Forschungsplan protestiert haben. Unzweifelhaft stand er mit diesem Protest auch nicht allein. Ich bin überzeugt, daß die anonyme Machtgruppe ihr Ziel auf Grund des drohenden Aufstandes der Wissenschaftler aufs höchste gefährdet sah. Notar Graveur allein mag der Mann gewesen sein, der die kritische Lage meistern konnte. Auf ihn müssen wir deuten, wenn wir ›den Kopf‹ suchen, der den teuflischen Plan ausheckte, nicht nur Pournoy gegen seine Kopie, gegen Pournoy deux, auszuwechseln, nein, auch ein für alle sichtbares, dauerhaftes Exempel zu statuieren. Man brachte Jean Pournoy in das Zyklotron, durchschoß ihn mit dem hochkonzentrierten Laserbündel und projizierte so seine Individualität in ein Stahlmolekül, damit es sich darin nach seinem Ebenbild verwirklichte.

Man fing seine Verdampfung in der Phiole auf, brachte die sich schließlich am Boden absetzende gallertartige Flüssigkeit in den von Professor Dr. T. in der Anatomie und in Pournoys Körper entdeckten ›Impulsgeber‹, in jene elektronisch gesteuerte, das Pulver mit Hilfe von Wärme wieder in seinen gasförmigen Zustand versetzende kleine Pumpe.

Was mir am meisten Sorge macht, ist die Unverfrorenheit, mit der man mir Pournoy schließlich zuschickte: Wissenschaftliche Eitelkeit mag da eine Rolle gespielt haben, ein Hang zur Lust am Makabren; vor allem jedoch – man hatte ihn als Menetekel nicht mehr nötig. Die

Integration der Beteiligten in das Forschungsvorhaben war voll geglückt. Daß man mir auch Pournoys Bericht mit Pournoy deux als Überbringer zukommen ließ, läßt mich das Schlimmste befürchten. Hat man das wissenschaftlich hochgesteckte Ziel schon erreicht? Offenbar produziert man bereits eine ganze Armee stählerner, höchst willfähriger und mit Hilfe von Elektronik sicherlich auch von Dritten unbeeinflußbarer Soldaten. Oder man schafft stählerne Ungetüme, turmhohe, unverwundbare Ungeheuer – denn auch davon, auch von dieser biologisch-technologischen Möglichkeit spricht Pournoys Bericht. Schon hört man, besonders aus Regionen der südlichen Halbkugel, beunruhigende, bisher noch als ›Phantastereien‹ abgetane Berichte von höchst merkwürdigen, nicht einzuordnenden Beobachtungen. Wir sollten sie ernst nehmen!